Über dieses Buch Der Roman erzählt die Geschichte von Harriet, einer Frau Mitte Vierzig, die sich vor Jahren von ihrem Mann getrennt, aber lange Zeit noch in Abhängigkeit von ihm gelebt hat, materiell ebenso wie seelisch. Nach einem längeren Auslandsaufenthalt kehrt sie nach Hause zurück, entschlossen, sich von der Vergangenheit ganz zu befreien.
Im Mittelpunkt jedes der fünf Kapitel des Buches steht die Beziehung von Harriet zu Menschen, denen sie verbunden war oder noch ist: zur Tochter, dem Sohn, dem Schwiegersohn, zu Freunden. In der Begegnung oder auch der Konfrontation mit ihnen erfährt Harriet die Welt neu. Sie spiegelt sich in den Augen der anderen, spürt, wie sie auf diese wirkt, lernt sich und ihre Möglichkeiten, aber auch ihre Grenzen kennen. Der Auszug aus der ehelichen Wohnung, in der sie noch Jahre nach der Scheidung gelebt hat, und das Sich-Einrichten in eigenen vier Wänden sind äußerliche Zeichen für ihre Veränderung, für den Schritt in ein eigenständiges Leben, für das sie allein Verantwortung trägt. Harriet ist mutiger und freier, selbständig und selbstbewußt geworden, sie richtet sich auch in ihrem Leben neu ein.
Ein sensibel gezeichnetes Frauenporträt und die überzeugende Geschichte einer Entwicklung und Emanzipation.

Die Autorin Jeannette Lander wurde 1931 in New York geboren. 1960 ging sie nach Berlin und studierte Germanistik und Anglistik an der Freien Universität Berlin, wo sie 1966 promovierte. 1976 erhielt sie den Villa-Massimo-Preis. 1985 ging sie für ein Jahr nach Sri Lanka, kehrte 1986 nach Deutschland zurück und lebt seit 1987 wieder in Berlin. Neben wissenschaftlichen Schriften, die sie publizierte, und Fernsehfilmen, die sie drehte, veröffentlichte Jeannette Lander Erzählungen und Romane, u. a.: »Ein Sommer in der Woche der Itke K.« (1971), »Auf dem Boden der Fremde« (1972), »Ein Spatz in der Hand...« (1972), »Die Töchter« (1976).

Jeannette Lander

Ich, allein

Roman

Fischer Taschenbuch Verlag

Die Frau in der Gesellschaft
Lektorat: Ingeborg Mues

9.–13. Tausend: Februar 1989

Veröffentlicht im Fischer Taschenbuch Verlag GmbH,
Frankfurt am Main, November 1988

Umschlagentwurf: Susanne Berner
Gesamtherstellung: Clausen & Bosse, Leck
Printed in Germany
ISBN 3-596-24724-1

Für Anna Lander

Ich muß zugeben, daß es auch nicht vor der Anpassung oder dem Akzeptieren bewahrt, wenn man etwas bemerkt oder die Dinge dramatisch nimmt. Deswegen bin ich dabei, mich der Degradierung anzupassen und das Unakzeptable zu akzeptieren. Ich bin dabei zu vergessen, wie die Dinge vorher waren. Die geliebten Gesichter von gestern beginnen zu vergilben. Ich habe – ganz langsam, ohne Alternative – die Gegenwart vor Augen.

Pier Paolo Pasolini

Tochter

15. Oktober, abends

Sie saß Zweiter Klasse im Kurswagen München–Berlin. Nach drei Monaten fuhr sie zurück.

Sie schlug die Beine übereinander, drehte den hängenden Mantel schraubenartig, bis er zum Kissen wurde unter ihrem Kopf zwischen Polster und Fenster. Sie schaute, nicht blinzelnd, in die blinkenden Bilder der sandigen Mark. Birken und Nadelwald.

Sie schob die Nagelhaut zurück an den langen Fingern der rechten Hand. Ihre Hände hatten sich erholt in den sieben Jahren, seitdem sie aus der Ehe auszog. Daraus ein Feuilleton für den Funk machen:

Paradoxie
Dem Werbeideal der Frauenhände,
die ein Mann gern in die seinen nimmt,
entspricht die Frau solange,
sie keinem Mann die ihren reicht.

Überhaupt mehr für den Funk machen. Nur Lyrik-Tantiemen und die monatliche Unterhaltszahlung werden zu Hause nicht so weit reichen wie in Italien.

Immer nadliger Sandwald. Fünfundzwanzig Bilder pro Sekunde. Wenn Bilder, dann von einem kühleren Grün. Wieder nordwärts.

Sie stand auf, schaute sich an in dem Spiegel über dem Sitz: Voller geworden. Steht dir. Harriet Wende. Harri. »Sportlich elegant.« »Eine markante Mittvierzigerin.« »Mitten im Leben.« Hunger hatte sie.

Sie schob die Schiebetür, ging in den Gang. Das Fenster war offen. Der Zugwind blies ihr ins Haar, durch den Pullover, die Bluse hindurch in die Poren. Sie schob, sie wuchtete das Fenster zu. Im nächsten Waggon wird wieder eins offenstehen.

Sie ging durch den Zug. Durch die Gänge, durch die sie in Träumen ging, so unsicheren Schrittes wie jetzt und zu der gleichen stoßartigen Rädermusik, die sie als Kind liebte, unterwegs mit dem Vater, seine Schwestern zu besuchen. Immer wieder in Träumen durch schlotternde Gänge im Donner zur Tür, an der sie zog, statt sie zur Seite zu schieben, oder schob, statt dran zu ziehen, von sich zu stoßen versuchte, wenn sie zu ihr hin aufging, an deren Klinken sie sich ständig die Hände verletzte, aber deren Mechanismus sie nie begriff.

Durch unbeheizte Postwaggons. Durch Erste-Klasse-Waggons in einer anderen Polsterfarbe. Durch wieder eine Tür in wieder einen Gang, der vor ihren Augen haltlos wegzuschwingen schien, als könne das Ganze unmöglich an Schienen haften.

Sie ging durch den Zug. Wieder unterwegs. Der Weg unter ihr unterwegs. Er führte schnell zurück, während sie langsam vorwärts ging. *Wie weit kommt dann H. in der angegebenen Zeit?*

Ich wollte nach Italien, in die *sole, soul,* selig werden nach meiner Façon, wo sie sich zurufen, die Menschen, über den Platz hinweg, Carusostimmen, wie ich nicht rufen kann, ich nicht...

...Singvögel zu braten, wäre mir leicht gefallen –

Oder nach Frankreich. Irgendwohin, wo die Fremdheit einen plausiblen Grund hat.

Endlich der Mitropa-Speisewagen. Und jene verzerrte Niere von einem Spiegel wieder. Sächsischer Müller-Thurgau stand immer noch auf der Karte, gab es noch immer nicht. Radeberger und Boonekamp.

Daß die Spiegelform sie jetzt nicht ärgerte, vielleicht sagte das was aus in Richtung Gelassenheit. Sie konnte sich davon abhalten, Pläne zu machen, in Gedanken eine Liste unbedingt morgen zu erledigender Pflichten aufzustellen. Sie tat so, als säße sie wie vorgestern im Cafe Greco in der Via Condotti, rauchte, lächelte diesen um keinen Preis zu einem Gesichtsausdruck zu bewegenden Mitropa-Kellner an, als er sie »Gnädige Frau« ansprach, ließ den Blick ruhen auf dem vorbeifahrenden Wald. Weder hatte sie ihn vermißt noch sah sie ihn ungern wieder.

Im Speisewagen war es kalt. Harriet verschränkte die Arme und wärmte sich die Oberarme mit den Händen. Im Glas des Fensters sah sie sich so sitzen, ein gläsernes Ich, das nur vage Konturen hatte und durch das hindurch die Felder und Bäume fuhren im werdenden Abendlicht. Gleichzeitig sah sie den künstlich beleuchteten Innenraum, häßliche Tische Stühle, Lampen, alle massiver im Abbild als sie, die chimärenhafte, der vergängliche Mensch unter seinen Produkten. Ungeachtet seiner flüchtet das Land.

15. Oktober, nachts

Sie hatte Angst davor, das Haus wiederzusehen, wieder in die Wohnung zu kommen, in der sie zwanzig Jahre lang Ehe geführt hat und sieben Jahre lang das Schwebe-Dasein einer geschiedenen Frau, die sich Hoffnungen macht. Auf Männer bezogene Hoffnungen. Bis Gregor ging.
Sie schloß die Tür auf. Sie hatte sich vorgenommen, jeden Gegenstand anzuschauen. Nicht an allem vorbeizusehen und gleich zum Schreibtisch zu gehen.
Sie stellte den Koffer ab, zog den Mantel aus, setzte sich auf die Couch. Trude war wohl hergekommen und hatte das Fenster geöffnet. »Frische Luft!« hörte sie Trude sagen, hörte sie Alex sagen: »L UFF T«.
Sie sah sich um, aber es gab nicht viel zu sehen. Nichts, was zu einer ›Erkenntnis‹ führen könnte. Nur eine verwohnte Wohnung. Alles irgendwo gelblich. Die Erinnerung an Gregors Hände durchfuhr sie wie Schmerz.
Harriet versuchte, unter der Lawine des jetzt neu zu Ordnenden, die über sie hereinbrach, nicht verschüttet zu werden und wenigstens für eine kurze Zeit ihrem Vorsatz zu entsprechen: Nur hier zu sitzen, und an Hand der Gegenstände in der Wohnung eine Art Bestandsaufnahme zu betreiben; von ihnen ausgehend, auf sich zu kommen. An Hand des Schreibtisches etwa, dessen Eichenplatte Alex durchgesägt hatte, weil sie ganz zu schwer war und er auf keinen Fall einen Möbeltransporteur bestellen wollte. (»Das sieht man sowieso nicht: Da kommt die Schreibunterlage drauf.«) An Hand dieses Schreibtisches zum Beispiel, der so deutlich die Zeichen der Lari-fari-Gewalt trug, aus der sich zu befreien sie erst nach zwanzig Jahren den Mumm gehabt hatte, sich zu fragen: warum sie immer noch darauf schreibt? Ihre Gedichte! Was das über sie aussagt?
Auf dem Schreibtisch lag aber zunächst einmal die von Trude

geordnete Post. Außerdem würde das Telefon gleich klingeln, denn es war nach zehn Uhr und Trude wußte, daß der Zug um 21 Uhr 25 angekommen war.
Harriet stand dennoch nicht auf. Nicht um das Fenster zuzumachen, obwohl ihr kalt war. Nicht um die Post in Angriff zu nehmen, obwohl sie neugierig war, die über den Zeitraum eines Vierteljahres an sie gerichteten Mitteilungen auf einem Mal vor sich zu haben und zu prüfen, was allein die Liste der Absender über ihre Person aussagt und über ihr Verhältnis zur Außenwelt.
Eine Art Lähmung setzte ein, eine lähmende Trägheit, eine Schwere, die sie kannte. Wieder hier. Wieder ›zu Hause‹. Der Bezug fehlte noch zwischen dem Begriff ›zu Hause‹ und hier. Die Antworten fehlten auf Fragen, die von Trude zu erwarten waren. Warum erst auswandern wollen? Warum dann wiederkommen? Warum der Wankelmut? Sie hörte den Tonfall, den Trude manchmal hatte. Manchmal sagte sie »Mama». Manchmal sagte sie »Harri« …
Das Läuten des Telefons kam von weit her.
Trude klang froh, aber als Harriet auf die Uhr sah, wußte sie, daß Trude ihr vorwarf, nicht von sich aus angerufen zu haben – Harriet war es doch, die zurückkam. Aber Trude unterdrückte den Vorwurf, um sie nicht nach drei Monaten mit einem Vorwurf zu begrüßen. Es war fast elf Uhr. Eine graue Oktobernacht. Berlin im grauen Oktober. Warum sie ausgerechnet jetzt zurückkam? Rechtzeitig, fröstelnd vor einem triefenden Fenster zu stehen und hinauszuschauen in die nasse Kälte. Bei solchem Wetter ging sie nicht einmal Brot oder Kaffee einkaufen – für sich allein. Freilich, als Gregor da war – oder ein anderer –
»Doch, dem Rainer geht es gut«, sagt Trude. »Weißt du, was er jetzt macht?« Ihr unsicheres Auflachen. »Ein Kinderspiel! Er macht ein Kinderspiel. Aus Holz. Sieht eigentlich schön aus.«
Harriet fragte nicht, ob Rainer noch an der Universität eingeschrieben sei, noch oder wieder. Sie fragte lieber nach Trudes Studium, und Trude sprudelte wie erwartet über in der überschwenglichen Art, die sie in bezug auf die Uni hatte: Es gehe prima; sie bestehe Klausuren, bekomme Lob für Referate, wäre immer wieder selbst überrascht, wie es doch bei aller Angst klappe. Es sei natürlich widersinnig, was da alles für zeit- und energievergeudende Studien-Auflagen gemacht

würden; entmutigend auch, im Praktikum Kinder zu erleben, wie man sie später unterrichten würde: wie passiv sie seien, wie gebrochen schon…

…aufstehen, noch keine sieben Uhr, finstere Wintermorgen; auf dem Tisch, unangerührt, die Schnitte mit Pflaumenmus; darüber teilnahmslose Augen: ein unausgeschlafenes Kind – »Iß deine Schnitte.«

Trudes Mund: lustlos, ihre widerstandslosen Finger auf dem Brot, auf ihrem Ranzen –

Der Schulranzen: Man stelle sich vor, man schnalle sich jeden Morgen einen vollgepackten Reisekoffer auf den Rücken und trage ihn zur Arbeit…

18. Oktober

Erst am übernächsten Abend ging Harriet zu Trude. Es roch nach Lammbraten: Knoblauch und Rosmarin. Eine Korbflasche Rotwein stand auf dem Tisch. Harriet konnte sie von der Garderobe aus sehen: ein dunkles Rot über dem Bast, daneben die verschiedenen Grüntöne in einer Salatschüssel aus Glas. Rainer stand neben dem Tisch, schlaksig in seinen Jeans. In den Bewegungen und in der Gestik waren Trude und er sich immer ähnlicher geworden in den acht Jahren; manchmal liefen sie synchron. Aber Trude sah, obwohl sie gleichaltrig waren, um Jahre älter aus. Er kam, als sei er ein Untermieter, zögernd heran, um Harriet zu begrüßen. Trude verschwand in die Küche. »Zeig doch dein Spiel, Rainer«, rief sie.

Rainers Kinderspiel. Holzformen, die puzzleartig ineinanderpaßten. Man hatte Lust, die einzelnen Stücke anzufassen. Harriet setzte sie zusammen, erst so und dann anders: immer ergaben sie ein Muster. Runenartige Zeichen entstanden, die anmuteten, als seien sie lesbar: eine der Menschheit gemeinsame, aber vergessene Schrift.

»Das müßtest du aber verwerten«, sagte Harriet. Rainer zuckte, wie immer bei einer solchen Aufforderung, die Achseln. Harriet sah nicht zu Trude hin, die hereingekommen war und über ihnen stand, während sie spielten. Harriet konnte sich Trudes Blick angesichts dieses Achselzuckens denken. Zu dem Schritt, etwas zu verwerten, fühlte sich Rainer nicht be-

rechtigt: Er hatte kein Kunststudium, keine Lehre, keinen Schein, keinen Abschluß...
»Warum gehst du nicht auf die HdK?!« sagte Trude. »Auf irgendeine Kunst-Akademie! Hör doch in der Uni auf! Du gehst doch sowieso nicht mehr hin.«
»Da müßte ich eine Mappe haben«, sagte Rainer. »Man wird auch da nicht nur so aufgenommen. Irgendwas muß man vorweisen.«
»Was weisen die anderen vor? Wie fangen die an?! Jeder fängt doch irgendwann *an!*«
Trudes Stimme war schon so gereizt, daß Rainer verstummte.
»*Sag* doch was!« schrie sie.
Harriet hielt sich heute abend davor zurück, Trude zu bremsen, ihr einen mütterlichen Rat zu geben. Statt dessen lenkte sie ab, indem sie die Befragung, die sie von Trude erwartete, vorwegnahm: Sie sprach ihre Rückkehr lässig an, als stellten Wahl und Gestaltung ihres Lebensraums kein Problem mehr dar. Sie saß auf dem mit zweihundert Jahre alten Steinen gepflasterten Hof eines Bauernhauses in Savignano sul Rubicone, aß honiggoldene Feigen und wußte: sie könne nur im eigenen Land, in dem Land, das sie nach seiner Art deformiert hat, sich ins Lot kriegen.
Trude tranchierte die Lammkeule. Sie schien sich nur darauf zu konzentrieren.
Es gäbe verschiedene Stufen der Empfindung von Fremdheit, meinte Harriet. Um sich in der Heimat als Fremde zu empfinden, brauche sie nur aus dem Haus zu gehen. Die Fremdheit im Ausland habe aber eine andere Dimension.
Trude tat auf. Rainer reichte die Soße. Vorgestern abend hatte Tilli Minestrone gereicht, aber für die Clique hatte Harriet ihre Rückkehr nicht so wohlformuliert begründen können wie jetzt für die Kinder. Kinder.
Bei Wolf und Doris wiederum hatte niemand eine Erklärung erwartet: Wolf war froh, daß sie zurückgekommen war.
Sie hätte per Zufall einen italienischen Deutschland-Reiseführer in die Hand bekommen, erzählte Harriet. Sie hätte Lust bekommen, ihren ureigenen Lebensraum sehenden Auges zu erfahren, als wäre er ihr neu, auch die »Eingeborenen« mit einem fremden Blick zu betrachten.
Als würde sie in einem Eßlokal eine Lyrik-Lesung abhalten,

nach Rainers Miene zu urteilen, ein unpassend intimes Gedicht. Trude war mit den Gedanken woanders.
Als sie das Geschirr in die Küche brachten, sagte Trude: »Ich habe wieder abgetrieben.« Und dann sofort: »Doris ist schwanger.«
»Typisch!« Harriet lachte. »Du willst ein Kind und Doris will keins!«
»Richtig! Wir sind ja alle schizophren. Nur du machst, was du willst. Aber jetzt erst. Oder: du machst und dann willst du das auch. Das aber schon immer. Aber laß man: Ich krieg das auch noch hin.«
Trude drehte aggressiv das Wasser auf. Sie fing an, Teller abzuwaschen. Eigentlich hatten sie nur das Geschirr vom Tisch weg haben wollen. Sie hatten den Nachtisch noch zu essen.
»Ich glaube schon«, murmelte Harriet. »Du hast jede Voraussetzung. Komisch, Wolf hat gestern abend nichts darüber gesagt – immer diese vorgeplanten Überraschungseffekte – wie Alex! – mehr, um zu gelten als aus Freude an Überra –«
»Hör doch auf mit deinen doofen Vergleichen! Wolf ist wie Alex und ich bin wie du, und doch nicht wie du, weil du dich einem Alex unterworfen hast, während ich mir einen Typ wie Rainer aussuche; aber dann bin ich doch wie du, weil ich letztendlich genauso auf mich verzichte – Ich verzichte *nicht* auf mich. Ich bin nicht wie du. Ich liebe Rainer. Ich will keinen Scheißkerl wie meinen Bruder Wolf. Und ich werde ein Kind haben, vielleicht sogar Kinder haben, aber für mich! wegen mir! und, ›der Vater‹ kann schauen, ob er Vater sein will oder mich nur gebumst hat, mir ist es Wurscht, nur jetzt, nur jetzt will ich erst einmal meinen Abschluß und weiter gar nichts. *Ich* will meinen Abschluß! *Ich*!« Mit beiden Armen stützte sich Trude auf den Beckenrand. Das Wasser lief laut übers Geschirr und durch den Abfluß, da es unnütz lief.
»Ich wollte doch abwaschen«, sagte Rainer. Er stand in der Tür.
Trude sah verwirrt hoch.
Harriet drehte das Wasser ab und machte sich aus der Küche.
Die Tür zu Rainers Zimmer stand immer offen, Harriet war

gern dort. Umgeben von den Regalen, die er gebaut hatte. Aus verschieden starken Brettern in einer bestimmten Ordnung, hinter die sie nie kam, die aber auf sie wie etwas Organisches wirkte: Geäst, von Menschenhand geordnet.
Sie setzte sich jetzt und sah auf die Regale: Fachbücher, Kataloge, schwarze Ordner mit weißer Aufschrift in Letraset. Sie stellte sich vor, wie lange er an der Beschriftung gesessen hatte, wie Trude wohl so etwas zur Weißglut reizte: Es brachte nichts ein. Für Rainer war das sinnvolle Arbeit. In sich sinnvoll.
Aus der Küche hörte sie Trudes dunkle Stimme, über Strekken unmoduliert, immer wieder unerwartet auf eine höhere Tonlage hinaufspringen. Von Rainer hörte man nichts. Wenn er sprach, sprach er leise.
Abgesehen vom Verkehrslärm nahm man Umwelt in diesem Raum nicht wahr, und doch war alles, was Rainer hatte, auf Umwelt bezogen: Fachbücher über Materialien, Baulehre, Architektur, Stadtplanung, Raumnutzung, Wohngestaltung; Kataloge von Firmen, die Metalle, Keramik, Werkzeuge, Kunststoffe, Elektroteile, Kugellager herstellten, Hölzer, Glas, Baustoffe verkauften; Lehrbücher zur Elektrotechnik und Fotomechanik. – Es gab keinen einzigen Roman. Die Kunstbücher waren der Fotokunst zugeordnet. Die einzigen Bücher, die aus dem Rahmen fielen, waren drei Lyrikbändchen, die sie ihm persönlich geschenkt und mit ihrem Namenszug als Autorin versehen hatte: Die lehnten sich dünn gegen die Stütze auf einem sonst leeren Regal. Harriet mußte lächeln, wie unbeholfen sie sich in dieser Umgebung ausnahmen.
Sie holte sich den Katalog einer Firma, die ›Halbzeug‹ herstellte, nur deshalb, weil sie wissen wollte was Halbzeug ist. Das Wort besaß für sie die Spannung solcher anscheinend konkreten Wörter, deren konkreter Bezug nicht offensichtlich ist. *Halb Zeug*.
Allein die Vielfalt der in dem Katalog abgebildeten und mit genauen Maßangaben versehenen Metallteile. Eine ganze Welt, die ihr verschlossen war. Aber sie konnte aus dem Katalog auch nicht erfahren, was konkret die Zusammensetzung von ›halb‹ und ›Zeug‹ meinte. Sie ging in die Küche und fragte Rainer danach.
Er errötete.

Zuerst meinte Harriet, in ein intimes Gespräch hineingeplatzt zu sein. Sie hatte überhaupt nicht wahrgenommen, was in dem Moment zwischen den beiden stattfand.
Mit einer Art, als spreche er über etwas Peinliches, sagte Rainer, Halbzeug sei vorfabriziertes Material, das erst durch einen weiteren Arbeitsgang zu einem Fertigprodukt werde. »Zu verformende Bleche«, sagte er, »zu biegende Rohre; auf Länge zu schneidende T- oder U-Eisen-Profile –«
Seine Erklärung war voller neuer Worträtsel, aber da er die ganze Zeit über auf den Boden schaute, war Harriet verkrampft. Sie dachte, in Trudes Miene einen Vorwurf zu sehen. »Was habt ihr denn?!«
Trude sagte: »Nichts – Wieso?«
»Ach, natürlich! Du willst mich immer, immer so haben, wie ich war, aber nicht bin. Ich interessiere mich für die Technik!«
Aber sie interessierte sich nicht neuerdings für die Technik, sondern seit jeher für das Wort, diesmal zufällig eins aus der Technik. Sie ließ die falsche Aussage stehen, denn sie entsprach einem richtigen Gefühl: sie entwickelte sich, aber für Trude war ihre Entwicklung nie glaubwürdig. Harriet hatte das bockige Empfinden, sie könne sich genausogut morgen für die Technik interessieren. Warum nicht? Dann wäre sie wenigstens autonomer und nicht ein musisches *Halb Zeug*.
Trude sah sie mit jener Mischung aus Befremden und Indifferenz an, die Harriet immer irritierte. »Natürlich!« sagte Harriet, »Ich muß mich sogar für die Technik interessieren!«
»Ja, klar.« Trude lächelte: »Selbst ist die Frau!«
Harriet sah jene dilettantischen Zeichnungen aus den Frauenzeitschriften vor sich, »Mein eigenes Bett« übertitelt, und hörte die Funkfritzen darüber wiehern, die immerhin bei einem Nagel den Kopf von der Spitze unterscheiden konnten.

25. Oktober

Bei Wolf antwortete niemand.
Er wäre der einzige gewesen, dem sie ihr wachsendes Bedürfnis, aus der alten Wohnung auszuziehen, ohne einen irrationalen Widerstand hätte mitteilen können, der manchmal so stark war wie Angst.
Trude hatte sie noch nicht angerufen. Sie würde sie natürlich anrufen.
Sie spielte in Gedanken das Gespräch mit Trude in verschiedenen Versionen durch. Sie könnte, zum Beispiel, einen leichten Ton anschlagen.
– siebenundzwanzig Jahre in einer Wohnung, Trude! Ist das nicht grotesk? Man sieht nichts mehr. Nicht die Gegenstände, nicht ihren Zustand, nicht die Wirkung aufs Gemüt – Ich frage mich, warum mir die Decke auf den Kopf fällt: Es muß an mir liegen, sage ich, oder an Deutschland: Hier raus! Italien! *Sole!* Und die ganze Zeit waren es die trüben Glühbirnen...
Oder sie könnte die Frage ganz einfach stellen, die ihr dauernd im Kopf herumging:
– Wird dir das fehlen? Das Hierherkommen? Eigentlich ist es mehr dein Heim. Du bist hier geboren –
Sie konnte Trudes Reaktion nicht voraussagen. Manchmal war Trude unbekümmert, wo Harriet mit sich rang; manchmal war Trude getroffen, wo sich Harriet nichts dachte. Vor allem, was ihre gemeinsame Vergangenheit betraf, waren ihre Ansichten unterschiedlich. Es behagte Harriet nicht, Trude die Sache per Telefon zu präsentieren. Sie lud Trude zu sich ein.
Trude kam am gleichen Abend. Harriet machte eine Flasche Wein auf.
Trude saß in dem alten Ledersessel, in dem sie immer am liebsten gesessen hatte. Früher hatte sich ihr Haar hellblond abgehoben gegen das mattgeriebene alte Leder. Das Haar war dunkler geworden. Oder glanzloser.
Es fiel Harriet ein, zu sagen: Wenn ich ausziehe, kriegst du den Sessel – Sie hielt aber inne. Die sentimentalsten Regungen klangen ihr neuerdings am herzlosesten.
Schließlich sagte sie schlicht, sie denke, sich eine kleinere Wohnung zu suchen.

»O je – was machst du mit all dem Zeug?«
Harriet überlegte mit Trude zusammen, was mit dem Hausrat geschehen sollte, hakte Posten ab wie beim Nachlaß einer verstorbenen Tante, mit der man nie viel zu tun gehabt hatte.

2. November

Den Kurfürstendamm auf und ab ging ein Mann unbestimmbaren Alters, trotz des Wetters in kurzen Hosen. Er trug ein Schild hoch über dem Kopf. Wir würden von geheimen Sendern überwacht, stand da: per Funk bestrahlt, durch verborgene Informationszentren gelenkt. Der Mann schaute gerade vor sich hin.
Sie stand an einer Haltestelle. Der zweite Sonntag ihrer Wohnungssuche ging noch trister zu Ende als der erste. Sie glaubte, sich auch erkältet zu haben.
Zu Hause machte sie sich einen Grog und trank ihn im Bett. Es war kalt in der Wohnung. Sie deckte sich, zusätzlich zum Federbett, auch mit der Tagesdecke zu. Nach ein paar Minuten des Ankämpfens gegen das gleichzeitige Frieren und Schwitzen ergab sie sich beidem. Die Wände drehten sich leicht im Kreis. Um einen Fixpunkt zu haben, hielt sie den Blick auf die Decke gerichtet.
Sie verfolgte den Lichtschein der Deckenlampe nach außen, bis er in die Erinnerung an Wasseroberflächen überging, die wiederum in Urlaubsreisen führten, verzankte Ferienaufenthalte, vier Betten in einem Raum, wo Wolf auf Trudes Sonnenbrille trat, die Nächte dort, umringt von Schlaf in schweren Atemzügen, die sie zählte, zählte: neunundzwanzig Tage, bis er wieder mit mir schlafen kann, an jedem Morgen Rückenschmerzen, die Trude wegmassierte, eine Kinderkrankenschwester – Banderole um den Arm, das Dauerläuten eines Telefons im Gasthaus irgendwo, sich umziehen zu den Mahlzeiten, hinter vorgehaltener Hand spuckte Trude ihre Spange aus, ihre Augen bei Tisch hörten zu, hörten Alex, hörten alles heraus, was er vor den Kindern nicht sagte, schmale Kinderaugen, die sagten: ich sehe dein verheultes Gesicht, Trudes Augen ihr gegenüber im Zug, Trudes aggressiv gelangweilter

Mund wiederholte: *andromoi enepemusa politropon;* wann immer das Telefon ging: »Das ist Rainer«, nahe am Hörer dann der Mund, der kurze Rock, den sie sich strickte, der anlag: »Wie eine Dirne siehst du aus! Zieh dich um!«, Trude schlug auf Alex ein, heulte, die Jeans noch offen, die Jeansnaht aufgeplatzt am Bein, sie blieb die Nacht über weg, sie rief nicht an, es läutete dauernd, aber es war nicht Trude, es läutete wieder, anhaltend, wie jemand an der Tür, die Tür, es klingelte Kopfschmerzen auslösend in den Aughöhlen, Augenlider, die kamen kaum hoch, die Decke wirbelte, drehte sich, blieb. Es klingelte wirklich an der Tür. Sie ging, sich unterwegs festhaltend, hin.
»Hab ich einen Schreck gekriegt!« sagte Trude. »Warum hebst du nicht ab?«
Trude verabreichte Aspirintabletten, brühte einen Tee, maß Fieber: hoch war das Fieber nicht. Sie sah auf die Uhr, meinte, sie könne für Harriet kurz mal aufräumen, dann fühle sie sich wohler: morgen müsse sie, wenn sie vernünftig sei, im Bett bleiben. Harriet sah ihr zu.
Rationeller als Trude, dachte sie, hatte sie selbst in den Jahren nicht gearbeitet, als sie einen Sechs-Personen-Haushalt führte – Alexes Eltern wohnten mit ihnen zusammen – und gleichzeitig auf die Uni ging.
»Wie geht die Wohnungssuche?« fragte Trude.
Harriet erzählte.
»Setz dich doch einen Moment«, sagte sie zwischendurch. Trude hängte Harriets Kleider in den Schrank, brachte Strumpfhose und Unterwäsche ins Bad.
Als sie wiederkam, fragte Harriet, ob es zwischen ihr und Rainer gutgehe. Trude sagte nur: »Ja.« Sie hatte sich noch immer nicht hingesetzt. Was sie jetzt nebenan zu ordnen fand, konnte sich Harriet nicht vorstellen. Plötzlich fielen ihr die angefangenen Verse auf ihrem Schreibtisch ein. Die Vorstellung, daß Trude sie lesen könnte, trieb sie aus dem Bett und an die Zwischentür. Trude hatte aber ein Buch in der Hand. Sie gab kein Zeichen, Harriet gehört zu haben. Harriet ging zurück, ein hohles Nagen im Bauch.
Schließlich setzte sich Trude aufs Bett: »Eine Zigarettenlänge.«
Harriet sprach nicht. Trudes körperliche Nähe und dieses kitschige Tochter-am-Krankenbett-der-Mutter-Bild –

3. Dezember

Harriet ging in die unbekannte Straße im Bewußtsein, daß sie zur bekannten werden könnte, ließ alteingesessene Blicke über sich ergehen, spürte feindselige Neugierde oder stellte sie sich vor: Wieso sucht die eine Wohnung? Hat wer sie 'rausgeschmissen? Wird wohl seine Gründe gehabt haben. Soll sie doch bleiben, wo sie bisher war. Was will sie bei uns? Wieso ist die allein? Keinen abgekriegt? Ist die verwachsen? Ein Mannweib? Eine Hexe? Xanthippe oder Schlampe? Ist die mannstoll? Wie sieht die denn überhaupt aus? Eine Frau in ihrem Alter –
In ihrer alten Straße, ihrem Dorf in der Großstadt, bewegte sie sich mit Selbstverständlichkeit. Wer dort über sie nicht Bescheid wußte, war neu hinzugezogen.
Trude und Rainer standen vor dem fremden Haus.
Sie klingelten den Hauswart heraus. Er ließ sie in die Räume.
Trude ging steifbeinig, fröstelnd zwischen fremden Tapeten, faßte im Bad klamme Kalkwände an, gesprungene Kacheln in der Küche, sah aus dem Fenster auf nichtssagende Häuser, musterte vielbestrichene Fußbodendielen, Trude sah grau aus.
Rainer fragte nach der Quadratmeterzahl, klopfte Zwischenwände ab, rüttelte Rohre, hielt die Hand vor Fensterritzen, machte Türen zu und auf, drückte die Klospülung, setzte sich auf den Boden in der Mitte des großen Zimmers und drehte sich langsam im Kreis.
Harriet lehnte im Türrahmen. Sie war gelähmt, bleiern. Ein kaltes Stahlband umspannte Stirn und Kopf.

13. Dezember

Anfangs verstand Harriet Rainers Arbeitsweise nicht. Ihr schien, als stehe er einfach stundenlang vor einer Wand. Harriet sah nichts an der Wand außer verwohnten Tapeten mit einem unzumutbaren Muster. Am nächsten Tag stand er wieder vor der gleichen Wand. Irgendwann fing er an, die Wand zu bearbeiten, die Tapeten einzuweichen, abzuziehen, Ritzen und Löcher zu füllen, Sprünge – Für Harriet ging das unerträglich langsam vor sich, als halte Rainer wortloses Zwiegespräch mit jedem Sprung in der Wand, meditiere über die Menge des ins Wasser einzustreuenden Gipspulvers und führe dann ein Ritual mit Spachtel, Füllmasse, Finger und Schmirgelpapier aus, bis die bearbeitete Wandstelle »ruhig« sei. Er sagte dazu: »ruhig«.

Noch war die Heizung nicht in Gang zu setzen. Harriet trug drei Pullover übereinander. Sie hatte alte Cordjeans an und Gummistiefel, ein Kopftuch umgebunden, Arbeitshandschuhe. Ihre Arbeit bestand aber zum großen Teil darin, hinter Rainer herzuräumen: nasse Tapetenbahnen, abgebröckelten Putz, ausgerissene Leitungen, ausgestemmte Bleirohre – und dann zu warten. Sie hatte stets den Abfall weg, ehe Rainer neuen machte. Auf dem Spiritusbrenner brühte sie zwischendurch einen Tee auf, tat einen Schuß Rum hinein, zündete sich eine Zigarette an, schaute ihm zu über dem Rum-und-Tabak-Dampf, der in der klammen Luft hing, die sonst nach Kalk und altem Kleister roch.

Rainer, sonst körperlos und ungelenk, hatte jetzt Arme in seinem kurzärmeligen T-Shirt, das weit oberhalb der hellen Malerhose endete, hatte jetzt Mitte und Muskelbauch zwischen Hose und Hemd, hatte jetzt Schenkel unter dem leichten Stoff der Hosenbeine. An nassen Flecken hafteten sie ihm auf der Haut. In kniehohe Stiefel hatte er sie gesteckt. Seine Bewegungen verliefen in langen Bögen, waren nicht abgehackt wie sonst, unterbrochen durch Gedanken. Harriet fand ihn fast graziös. Aber am meisten veränderte ihn das Kopftuch, das er tief in die Stirn gebunden hatte wie ein Zigeuner. Sein Blick war selbstvergessen, zweckerfüllt, gar nicht Rainers sonst unsicherer, fliehender Blick. Er stand mit gespreizten Beinen auf der gespreizten Malerleiter. Er gipste eine lädierte Stelle des Bogens aus, mit dem Wand und Decke ineinander übergingen in diesem hohen Jahrhundertwende-Raum. Er modellierte den Radius genau nach. Er war von allem anderen losgelöst.

Auch Harriet war losgelöst. Schon der anarchische Zustand der Räume trennte sie von Ordnung. Sie konnte bereits am Morgen Rum in den Tee tun in dieser klammen Naßkälte. Sie ging in verkrusteten Klamotten warme Wurst kaufen mittags und wußte, sie stinkt nach Kalk und Kleister. Ein wenig machte ihr das allgemeine Naserümpfen über ihren Aufzug Spaß. Sie konnte ›Langhaarige‹ verstehen. Sie fühlte sich ›jugendlich‹. Wenigstens, was die Haltung angeht. Aber die Art, wie Rainer losgelöst war, war etwas anderes. Als Harriet dasaß und ihm zuguckte, Tee trank mit Rum und rauchte, träge aus Mutlosigkeit, innerlich ungebunden weil äußerlich unakzeptabel, durch die Kälte verlangsamt, gelähmt vor Müdigkeit, gelassen also, ungestört von Gedanken, auf Körper reduziert: wirkte er männlich auf sie. Sie nahm das Wort in den Mund: männlich.

Der Mann mit seinem Werkzeug.
Der Zigeuner mit dem Messer.
Der Cowboy mit dem Lasso.
Der Jäger mit dem Gewehr.
Der Landwirt auf dem Traktor.
Der Chemiker mit dem Reagenzglas.
Der Beamte mit dem Stift.
Alex mit seinem Buch.
Mit seinem ewigen Buch.
Nur noch mit seinem Buch.

Aber Rainer war losgelöst; das war etwas ganz anderes…

»Magst du auch einen Tee, Rainer?«

»Gleich.«

Harriet versuchte, den Tonfall von diesem »gleich« still nachzuahmen, mit dem er auf jede Aufforderung von außen reagierte, eine Arbeit zu unterbrechen.

Als er endlich zum Tee kam, war sie schon aufgestanden. Sie saß im Lotussitz auf dem Boden vor einer Wand und kratzte mit einem Taschenmeser hartnäckig haftende Tapetenfipselchen ab. Er goß sich ein, nahm Zucker, viel Zucker, rührte lange um, die Beine weit von sich gestreckt, durchgedrückte Knie, die Absätze spitz zum Boden, so daß seine Füße überdimensional in die Luft ragten: Rainer wieder: staksig, eingefallen, reizlos. Er schlürfte. Die Nase in der Tasse.

Harriet kratzte. Das Messer war schon stark ramponiert. Es machte Scharten in den Putz. Als sie wieder zu Rainer hinsah, schaute er mit etwas zur Seite geneigtem Kopf die Stelle an, die er gerade ausmodelliert hatte. Er saß noch stark zurückgelehnt wie vorhin, aber jetzt in Spannung, die Füße flach, die Knie angezogen, die Schenkelmuskeln sichtbar. Sie wollte fragen, ob sie den Spachtel so lange benutzen könne, denn das

Messer mache Scharten, aber sie fragte jetzt nicht. Es interessierte sie, wie lange er so sitzen und so schauen würde.
Sie hielt es nicht durch. Sie kratzte dann mit dem Taschenmesser weiter.
Sie war schon an der Ecke angelangt, immer auf dem Po nachrutschend, als er sagte: »Der Bogen ist nicht ganz gleichmäßig. Sieht man es sehr?«
Harriet sah die Ungleichmäßigkeit nicht. Sie stieg auf die Leiter, ging ganz hoch, steifbeinig vor Unsicherheit. Er leuchtete von unten mit der Kellerlampe. Dann stieg er auf der anderen Seite hoch, nahm ihre Hand und fuhr langsam mit ihr über den noch warmen Gipsbogen. Sie konnte die Ungleichmäßigkeit mit den Fingerkuppen fühlen. Ihre Fingerkuppen übersetzten minimale Erhebungen und Vertiefungen in eine Berg-und-Tal-Landschaft.
Harriet ging zu der Wand zurück, an der sie gerade gekratzt hatte, schloß die Augen und fuhr mit der Hand darüber: Krater, Schluchten. Eine Gipsmischung gelang ihr nicht. Sie versuchte, mit Moltofill eine Fläche glatt zu kriegen. Es würde genügen, sagte Rainer, wenn die Wand »sauber« sei, »ruhig« brauche sie nicht zu werden. Harriet bewegte die beiden Begriffe hin und her.
In der Hocke vor der Wand fing sie an, erst mit dem Spachtel, dann mit der Maurerkelle, schließlich mit der Schmalseite eines einfachen geraden Bretts, eine Schicht Moltofill so auf die Wand aufzutragen, daß die Oberfläche sauber, vielleicht ruhig wurde. Die verschiedenen Werkzeuge zogen ihrer Breite und Länge entsprechend Muster in die weiche Masse. Sie hockte davor, zog die Kelle immer wieder darüber in geraden Bahnen, deren Grenzen immer plastisch blieben, ob sie langsam oder schnell zog, ob mit viel, mit wenig Druck –
»Abbinden«: zur organischen Zeit beständig werden, so beständig, daß äußerer Druck keine Spuren hinterläßt. *Ab binden.*
Das Zeug band aber nicht ab. Sie zündete eine Zigarette an, sah auf die Wand, auf die Fläche, die sie bearbeitet hatte: ein sehr kleiner Teil der Wand, der Wände!, die zunächst naß glänzte und, während sie rauchte, ihren Glanz verlor, eine mattere Haut bekam, die an Stellen herausgedrückt wurde, nachzusacken begann. »Noch naß hinter den Ohren«, sagte sie laut und lachte.

»Wer?« fragte Rainer von der Leiter.
Harriet lachte. »Ich!« sagte sie, »aber ich schaff das noch. Du wirst sehen.«
Als sie jetzt mit der Schmalseite des Bretts über die beulige Fläche fuhr, schnitten auf dem Brett angetrocknete Reste in die fast abgebundene äußere Schicht ihrer Arbeit. Sie schrie auf.
Rainer war aus dem Zimmer gegangen. Harriet schmiß das Brett hin. Rainer meldete sich nicht. Er kam nicht herein. Sie nahm sich einen Tee, saß am Tisch, starrte auf ihre Arbeit. Während sie Tee trank, veränderte sich der Farbton der aufgetragenen Masse. Sie sah die eingeritzten Spuren ihrer Achtlosigkeit sich verfestigen, rauhkantig werden, und die eingefallenen Stellen, aus denen die unfertige Masse weggesackt war, Abbild ihrer mangelnden Sorge, sich verhärten. Sie wußte nicht, wie sie das wieder glätten sollte. Sorgsam rührte sie Moltofill in einem neuen Verhältnis an: flüssiger, aber nicht zu flüssig: sämig. Sie kniete sich dieses Mal hin und versuchte, zunächst die Nachsack-Löcher in dünnen Schichten, Schicht um Schicht, zu füllen, die sie jeweils abbinden ließ. Sie wischte den Rand der Vertiefung ab, um dort Erhebungen zu vermeiden, nicht immer mit Erfolg, dachte sich eine Loch-Reihenfolge aus, strich das eine aus, während das andere trocknete, die Folge einhaltend, die eigentlich ein Muster war oder ein Rhythmus oder ein Gedankenspiel. In Abständen legte sie den Spachtel hin, strich Angetrocknetes von der Brettkante ab und fuhr mit dem Brett in weit ausholenden Bögen über die Fläche, sehr langsam, prüfend, wo noch nachzufüllen, wo schon abzunehmen war. Es machte ein Geräusch wie Kreide auf der Schultafel – lange her: »nicht für die Schule, sondern für das Leben...«
Harriet popelte Halb-Angetrocknetes von den Seiten der Gummischale und preßte es in die Ritzen, die sie vorhin hinterlassen hatte. Sie rubbelte, was zuviel war, mit den Fingern ab: da sah man aber Abdrücke. Sie holte sich Wasser und strich mit einem Schwamm leicht darüber. Dadurch bekam sie eine blanke Glätte, da, wo sie strich, aber sie sah schon die Gefahren: Ränder, Unebenmäßigkeit durch Austrocknen und Wieder-Naßmachen des Schwamms. Wenn man auf der vollen Länge der Brettkante eine Schwammauflage hätte – Rainer würde so etwas basteln jetzt an ihrer Stelle; sie zog den

Schwamm nur leichter und weiter ausholend über die Fläche. Den ganzen Oberkörper schwang sie dabei von Seite zu Seite, nach rechts und nach links, nach rechts und nach links, mit dem Schwamm gerade Bahnen beschreibend, immer untereinander, immer überlappend, daß Ränder nicht entstehen, rechtzeitig den Schwamm wieder eintauchend, ausdrückend, weiterwischend, gleichmäßig, rhythmisch, bis sie unten an der Scheuerleiste war. Dann knipste sie eine zusätzliche Lampe an: sauber, fand sie, ruhig nicht, und schaute sich nach Rainer um.
Er hatte erstaunlich viel geschafft in der Zeit.

5. März

Die angefangenen Verse hätte Trude ruhig lesen können: Ein leichter Staubfilm lag auf den Blättern. Harriet pustete ihn teilweise ab und las. Das Versmaß drängte, die Vokabeln klagten. Als lese sie Briefe aus der Pubertät an eine Busenfreundin. Etwa zwölf Wochen lagen zwischen der Niederschrift und heute. Hätte Trude die Verse gelesen und würde Trude die lesen, die Harriet heute schriebe, dachte sie, könnte man von einer Mitteilung sprechen, einer einseitigen Mitteilung, nicht von Kommunikation. Eventuell könnte man nur von der Voraussetzung für eine einseitige Mitteilung sprechen.
Während der zwölf Wochen hatte sie fast täglich mit Rainer renoviert, Trude aber nicht wiedergesehen. Sie wußte nicht, ob es sich nur so ergeben hatte, ob einer von ihnen es so wollte, ob sie es beide wollten. Sie hatten telefoniert. Bericht erstattet. Jede wußte, was bei der anderen vorgefallen war. Sie konnten die intimsten Details aufzählen auf diese unpersönliche Art.
Was wußte Trude von Harriets zwölf Wochen? Trude wußte über Harriets finanzielle Lage Bescheid, aber sie ahnte nicht, wie der Status: mittellos, aber kreditwürdig, Harriets Selbstwertgefühl steigerte und die Farcenhaftigkeit herkömmlicher Werte immer sichtbarer machte; Trude wußte über den Ablauf der Renovierung Bescheid, aber sie ahnte weder, welche Geduld das Erlebnis handwerklicher Abläufe lehrte, noch welche Unsicherheit das Aufgeben von Gewohnheiten aus-

löste, noch wie die radikale Demontage einer bürgerlichen Wohnung den Blick für den Unterschied zwischen einem Gefühl und einer Sentimentalität schärft.
Und Harriet: Was wußte sie von Trudes zwölf Wochen? Von der Auswirkung allein der Tatsache, daß Rainer tagsüber woanders, bei Harriet war? Er war immer blickloser geworden in der Zeit. Er machte peinlich pünktlich Feierabend. Er erzählte nicht viel, nicht einmal nüchterne Begebenheiten, als hätte er das Reden, wie alles andere, was er tat, auf seine Funktion geprüft und gefunden, daß das Berichten von Handlungen und Vorkommnissen bestenfalls dekorativ sei.
Die Zeit rückte vor, während Harriet am Schreibtisch saß, vor sich die leicht entstaubten Verse, verschiedene Stapel unerledigter Post, zu rezensierender Romane, ungelesener Zeitungen – sie mußte sich anziehen, um Trudes Einladung zum Essen zu folgen. Sie war abgeneigt. Nicht abgeneigt, Trude wiederzusehen und zu erleben, sondern der Besuchssituation abgeneigt, die die einzige Ebene war, auf der sie sich noch trafen. Wenn sie sich der Gespräche entsann, die sie mit Trude, als sie noch zusammen wohnten, führte, glaubte Harriet, sie hätten sich damals Wesentliches gesagt. Aber sie wußte nicht, ob sie sich richtig entsann. Gerade auf eine solche Frage bekam sie von Trude keine Auskunft.
Harriet sah sich an in dem ovalen Spiegel zwischen den Flügeltüren ihres massiven und dennoch wackeligen Kleiderschranks. So ungereimt wie ihr der Schrank kam sie vielleicht Trude vor. Er war aber halt ihr Schrank, sie Trudes Mutter: man nahm vorlieb. *Vorlieb* ist ein sinnentstelltes Wort.
Sie war pünktlich. Trude und Rainer waren noch in der Küche. Sie ging in Trudes Zimmer und wartete dort, ein Glas Sherry in der Hand. Harriet versuchte, in das Fluidum dieses Zimmers einzutauchen, diese Ordentlichkeit sprechen zu lassen, die nicht Ordnung war: ausgerichtete Bücher im Regal, wobei sie das Einordnungsprinzip nicht erkannte; die Aufgeräumtheit der verschieden hohen und unterschiedlich geformten kleinen Tische, die hier und dort standen, alle belegt, der eine mit Mappen, der andere mit Trudes Kakteensammlung…
Ein Tisch stammte aus Alexes Zimmer. Es war eine Art Reflexhandlung, die Schublade aufzumachen, in deren Unter-

teilungen Alex Visitenkarten aufgehoben hatte, vollgeschriebene Notizbücher, Postkarten – ein seidenes Taschentuch lag, schön gefaltet, in der einen Abteilung. Die eingestickten Initialien sagten aus, daß es Harriets Mutter gehört haben könnte. Harriet kannte das Taschentuch nicht. In der Unterteilung daneben waren Schlüssel. Dann gab es etliche Lego-Steine, manche davon kaputt, eine alte Armbanduhr Harriets, neue Automaten-Paßfotos von Trude und ein Fahrtenmesser mit Lederscheide. Jede Sache lag für sich. Harriet schob die Lade zu. Der Inhalt, die Zusammenstellung regten keine weiteren Gedanken an: Harriet wunderte sich, daß jener sonst starke innere Zwang, Trudes Innenleben zu erforschen, sich nicht einstellte. Sie ging aus dem Zimmer.

Trude deckte schon. Hautenge Breitcordjeans, der weiche und lockere Stoff prall gezogen über weibliche Hüften; den tief ausgeschnittenen Pulli hatte Trude selbst gestrickt; sie trug keinen BH; auch ihr Gang, als hätte sie sich vorgenommen, erotisierend zu wirken, war gleitend, aber hart. Harriet entsann sich nicht, diesen Zug bei Trude bisher beobachtet zu haben.

»Ich weiß nicht, ob das zu dir paßt, was Rainer dir da für eine Einrichtung einbaut«, sagte Trude bei Tisch. »Vielleicht verläßt du dich da wieder einmal auf die männliche Führung.«

Sie schwang den Oberkörper leicht beim Reden. Ihre Brüste wölbten sich unter dem grobmaschigen Wollgewebe. Darin lag das Provokative und nicht in dem, was sie sagte. Sie hätte ebensogut das Gegenteil behaupten können, dachte Harriet, so unengagiert war ihr Tonfall, ihr Gesichtsausdruck. Nur bei dem Wort »männlich« in Bezug auf Rainer hatte sie sich eine leichte Ironie des Tons nicht verkneifen können. Auch die war provokativ.

»Ich glaube nicht«, sagte Harriet.

Trude zuckte die Schultern: »Eine Holzbank«, sagte sie mit einer Abfälligkeit, die sich nicht auf die Holzbank bezog.

»Die Bank ist meine Idee«, sagte Harriet.

Trude lachte, als sei sie verletzt, als rette sie allein das Lachen vor dem Weinen. Natürlich denke Harriet, meinte sie, es seien eigene Ideen: das wäre es ja! »Ihr versteht euch blendend!«, sagte sie Oktaven höher als normal: »Du verstehst Rainer viel besser als ich!«

Trude stand abrupt auf, machte sich, mit dem Po zu ihnen, an

dem Schrank zu schaffen. Mit einem Aschenbecher in der Hand kehrte sie zum Tisch zurück, blieb stehen, rauchte, tippte Asche ab. Trude war schön. Dieses abgegriffene Wort. Aber nur das Wort war abgegriffen.
Rainer stocherte im Reis.
»Der Unterschied ist wahrscheinlich, daß ich nichts von Rainer will«, sagte Harriet.
Trude sagte, ihre Stimme war trocken, »Du wolltest nie was von einem Mann. Vati. Wolf. Nicht wirklich. Du wolltest immer nur von mir was.«

5. April

»Ich komme heute hin und guck' mir deine Wohnung an.«
Kein »Darf ich –«; kein »Ich wollte vielleicht –«: »Ich komme!«: zack! Harriet lachte auf. Nachdem Trudes Vorwurf bei jenem Abendessen für sie offensichtlich kein Anlaß war, den freundlichen Ton ihrer Nachrichten-der-Woche-Telefonate fallen zu lassen, war es Harriet zunehmend gleichgültig geworden, was sie sprachen oder ob überhaupt.
Harriet hatte an dem Vorwurf schwer zu nagen gehabt und ihn schließlich geschluckt. In den ersten Wochen nach jenem Abendessen, während sie zwischen den Wohnungen pendelte – in der alten war kein Bett mehr, in der neuen noch kein Herd – während dieser Fahrten, dieser Aufenthalte in unterschiedlichen Welten, die beide ihre waren, war Trude ihr gegenwärtig gewesen: wie sie aussah, sich bewegte, sprach... Ganze Gespräche waren ihr wieder in den Sinn gekommen, Gespräche aus verschiedenen Zeitabschnitten. Allmählich nahm Trudes Umgang mit ihr für die Zeit Gestalt an, seitdem sie mit Rainer zusammengezogen war: Trude verweigerte sich ihr, wandte dieses allerletzte Mittel der Frau an, als hätte Harriet so etwas wie ihre ehelichen Rechte verlangt: ihre mütterlichen Rechte.
Recht war Harriet der Besuch nicht. Das hatte weniger mit Trude zu tun als mit ihr selbst. Sie werkelte in der Wohnung herum. Sie witterte die Ruhe, zu der sie kommen würde in diesen Räumen. Wie Frühherbst roch diese Ruhe. Noch warm. Schon frisch. Frühherbst war eine produktive Jahres-

zeit für sie. Sie wollte ihn erleben. Sie wollte sich einlassen. Sie wollte nicht gestört werden.

Trude sagte: »Na?! Lebst du dich ein?«

Trude sagte: »Ausgeleuchtet ist es jedenfalls.«

Trude sagte: »Ist ja eine Halle und kein Zimmer!«

Harriet ging, die Arme verschränkt, hinter Trude her. Sie registrierte die Ausdrucksweise dieser Generation unter den gegebenen Umständen. Dann setzte sie sich auf die Bank. Sie sah zu, wie es draußen dunkler wurde, wie die Straßenlampen angingen. Trudes Schritte hörte sie langsamer werden, als sie sich alles ein zweites Mal ansah. Die Aufenthaltspausen zwischen Laufen und Weiterlaufen wurden länger. Trude kam wieder in den großen Raum, setzte sich auf das Lager, das Bett und Couch war, ließ die Hand über die Lehne gleiten – wahrscheinlich um Rainers Handwerk zu begutachten – sie war angenehm still.

»Merkwürdig: kommt einem größer vor als die alte«, sagte sie dann.

»Auch einsamer«, sagte sie nach einer Pause. »Oder abgeschiedener. Hoffentlich gewöhnst du dich nicht zu sehr dran. Nachher bist du so 'ne verspinnerte Alte, die unterwegs vor sich hinbrabbelt.«

Harriet lächelt. »Man müßte mal hinhören«, überlegte sie laut: »Wahrscheinlich brabbeln die gar nicht so dumm.«

Eine Lichtreflexion an der Wand interessierte Harriet. Sie versuchte, die Quelle festzustellen; für sie keine leichte Aufgabe, da sie optische Gesetzmäßigkeiten nicht verstand, sondern sich von Assoziationen leiten ließ. Der Lichtfleck blieb an einer Stelle, war aber in sich bewegt, oder nur gemustert, wie Sonnenschein im Wasser. Erst als er sich nach einer Weile als ganzes bewegte, wußte Harriet, daß er von Trudes Ring herstammte. Trude, wie sie jetzt merkte, sah sie ruhig an, leicht lächelnd.

Harriet lächelte auch.

»Du siehst anders aus«, sagte Trude, »weniger energisch.«

»Seltsam«, sagte Harriet: »Ich war noch nie so voller Energie.«

27. April

Als der Ellenbogen durch war an dem dunkelblauen Pulli, den ihr Trude gestrickt hatte, und sie dabei war, ihn auf den Wohin-mit-Haufen in der Ecke ihrer Kammer zu tun, faßte sie den Entschluß, sich jetzt und sofort wenigstens einen der dort abgestellten Pappkartons voller Papiere vorzunehmen.
Auf der freien Bodenfläche packte sie alles aus und stapelte Papiere erst nach dem einen, dann nach dem anderen System, jeweils so lange, bis ihr die Nachteile eines jeden klar wurden und sie wieder von vorne begann. Nach etlichen Versuchen ließ sie das allgemeine Ordnen und wendete sich einem der höchsten Stapel zu: Veranstaltungsprogramme. Sie blätterte einzelne Programme durch; sie konnte sich an viele Veranstaltungen erinnern; einem plötzlichen Impuls folgend schmiß sie sämtliche Programme in den Papierkorb.
Das gleiche ohne weiteres mit Briefen zu tun, war sie nicht im Stande: Briefe vom Vater, von der Mutter, von Wolf und Trude aus den Ferien, Briefe von bekannten Schriftstellern, von wichtigen Persönlichkeiten, von Lesern... Mit Manuskripten schon erschienener Gedichte ging es ihr ähnlich, obwohl die Art und Weise, wie sich eifrige Germanisten über solche Blätter hermachen, für sie etwas von Leichenschändung an sich hatte. Bei Rechnungen hinderten sie vage Richtlinien, die sie von Alex kannte: man müsse sie drei oder vier oder sechs Jahre irgendwozu behalten. Auch Bankauszüge und Amtliches scheute sie sich zu vernichten, obwohl sie ganze Jahrgänge besaß, nach denen niemand je gefragt hatte.
Die ursprünglichen Stapel waren ziemlich durcheinandergeraten und nicht viel kleiner geworden, als es an der Tür klingelte. Sie erwartete niemanden.
Trude, die an der Tür war, begrüßte sie mit der Frage, warum sie nicht erst angerufen habe.
»Nun schnauz mich nicht gleich an: ich habe zwei Konzertkarten, und Rainer will nicht, du mußt aber nicht, ich wollte nur fragen, ich werde die andere sicherlich los.«
Harriet sagt, sie habe seit langem keine Lust mehr, sich für ein Konzertpublikum groß aufzutakeln.
»Du brauchst dich nicht einmal umzuziehen«, sagte Trude: »Man sitzt sowieso auf dem Boden.«
Trude hatte einen langen Strickrock an, eine durchsichtige

Bluse, eine Lederweste, baumelnde, vielgliedrige Ohrringe; sie war auffällig geschminkt. Harriet wußte nicht, ob die Ohrringe Trude standen, sie trug sie aber mit Selbstverständlichkeit.

»Na, was ist? Kommst du mit?« fragte Trude.

Harriet zog sich um. Sie hatte Lust, mit Trude auf dem Boden zu sitzen.

Sie suchten sich zwei freie Flächen auf dem bevölkerten Boden der Nationalgalerie und hockten sich hin. Verschieden behoste Beine stelzten, eine Trittfläche suchend, über die ihren hinweg: mit Jeans behost, Haremshosen, Bügelfalten, Damenstrümpfe unter Folkloreröcken.

Harriet nahm den Geruch von Trudes Körper wahr. Er war herber geworden. Trude war locker. Sie unterhielten sich nicht. Jede hing eigenen Gedanken, eigenen Beobachtungen nach. Harriet sah sich nach Frauengesichtern um: Frauen in ihrem Alter, um zu sehen, ob die *guten Frauen* alleine seien. Sie meinte, *gute Frauen* seien am Ende allein.

»Warum wollte Rainer nicht mitkommen?« fragte sie Trude.

Trude sagte, mit einer Indian Music Night könne man Rainer jagen: »Es geht ihm zu lange. Es ist ihm zu unbequem, bis fünf Uhr morgens hier zu hocken. Die Musik ist ihm langweilig; nach einer Weile hört er sie nur als ein undifferenziertes Plärren im Hintergrund. Die Verzückung der Zuhörer kommt ihm gekünstelt vor... Er hat noch mehr Gründe.«

»Stört es dich nicht, daß er nicht mitkommt?«

»Nee, warum?«

»Früher wollte ich nie allein gehen: Alex sollte mitkommen.«

Die Umarmung, hörte sie Gregor sagen, ist ihrer Natur nach freiheitsberaubend.

»Ich bin nicht so«, sagte Trude.

Eine Frau im Sari, gefolgt von einem Mann mit Instrumenten, bahnte sich ihren Weg zum Podest. Das Bodenvolk klatschte.

Trude versank in die Musik, die Arme um die angezogenen Knie und den Kopf daraufgelegt, bewegungslos, den Gesichtsausdruck aus der Kindheit, als sie daumenlutschend tagträumte. Ein wenig neigte sie sich zu Harriet hin.

Langgezogene Töne, wie aus menschlicher Kehle. Wiederkehrende Folgen von Trauer ohne Klage. Ein Anlauf, den

Rhythmus zu steigern, brach, wie ein Anlauf, sich zu freuen, jäh ab und ging wieder in den alten Gleichtakt über.
Trude schwang mit. Manche Leute streckten sich auf dem Boden aus, ihre Pullis unter dem Kopf, oder sie saßen Rücken an Rücken und benutzten sich gegenseitig als Stütze. Harriet schloß die Augen. Trudes Arm berührte ihren leicht, dann nicht, dann wieder. Die Tonfolge wiederholte sich endlos einlullend –
»Das Berühren löst Alarm aus.«
Harriet sah, herausgerissen, in die Richtung der im Normalton sprechenden Stimme: Ein Wächter der Galerie-Sammlung.
Harriet beschloß, die Briefe und die Manuskripte wegzuwerfen. Sie schloß die Augen wieder. Sie sah den einen Ohrring vor sich, der auf Trudes geneigtem Hals lag, den durchsichtigen Stoff der Bluse, die Weste, die aufmerksam machte auf das, was sie verdeckte.
Trude drehte sich halb, legte den Kopf in Harriets Schoß und legte sich auf die Seite. Harriet lehnte sich zurück, die Arme als Stützen hinter sich. Sie sah Trude an. Die Musik war gut dazu: menschlichen Lauten und Zyklen ähnlich. Als sie endete, kam Harriet eher die Musiklosigkeit künstlich vor.

Lebensunterhalt

15. Oktober, abends

Sie saß Zweiter Klasse im Kurswagen München–Berlin. Nach drei Monaten fuhr sie zurück.
Sie schob die Nagelhaut zurück an den langen Fingern der rechten Hand. Ihre Hände hatten sich erholt, in den sieben Jahren, seitdem sie aus der Ehe auszog. Daraus ein Feuilleton für den Funk machen:

Paradoxie
Dem Werbeideal der Frauenhände,
die ein Mann gern in die seinen nimmt,
entspricht die Frau solange,
sie keinem Mann die ihren reicht.

Überhaupt mehr für den Funk machen. Nur Lyrik-Tantiemen und die monatliche Unterhaltszahlung werden zu Hause nicht so weit reichen wie in Italien.

24. Oktober

Zehn Tage war sie da, ehe sie im Sender anrief: »Zurück. Ja, toll, die Reise. Nein, *doch* wieder hier. Vielleicht eine andere Wohnung. Ja. Nun aber Tür ins Haus: Auftrag? Irgendeinen, egal vorerst, sogar eine kulturelle Veranstaltung besprechen zur Not. Schornstein muß. Ist klar, kannst du nicht wissen, aber an mich denken, wenn, ja? Bin wieder da. Mit ›Literatur‹ verbinden. Danke. *Jaa! Zurück.* Naja, doch nicht so toll für immer, Sprache und so. Die Fremde: Thema für Feuilletons. Exotik trägt sich ab. Für Lyrik als Thema untauglich, höchstens das Erlebnis: fremd. Auch nicht ewig variierbar. Aber einige Gedichte mitgebracht. Auch, natürlich, man ist doch kreativ. Ja?! Müssen abgetippt werden, übermorgen schick ich sie ab. Gut geht's. Und dir?«
Sie tippte sie aber nicht gleich ab. Sie suchte sie nicht einmal. Vielleicht waren sie ungültig geworden zusammen mit dem Plan, ins Ausland zu ziehen: geprägt von einem Freisein, das heuchlerisch war.

Sie müßte erst einmal zusammenrechnen, wieviel Geld sie hat, wieviel sie braucht, wieviel sie verdienen muß. *Soll* und *Haben:* moralische Kategorien. Sie wußte nicht, was sie in der Geschäftswelt zu suchen hatten.
Die letztdatierten Bankauszüge sagten nichts über ihre realen Verhältnisse aus. Sämtliche Euroschecks der letzten beiden Monate in Italien fehlten: das Soll, eigentlich ein Muß. Sie wußte nicht, wieviel es betrug. Das Vorzeichen des Saldos war ein Minus. Sie brauchte aber Bargeld.
Harriet ging in Richtung Bank; sie dachte an die rundliche Blondine, die ihr Konto betreute: sie wußte, zu welchem Termin der Unterhalt überwiesen, die Miete abgezogen, das Wohngeld fällig wurde, die Krankenkasse einzugsberechtigt war. Es war sogar vorgekommen, daß sie Harriets Funkbeiträge hörte, die Zeitspanne bis zur Honorarüberweisung kalkulierte und daraufhin eine Auszahlung genehmigte. Sie trug bei der Arbeit immer weiße Handschuhe und suchte wispernd nach Komplizen im Überlisten des Computers: »Ich warte noch damit, Frau Dr. Wende. Sie wissen ja: gespeichert ist weg.«
Sie saß an ihrem Platz, als Harriet durch die Glastür eintrat, und wußte wegen der Währung inzwischen eingetroffener Euroschecks, wo Harriet gewesen war; vom Datum her, wie lange; vom Empfänger her, in welchen Hotels gelebt, in welchen Shops, natürlich für wieviel, eingekauft; sie konnte nicht nur diese Reise, sondern Harriets Lebensweg nachvollziehen, allein von Kontoauszügen, Zahlungsanweisungen, Sorten und Devisen, Änderungen der Unterschriftsberechtigung her; sie wußte, was der belgische Ledermantel kostete, wie alt er war, aus welchen Quellen der Dissertationsdruck bezahlt wurde und daß die Beziehung zu Gregor so intim gewesen war, daß er vom Konto abheben durfte. Eine Art Banksteckbrief trug sie in ihrem Kopf für die von ihr betreuten Kunden und weigerte sich beharrlich, »einen Elektronenmagen« mit ihren Daten zu füttern.
Harriet stellte sich zu denen, die auf die rundliche Blondine warteten: eine zwanglose Schlange, zwingender als die üblichen: Ehrensache.
Der untersetzte Leiter der Filiale trug Sienabraun mit einem feinen orangefarbenen Nadelstreifen. Der schöne Kontoführer, ganz in schwarzem Samt, hatte helleres, schulterlang ge-

welltes Haar, als Harriet erinnerte; er schaute hoch: hatte er gelächelt? Die tüchtigste Person unter den Angestellten, in weißgestärkter Bluse mit Rüschen um den runden Kragen, kam als erste an den langen Banktisch, die Hand darüber weggestreckt zu Harriet:
»Frau Doktor. Schon zurück?«
»Muß mal nach dem Rechten sehen.«
»Und: bißchen Sehnsucht hat man auch, nicht wahr?«
Harriet nickte.
»Sie warten sicherlich auf Frl. Kowalewsky.«
Die rundliche Blondine warf ihr sanftes Strahlen Harriet zu, tippte noch, die Finger weiß behandschuht, zwei Zahlen, drehte das Blatt aus der Maschine, heftete es andern an und tat das Ganze in den oberen der drei Körbe: plastikblaugrünundgelb. Dann kam sie heran. Immer miedergehaltene Hüften. Harriet wollte sie mal in Jeans sehen, in engen Jeans mit abgescheuerten hellen Stellen am Übergang zu den Schenkeln.
»Was kann ich für Sie tun, Frau Dr. Wende?«
Das ist die Kowalewsky: weder Handschlag noch Gruß, aber Verlaß. Den gleichen Ton treffen:
»Ich möchte abheben: fünfhundert Mark.«
Sicherlich klickert der Kowalewsky der Minussaldo durch den Kopf; sie verzieht keine Miene; sie füllt ein Auszahlungsformblatt aus, hält es für die Unterschrift fest und reicht es weiter. Der Harriet gibt sie wortlos eine Plastiknummer.
Zwischen den Schultern derer, die jetzt dran waren, beobachtete Harriet die Wanderung des Formblatts: Es kommt auf den Tisch der Korrekttüchtigen, die darüber die Brauen hochzieht, während sie die halbe Fläche ihres Tisches zur Seite schiebt und in die Karten guckt. Kowalewsky gibt keinen versichernden Blick, betreut den Nächsten. Die Tüchtige hat die Karte gezogen, geht mit ihr zum Tisch eines scharfzüngigen Beraters, der gerade wichtigtuend telefoniert, und wartet, bis er äußerst gestört, sich bequemt. Er zieht die Lippen kraus, hebt die Achseln an die Ohren, deutet mit spitzem Kopf in Richtung des untersetzten Vorgesetzten. Tüchtig-Korrekt ist schon zum Vorgesetzten unterwegs, da dreht sich Blondy, Unheil ahnend, um, steht auf und fängt sie auf der Zielgeraden ab; sie bauscht die rundlichblonden Lippen zum Schmoll, sagt etwas, befingert mit weißen Handschuhen die weißen Rüschen und schickt Tüchtig zum schönen, samtenen

Kontoführer, der schmuck am Glaskasten lehnt. Das Licht läßt Schwarznuancen seines Ärmels spielen, als er die Karte kontrolliert. Er wiegt die schulterlangen Wellen auf und ab und schiebt den Auszahlungsschein durch die Glaskastenlücke.

In dem Kasten schmunzelt der Kassierer:

»Und die Nummer zweiundneunzig!«

Harriet trat heran. Sie lächelte das privilegierte Lächeln alter Kundschaft, so gut sie das in dem Bewußtsein konnte, diesem Bezirk und damit dieser Filiale bald untreu zu werden. Aufgeräumt fragte der Kassierer:

»Wie wollten Sie es gerne, Frau Doktor? Alles groß?«

Harriet machte sich nicht die Mühe, die zwanzig Schritte Umweg bis zum vorschriftsmäßigen Fußgängerübergang zu laufen; sie hatte fünfhundert unverdiente, nicht zu versteuernde Mark im Portemonnaie und überquerte direkt vor der Bank die Schloßstraße. Die Autofahrer verlangsamten, ließen sie passieren, einer sogar freundlich. Einen ganz anderen Gang hat man. *Body language.* Plus im Portemonnaie, Minus auf dem Konto; das Plus in Münze, das Minus auf dem Papier.

Es ging Harriet zwar kurz auf, daß die Summe allein der ausstehenden Euroschecks die der Unterhaltszahlungen der kommenden zwei Monate übertraf. Das drückte aber nicht ihre Stimmung.

Auch flitzte ihr durch den Kopf, daß sie im vergangenen Vierteljahr weder Feuilletons produziert noch Sendungen gemacht, sondern sich mit sich beschäftigt, wirtschaftlich gesehen also: gefaulenzt hatte. Persönliche Krisen sind Luxus. Was sie sofort an Artikeln oder Funkbeiträgen schreiben könnte, brächte frühestens in einem weiteren Vierteljahr etwas ein. Vom Verlag war kein Geld zu erwarten: sie hatte eintausend Mark à conto für das letzte Lyrikbändchen bekommen, für so viel aber sicherlich noch nicht verkauft. Anderthalb Jahre hatte sie an dem Bändchen gearbeitet. Makaber.

Blieb Wohngeld: 34,50 DM pro Monat. Es sei denn, sie hatte irgendeinen Termin verpaßt zum Einreichen irgendeines Scheins. Sie sah das graue Gesicht ihrer gelbhaarigen Sachbearbeiterin, hinter ihr die Topf-Ranke im Plastikkörbchen an der Amtstapete hängen:

»Sie müssen erst einmal nachweisen, wovon Sie leben, Frau Dr. Wende.«

Es war naßkalt, sie fror an den Füßen, am Hals. Die ersten Zeilen eins Gedichts begannen, sich zu formen.

Sie sah die Geschäftsfronten, auch die Menschen einzeln und wie sie sich bewegten, langsam und untergehakt oder schnell und beladen. Die Ungeduld der Autofahrer war ihr ebenfalls bewußt. Aber sie war mit dem Gedicht beschäftigt. Die Worte. Inhalt und Klang. Wie sie aufeinanderfolgen. Wie sie einander verändern, verändert werden durch die Nachbarschaft; ihre Rhythmik, die Stimmung, durch Vokale bestimmt: lange oder kurze, helle oder dunkle...

Sie ging in die Wohnung, warf den Mantel übers Sofa, stellte das Telefon leise und tippte vier Zeilen. Das Schriftbild war ihr im Moment wichtig.

Zu obligater Zeit

hieß die erste Zeile der zweiten Strophe. Aber sie kam nicht weiter. Sie fror, holte eine Strickjacke aus dem Schrank, hantierte an den Doppeltüren: Sie schob den Innenriegel links oben hoch, drückte die andere Tür heran und drehte den Schlüssel: der griff nie richtig ein, man hörte es. Hinter ihr knarrten die Türen langsam wieder auf.

Die fünf Zeilen kamen ihr albern vor. Schon wieder: *Am Rande.* Sie lief im Zimmer herum. Im Vorbeigehen nahm sie den Mantel mit zum Schrank, hängte ihn hinein, schob die Türen zu, versuchte, nicht zu schließen.

Auf einen Impuls hin suchte sie die Gedichte heraus, die sie im Ausland geschrieben hatte, tat sie, ohne sie zu lesen, in einen Umschlag, zusammen mit einer Briefkarte, auf die sie nur »Herzlich, Harri« schrieb, klebte den Umschlag zu und adressierte ihn. Sie fand sogar Briefmarken, frankierte, ohne den Umschlag auf die Briefwaage zu tun, zu hoch, zog den Mantel an und ging hinunter zum Briefkasten. Sie schlug sich jeden Gedanken, ehe er sich formulieren konnte, aus dem Kopf, bis sie den Umschlag im Briefkasten hatte. Dann kamen sie massiv: Er wird manches nicht entziffern können; wenigstens nach Schreibfehlern hätte ich suchen müssen; was macht das für einen Eindruck: nicht mal abgetippt; vielleicht stehe ich nicht mehr zum Inhalt; ich hätte sie mir noch einmal durchlesen müssen – Dabei kannte sie die Gedichte, wie ihr nebenbei bewußt wurde, auswendig.

16. November

Das Warten sah immer gleich aus: Jetzt hat er das Manuskript. Gestern hatte er schon das Manuskript. Seit einer Woche hat er das Manuskript. Vier Wochen lang hat er das Manuskript.

Die Wohnungssuche tagsüber schlauchte Harriet so, daß sie abends nicht konstruktiv arbeiten konnte. Sie ließ die angefangenen Verse liegen, durchstöberte Mappen, die nicht weiter ausgearbeitete Entwürfe enthielten, oder las Reisetagebücher durch, die angelegt waren, konkrete Vokabeln zu liefern für eventuelle Arbeiten: Straßenbezeichnungen etwa, oder Namen von Cafés und Restaurants, Impressionen bei Museumsbesuchen, die sich auf bestimmte Plastiken und Bilder bezogen. Von keiner Reise fehlten Aufzeichnungen. Selbst auf den Reisen mit Gregor hatte sie Arbeitstagebuch geführt. »Wenn man deine Notizen liest«, hatte er gesagt, »weiß man nicht, daß ich mit dabei war.«

Die Stäbe des Herrenzimmer-Schreibtischstuhls schnitten Harriet durch das davorgehängte Plüschkissen hindurch in den Rücken. Viele kleine Notizbücher lagen vor ihr auf dem Schreibtisch, mindestens dreißig, schätzte sie. Alle in ihrer ordentlichen, ziemlich kleinen Schrift. Manche mit handgezeichneten Stadtplänen, dilettantischen Landschaftsskizzen, Skizzen der Raumeinteilung einzelner Pensionszimmer – Sie versuchte sich zu erinnern, ob sie die Notizen jemals bei der Arbeit effektiv benutzt hatte. Sie wußte, daß sie manchmal eine Beschreibung suchte und nicht fand, die geschrieben zu haben, sie sich deutlich entsann. Sie hatte auch hin und wieder die gesuchte Stelle gefunden und festgestellt, daß sie noch nicht in die entstehende Arbeit hineinpaßte, oder nicht so, wie sie da stand. Meistens war dann der Versuch fruchtlos, die aufgezeichnete Erinnerung der Stimmung, die sie jetzt wollte, anzugleichen. Einige Male hatte sie das erst spät gemerkt: beim Polieren, wie sie die letzte Phase der Herstellung nannte. Sie mußte die Stelle streichen. Daß so etwas je am Ende stehengeblieben war, bezweifelte sie. Erinnerungen, aus denen sie schöpfen konnte, hatte sie im Kopf oder im Gefühl. Sie wurden ohne notierte Vokabeln konkret und trugen die Stimmung der Arbeit, die sie hervorrief. Daß sie selbst die Reisen mit Gregor so mißbraucht hatte, ließ sie die Augen

schließen vor Selbstverdruß. *Some do, others teach,* hat Shaw gesagt. Some live, others write.
Der Gedanke trieb sie vom Schreibtisch. Sie mußte aufstehen, umhergehen. Dann schien es ihr viel zu lange, seitdem sie das Manuskript abgeschickt hatte. Sie rief im Sender an, war kurz angebunden mit der Sekretärin, ärgerlich, daß Krause nicht in Berlin war, fragte: »Wo ist er denn!?«, erfuhr es aber nicht.
Die Hand noch auf dem aufgelegten Hörer, verdammte sie ihre Voreiligkeit, die wie ein Pulsschlag in ihr pochende Frustration. Sie hätte nicht anrufen sollen. Sie hätte Gelassenheit demonstrieren sollen. So tun, als brauche sie ihn nicht. Penetrant: dieses Nachfragen. Aber wo war die Grenze zwischen Penetranz und dem Zulassen von Mißachtung bei der existentiellen Abhängigkeit, in der sie war?
Jemandem das sagen können. Ganz offen. Jemandem, von dem man nicht abhängig war. Und einen Rat bekommen. Einen unparteiischen, aber engagierten Rat. *Ich würde an deiner Stelle noch einen Tag oder zwei warten. Du kannst immer noch anrufen...* Den Ratgeber gab es nicht. Wenn er da war, war man von ihm abhängig. Oder es lief irgend ein Katz-und-Maus-Spiel, Fliege-und-Spinne-Spiel.
Selber die Nerven haben, zu warten, als hätte man andere Sachen laufen, als wäre diese Sendung nur nebenbei – und, zum richtigen Zeitpunkt, nachfragen, dann aber erhaben. Zufällig bei einem Empfang oder in einer Kneipe: »Sag mal, schickst du mir das zurück, der Soundso will es für das Fernseh-Portrait benutzen, das er von mir macht.«
Ihre Stimme würde sie verraten. Zickig, ehrkäsig hatte Alex sie oft genannt.

25. November

Das Rundfunkhaus stand unter Denkmalschutz. Es durften keine weiteren Schilder oder Zeichen angebracht werden, keine kybernetischen Wegweiser. Harriet verlief sich jedes Mal, schon aus Angst, sich zu verlaufen.
An der Pförtnerloge wurde es grotesk. Der Mann nahm entgegen, daß sie mit Herrn Dr. Krause verabredet sei, rief dennoch bei Herrn Dr. Krause an, sagte: eine Frau –

»Wie?«
»Wende.«
»Wendel«,
wäre da, um zu erfahren, daß sie mit Herrn Dr. Krause verabredet sei. Daraufhin erbat er ihren Dienstausweis. Harriet war nie vorbereitet auf die Beklemmung, die dieses Haus auslöste.
Der Mann wartete.
»Ich habe keinen«, sagte Harriet. Sie sagte nicht: Ich habe natürlich keinen; oder: Wäre ich hier im Dienst, hätte ich keine Verabredung nötig; oder besser: Dann würde ich das Ding doch fröhlich schwenken und mich nicht weiter um Sie kümmern. Einmal kamen ihr solche Antworten zickig vor, zum zweiten war für viele Worte keine Zeit, denn ohne Denkpause verlangte der Pförtner ihren Personalausweis, zog sich damit in die Loge zurück, öffnete, studierte ihn und schrieb dann auf Besucherausweis Nr. 00436 unter *Name:* Wender.
Ihn zu korrigieren war ihr peinlich. Als frage sie ihn, ob er nicht lesen könne. Außerdem hielten sie eigene Erfahrungen davon ab: zum Beispiel an der Staatsgrenze, als der Grepo sie zu dem Schild »Weiterfahren nur auf Aufforderung« rückwärts fahren ließ, um sie zu fragen, was denn da stehe.
Sie steckte den Zettel ein, nicht ohne Erwartungsangst, daß sie vergessen würde, ihn gegenzeichnen zu lassen, und drückte eine nach der anderen der fünf Eingangstüren mit der Aufschrift: *Drücken*, bis sie auf eine stieß, die nicht abgeschlossen war.
Sie war im Foyer. Diesmal hingen Kinder-Malereien dort. Die hätten Harriet interessiert, aber es war schon spät und außerdem voll von besichtigenden Schulklassen. Im Vorbeigehen nahm sie die Themen wahr. Es waren dieselben, die sie kannte aus der Schulzeit Wolfs und Trudes: friedliche Szenen, die Kinder nur aus Büchern kennen.
Im Paternoster war kein Platz. Es irritierte Harriet ohnehin, in eine Zelle steigen zu müssen, die nicht stillstand. Meistens hopste sie hinein, obwohl das Fahrtempo durchaus erlaubte, einzutreten. Aber die Schulkinder fanden den Paternoster wohl interessanter als die Ausstellung; jedenfalls fuhren, jeweils mit grinsenden Kindern besetzt, an die dreißig Kabinen langsam an Harriet von unten nach oben vorüber. Sie wurde unruhig. Auf den Lift mußte man auch manchmal zehn Mi-

nuten warten, und zwischen ihm und ihr lag wieder das Foyer. Offen sie ankichernde Kinder verunsicherten sie, zumal diese, die bizarr abgeschnitten, langsam von unten erwuchsen, die Haare zuerst, und als oberkörperlose Beine oben verschwanden, während unten ein enthaupteter Kopf ankam.

Als sie im dritten Stock ausstieg, war es still und menschenlos, als wäre sie in einem ganz anderen Haus. Sie hatte hier ständig ein Gefühl der Irrealität.

Zum Beispiel der Gang, den sie jetzt ging, war nicht nur lang und schmal und eintönig, wie man Gänge gewohnt ist, er war außerdem leicht gebogen, so daß man immer auf eine Kurve zuging, die nie kam. Harriet war da einem Gefühl der Endlosigkeit ausgesetzt, das leicht in Panik umschlug. Durch das Warten am Paternoster hatte sie sich verspätet. Sie lief schnell. Ihre Fußtritte hallten. Die eine Wand dieses Gangs war eine Fensterfront, die den Blick auf eine gegenüberliegende Fensterfront freigab und auf sonst gar nichts. Da sie beide leicht gebogen waren, glaubte Harriet immer wieder die gleiche Stelle zu passieren, als gehe sie endlos im Kreis. Nur die fortlaufenden Zimmernummern versicherten ihr, daß sie in die richtige Richtung ging. Sie verdrängte die Angst, daß sie bei jenen ihr bekannten Doppeltüren zwischen den Fluren landen könnte, hinter denen die Zimmernummern aus der anderen Richtung kommen.

Dann war sie aber bei Krause. Das winzige, vollgestopfte Vorzimmer gab ihr im Moment Geborgenheit. Sie kannte es und die Frau Bentelmann, die ihr jetzt den Mantel abnahm, schon vom Vorgänger Krauses her. Frau Bentelmann hängte den Mantel in den Dienstschrank über ihren eigenen auf den gleichen Bügel: »Das geht doch so, nicht?« fragte sie. »Wir haben so wenig.«

Harriet schüttelte sich innerlich: jedesmal wortwörtlich diese Frage, diese gleiche Handlung; es rief den inneren Widerstand gegen diese Mischung von Intimität und Unverbindlichkeit in ihr hervor, den sie das erste Mal hatte und jedesmal seitdem. Sie nickte zu der Frage wie jedesmal und ließ Frau Bentelmann den Mantel über den ihren hängen.

Auf dem Amtsstuhl zwischen Tür und Schrank wartete sie. Die Klimaanlage surrte, das Fenster war offen, es war heiß, es zog, Frau Bentelmann war erkältet, hatte Watte in einem

Ohr, vielleicht in beiden, einen Schal um, Tempotaschentücher. Sie bot Harriet einen Kaffee an. Der Gedanke, mit einer Tasse Kaffee auf den Knien da zu sitzen, wenn jeden Moment die Tür aufgehen und sie zwischen Tür und Schrank einklemmen könnte, ließ sie ablehnen.
Krause erschien. Er war freudig erstaunt, sie zu sehen. Vielleicht hatte der die Verabredung vergessen in der Zeit, seitdem der Pförtner angerufen hatte. Er hatte viel zu tun. Sie ging hinter ihm her in sein Zimmer und setzte sich auf den Amtsstuhl zwischen Tür und Schrank. Nein, danke, keinen Kaffee.
»Na«, sagte er, »Sieht man dich wieder?!«
Harriet war bei dieser Frage, sie wurde ziemlich oft gestellt, stets hilflos. Fünf verschiedene Türme Manuskripte auf Krauses Schreibtisch. Noch drei auf dem Regal dahinter; die waren verstaubt. In den fünf nicht verstaubten Türmen auf dem Schreibtisch jeweils schätzungsweise dreißig Manuskripte.
»Gut, daß du vorbeikommst«, sagte Krause. Das Telefon klingelte. Er ging ran. An der Wand hing eine Topfranke im Körbchen.
»Entschuldige«, sagte er, als er eingehängt hatte: »Ja, wie geht es dir denn? Du warst lange weg.«
Die Tür ging vorsichtig auf: »Darf ich?«
Krause machte ein krauses Gesicht, nickte aber.
»Nur kurz«, sagte ein Mädchen. Adrett. Blaugrauer Faltenrock, *swinging*. »Entschuldigen Sie«, blitzte sie zu Harriet. Harriet war freundlich. »Nur eine Frage –«
Sie entfaltete Blätter über den Blättern vor ihm, zeigte mit dem Finger, nahm den Kugelschreiber in den Mund wie Hollywoodpiraten den Säbel, sagte: »Mmm hmmm«, zu seinen tiefstimmig gegrunzten Vorschlägen, faltete wieder zusammen, ging *swinging*.
»Tut mir furchtbar leid«, sagte Krause: »Wahnsinn hier. Du siehst.«
»Ich will auch nicht lange stören«, sagte Harriet: »Ich wollte nur wissen, mit den Gedichten –«
Die Tür knallte gegen Harriets Knie: »Oh! Oh, entschuldigen Sie: ich – es tut mir –«, sagte ein Mann in Tweed.
Krause war aufgesprungen. Er eilte nicht auf das Knie, sondern auf den Mann in Tweed zu: »Sag nur, du gehst schon!«

»Du –«, sagte der gequält.
»Was mache ich mit der Aufnahme?!«
»Irgend ein Studio wird schon frei sein. Der Michael ist da.«
»Na, ja«, sagte Krause: »Sieht man wieder.« Er wendete sich ab.
»Tschüß, du!« rief der andere, riß die Tür wieder gefährlich weit auf, hielt sie gerade vor dem Knie noch: »O! – hab ich?«
Harriet lächelte freundlich. Der Mann in Tweed auch: »Tschüß!« rief er.
»Der hat mir versprochen«, sagte Krause: »Entschuldige, bitte, du, ich muß das eben klären –« Krause hing sich ans Telefon.
Harriet sortierte, was sie ihn fragen wollte. Krause rief ein Ton-Studio nach dem anderen an. Alle waren besetzt oder unbesetzt oder würden gleich besetzt oder unbesetzt sein.
»Herrgott, Uwe, ich brauche diese Aufnahme heute: das muß sein. Dann soll der Luigi oder wie er heißt... Carlo, soll er eben... Ja, nur bis ich einen Techniker finde... Ja, gut.«
»Das ist vielleicht eine Scheiße«, sagte Krause zu Harriet und ging an die Verbindungstür: »Frau Bentelmann, würden Sie mir bitte einen Tonmann für die Seiler-Aufnahme organisieren. Studio neun ist frei um zwanzig Uhr. Luigi bringt Ihnen gleich den Schlüssel vorbei.«
»Entschuldige«, sagte Krause: »'s Wahnsinn. Ich halt das nicht aus.« Er setzte sich hinter seinen Schreibtisch. Sein Blick fiel auf die Blätter, die dort lagen; er richtete ihn dann langsam wieder auf Harriet, als wolle er sich erinnern, was mit ihr war.

6. Dezember

Liebe Harri,
von Trude erfahre ich, daß Du aus der Wohnung ausziehen willst. Das ist natürlich allein Deine Entscheidung, obwohl die Kinder es sicherlich mit Recht lieber hätten, wenn Du es noch für eine sinnvolle Aufgabe ansehen würdest, die Wohnung zu erhalten, in der sie geboren wurden und aufgewachsen sind. Für meinen Teil möchte ich Dich nur darauf aufmerksam ma-

chen, daß Dein Vorhaben unseren Abmachungen zuwiderläuft und daß ich nicht verpflichtet bin, Zahlungen zu leisten für eine andere (und sicherlich teurere) Wohnung als die unsere.
Da jeder Umzug bekanntlich mit hohen zusätzlichen Kosten verbunden ist und ich allein für den normalen Lebensunterhalt aufzukommen habe, sehe ich mich gezwungen, die Zahlungen an Dich vorläufig auf ein Sperrkonto einzuzahlen, um zu verhindern, daß das Geld unvernünftig ausgegeben wird und nachher für lebensnotwendige Dinge fehlt.
Deine Reisen in Begleitung von Gefährten, deren Einkommensquellen zweifelhaft sind, sowie Deine kurzsichtigen und dann nicht durchgestandenen Auswanderungs-Abenteuer weisen mich auf meine Verantwortung hin, Maßnahmen zu treffen, die ausschließlich in Deinem Sinne gemeint sind und nur Dir zugute kommen.
Ich schlage vor, daß wir uns bald treffen, um in Ruhe über diese Dinge zu sprechen.
A.

Sie las den Brief zunächst schnell durch, einzelne Wörter registrierend: *natürlich, sicherlich mit Recht, erhalten, Abmachungen, gezwungen, unvernünftig, Verantwortung*. Dann las sie die Sache mit dem Sperrkonto noch einmal. Die volle Bedeutung, als sie ihr klar wurde, löste einen Alarmzustand aus: Wenn ich umziehe, sperrt er mir die Zahlungen. Meine *Entscheidung*; seine *Verantwortung*. Ich müßte sie dann einklagen; dazu habe ich nicht die Mittel.
Die Anspielung auf Gregor war nur eine Variation des Themas, sie sei eine Hure, schon von der Veranlagung her (siehe Eva und die Schlange), die ohne seine Aufsicht völlig verkomme.
Es gab andere Punkte: daß er für *die Kinder* sprach, sie damit entmündigend; Harriet moralisierend mangelhafter Mutterliebe bezichtigte; daß er ein Treffen vorschlug, ihr aber aufzwang, die Initiative zu ergreifen; daß seine *Maßnahmen* den Klang amtlicher Autorität hatten, näher besehen aber, mit Worten wie *sicherlich, bekanntlich, normal* abgeschwächt, ihn im Notfall nicht festlegten –
larifari Gewalt.
Sie setzte sich hin und schrieb eine Antwort, in der sie jeden

dieser ärgerlichen Punkte beim Namen nannte. Dann schrieb sie eine zweite Antwort, ohne die erste zu vernichten, eine viel kürzere, die auf nichts einging, sondern lediglich nüchtern darauf hinwies, daß sie die Zahlungen einklagen würde, falls sie ausblieben. Auch diese ließ sie da auf dem Schreibtisch liegen.

Daß er sie zwingen konnte. Immer noch. Zu überhaupt etwas zwingen konnte. Selbst zu einem Gedanken an ihn –

Sie wählte Wolfs Nummer, hängte aber ein, bevor das Klingelzeichen kam.

Ehe die Post kam, hatte sie das Gefühl gehabt, sie könnte heute das Gedicht vielleicht zu Ende schreiben.

»Scheiß Wohnung!« sagte sie laut. »Soll *er* doch einziehen!«

O, ja! Sie schrieb eine dritte Antwort: Auch sie sähe nichts lieber, als daß die Stätte der Familiengründung und der Schauplatz ihrer Liebe erhalten bliebe, und bat ihn inbrünstig, da in diesen Räumen der Verlust seiner Liebe sie noch immer wegen der gemeinsamen Dinge unerträglich schmerze, diese Aufgabe, die ihm Ehre mache, zu übernehmen. Auch diesen Brief ließ sie liegen, aber nur weil ihr inzwischen eingefallen war, sie könne eine Art Hörspiel aus einer Folge dieser Antworten machen.

Sie tat Alexes Brief und ihre drei Antworten in eine Mappe, auf die sie groß den Arbeitstitel: DAS ROTIEREN UM EINEN SCHEISSTYP schrieb. Gleichzeitig war ihr aber bewußt, daß kein noch so schnoddriger Arbeitstitel sie drum herum bringen könne, ihrer finanziellen Abhängigkeit von Alex ins Auge zu sehen.

Sie wählte Tillis Nummer, ließ zweimal klingeln, hängte ein und wählte wieder: das Zeichen, daß es sich nicht um einen Kontrollanruf der Arzneimittelfirma handelte, für die Tilli zu dieser Stunde unterwegs sein müßte. Sie rief nicht gern tagsüber bei Tilli an: auch daß ihr Apparat besetzt war, konnte sich verhängnisvoll für Tilli auswirken, aber Harriet konnte ihre Unruhe nicht bis abends beherrschen, und sie wollte nicht Wolf und nicht Trude anrufen, um sich bei ihnen über die neueste Schweinerei von Alex auszulassen.

»Kann er nicht machen«, sagte Tilli. »Gibt's gar nicht. Unterhaltszahlungen sind Unterhaltszahlungen. Er hat nicht die Bohne darüber zu sagen, wofür du dein Geld ausgibst – ja, wenn du's versaufen würdest, könnte er versuchen, dich ein-

zuweisen – aber sonst – Sag' mal: und du läßt dich da einschüchtern? Das ist nicht mal eine handfeste Nötigung, so fadenscheinig ist das. Was schreibt er da? Was für Abmachungen? Ihr habt doch keine Abmachungen. Mit der Staatsgewalt hat er eine Abmachung! Er *muß* zahlen! BASTA!«
Tilli blieb dabei. Sie kannte auch einen guten Rechtsanwalt, der Harriet bestimmt für ein ermäßigtes Honorar vertreten würde: »Nein, nicht Pit. Pit ist genauso einer wie Alex; ein anderer; der ist wirklich gut, vertritt meistens die Frau –«
Nachdem sie mit Tilli gesprochen hatte, war Harriet bedrückt. Sie ging an verschiedene Fenster der Wohnung und guckte hinaus, immer auf Fenster gegenüber. Es war fast dunkel, obwohl es erst zwei Uhr nachmittags war. Dezember. Zu warm für die Jahreszeit. In der Zeitung hieß es, Herzinfarktgefährdete sollten sich ruhig verhalten.
Bei Gesine antwortete niemand. Harriet rief auf der Station an und verlangte Frau Dr. Heidebrink. Eine offizielle Person sagte: »Dr. Heidebrink am Apparat«. Die voll-sanfte Stimme Gesines war nicht herauszuhören. Harriet stammelte ihren Namen, entschuldigte sich, daß sie anrufe. Darauf war Gesines Stimme weicher, aber sie mußte zu einem anderen Apparat hin, ehe sie die Stimme benutzen konnte, die Harriet kannte.
Gesine überlegte. Sie sagte, es sei schwer, einen Rat zu geben: »Ich meine – er würde vor Gericht wahrscheinlich verlieren, wenn es richtig zugeht. Es könnte auch sein, er blufft und, wenn du Zähne zeigst, macht er einen Rückzieher – aber – ich würde es mir gut überlegen. Ich meine – auch, ob du unbedingt umziehen mußt...«
Harriet legte die Platte mit neapolitanischen Volksliedern auf, die sie aus Italien mitgebracht hatte. Sie legte sich auf die Couch, schloß die Augen und versuchte, nur die Musik zu hören, nur diese ungeschulte Stimme, diesen gezupften Rhythmus. Als Trude aber anrief, blökte sie alles heraus, atemlos nach Gleichgewicht ringend, sich selbst verachtend für diese Schwäche. »Na ja«, sagte Trude: »war zu erwarten.«
»Wenn du klagen mußt, mußt du klagen«, sagte Trude. »Ruf Wolf an. Er kann dir wenigstens deine Chancen voraussagen.«
»Kommt im wesentlichen darauf an, welchen Richter du

kriegst«, sagte Wolf. »Ja, natürlich bist du im Recht«, sagte Wolf, »aber dennoch ist es eine Auslegungssache.«
Das Gespräch regte Harriet mehr auf als der Brief.
Sie räumte alles vom Schreibtisch auf den Boden, holte alle Unterlagen aus dem Schrank, die Aufschluß über ihre finanzielle Lage geben konnten, über ihre tatsächlichen Einnahmen aus eigener Arbeit. Die breitete sie auf dem Schreibtisch aus und rechnete. Sie kam zu dem Schluß, daß sie etwa ein Drittel ihrer Lebensunterhaltskosten selbst verdiente, und das unregelmäßig, mal Monate lang so gut wie keine Einnahmen hatte, dann vielleicht eine größere Summe auf einmal bekam...
Harriet schmiß die ewig wieder aufknarrende Schranktür zu, hörte sie wieder aufknarren, stieß den zerschlissenen Herrenzimmer-Ledersessel von seinem lockeren Kugelvorderbein. Immer soll ich bleiben, halten, hüten. Was hat diese Wohnung noch mit mir zu tun? Was hatte sie je? Ich hab' doch nur *Ja* gesagt: *ja:* neutrale Vorhänge; *ja:* harte Stühle; *ja:* van Gogh finde ich auch schön. Meine Haltung zum Ehemann war doch ein vorprogrammiertes *Ja*. Was hat diese Wohnung überhaupt mit irgend jemandem zu tun? Ein Sammelsurium aus Nachlaßstücken, Zufallskäufen, und Kompromißlösungen, nach Konvention und Sperrigkeit irgendwo hingestellt, mit Ferienmitbringseln verwohnlicht – Nirgendwo eine klare Form, ausreichendes Licht, eine Ecke nach meinem Lebens- und Arbeitsgefühl. Allein dieses halbleere Ehebett!
In Scheidung leben –
Sie schlief schlecht. Immer wieder wurde sie wach und lag lange ohne Schlaf, Pläne zum Geldverdienen fassend, die entweder unrealistisch glatt oder unrealisierbar schwierig ausfielen. Die Tendenz war, jede Perspektive zu zerschlagen, sich die Ausweglosigkeit ihrer Situation zu beweisen, sich zu überzeugen, daß sie Alex am Ende nachgeben müsse. Dagegen kam Trotz auf, den sie sofort als kindisch abschlug, um sich erneut klarzumachen, daß sie sich ihrem Schicksal ergeben müsse. Es endete mit Selbstmitleid, in das sich ein neuer Plan zum Geldverdienen mischte, den sie neben den anderen Gedanken her geschmiedet hatte, als funktioniere ihr Bewußtsein in zwei entgegengesetzten Richtungen zugleich; die eine führte in Ausweglosigkeit, die andere zu neuen Plänen.

Sie hatte Träume, die sie aus der Kindheit kannte, nicht so sehr dem Inhalt als der Stimmung nach, in die sie eingebettet waren: eingewickelt zu sein in Tüchern. Zunächst als Spiel; darin gewiegt zu werden, darin geschaukelt, dann immer schneller aufgerollt und ausgerollt von erwachsener Hand und nie ganz ein oder aus, so daß sie nicht wußte, wann sie herangeholt, wann ausgeworfen werden wird mit einem Peitsch-Effekt am Ende, mit dem Knall einer Peitsche auch und begleitet vom Gelächter der anderen Kinder; begleitet von Kindergeschrei diese steigende Angst, die gipfelt in Schwindelgefühl, in Ohnmachtserscheinungen, aus denen die Gefahr zu ersticken sie herausreißt; das Ringen nach Bewegungsraum, Atem; das Erwachen im eigenen Schrei –

Sie mußte oft aufstehen und aufs Klo gehen in der Nacht, als hätte sie sich die Blase erkältet; sie hatte ein schmerzhaftes Drängen dort. Als sie endlich tief einschlief, ging es auf den Morgen zu.

Das Telefon weckte sie. Nach elf Uhr morgens. Sie war groggy. Als sie den Hörer abnahm, drehte sich das Zimmer.

»Ja? Harri? Ich bin's.«

Alex. Alex, als sei nichts. Alex, die Stimme ein wenig angestrengt, aber aufgeräumt.

»Hast du meinen Brief bekommen?«

»Ja.«

»Ja – und –? Wollen wir uns heute abend treffen?«

Sie antwortete nicht. Sie starrte vor sich hin, einen schneidenden Schmerz im Becken.

»Hallo? Bist du noch da?«

Sie legte auf.

9. Dezember

Sie hatte zwei Mieten zu zahlen. Die Bezüge von Alex blieben aus. 100,– DM Kindergeld wurden ihr überwiesen. Sie hatte vergessen, daß sie für ihre noch in der Ausbildung befindliche Tochter Kindergeld bekommt. Ihr Minussaldo betrug um die 3000 DM. Vom Wohngeldamt bekam sie im gleichen Umschlag und ohne Begleitbrief einen negativen Bescheid, ein

Formblatt zur Bewilligung und eine »Verzichtserklärung«. AOK erhöhte den Satz für Freiwillig-Versicherte um 100%. Eine Erzählung, die vor einem Jahr gesendet worden war, wurde wieder ausgestrahlt: sie bekam 500 Mark. Sie mahnte ein Honorar von 200 Mark für eine Lesung an, die sie vor anderthalb Jahren gegeben hatte. Sie rief beim Senator für Wissenschaft und Kunst, Abteilung Literatur an. Der Referent hatte sich mal bei einer Mitgliederversammlung des Schriftsteller-Verbands vorgestellt. Er hatte von Arbeitsstipendien gesprochen. Sie vereinbarten einen Termin.
Zu ihrer Bankfiliale traute sie sich nicht mehr hin. In einer anderen holte sie Formblätter für Überweisungen vom eigenen Konto, die dort auslagen, schrieb Überweisungen für Miete, Versicherung, Gasag/Bewag und Telefon aus und schickte sie per Post an ihre Filiale. Ansonsten hob sie Bargeld per Euroscheck ab. Es interessierte sie, wie hoch ihr Minussaldo werden würde, bevor Frl. Kowalewsky kapitulieren mußte und die Bank ihr mitteilte, sie zahle nichts mehr aus.
Dann ging sie zum Verlag. Sie wollte von Keppler einen Vorschuß und eine Lesetournee, den Vorschuß sofort, die Tournee bald.
»Welch schöne Überraschung«, sagte Keppler sonor.
Harriet gab auf das Stichwort hin ihre inzwischen zur Formel erstarrte Begründung ab, warum sie wieder nach Hause gekommen war, und hörte die sie inzwischen wie ein Ritual anmutende Reaktion: man sehe es wieder mal; nichts gehe über Deutschland. Dann wollte sie sachlich werden, Keppler aber erzählte von seinem Häuschen in der Toscana, wo Harriet sich übrigens jederzeit aufhalten könne, da es meistens leerstehe. In unregelmäßigen Abständen zuckte seine linke Backe.
Harriet sah auf ihre Hände, auf ihre Fingernägel: der Glanz des einen Nagels war verwischt. Sie hatte zwar erst den Mantel angezogen und die Nägel als allerletztes, ehe sie ging, lackiert, aber irgendwo war sie wohl trotzdem gegengekommen. Sie wartete, lächelnd, Keppler zunickend, auf die Stichfrage: weshalb sie zu ihm gekommen sei.
Sie habe einen Teil der Gedichte für einen neuen Band. Keppler sah interessiert aus. Harriet erläuterte, den Blick nach innen gerichtet, wo ihr Konzept im Lichte seines Interesses sich entfaltete, aufblühte. Als sie hochsah auf seinen Mundzug,

wich die Vision. Sie wurde sich statt dessen bewußt, die Seidenbluse angezogen zu haben, die genau ihre graugrüne Augenfarbe hatte.
Den Ton, den sie gerade bei Keppler treffen wollte, fand sie nicht. Versuchte sie vornehm, die finanzielle Lage zu streifen, verstand er ihre Anspielung als Koketterie und ließ durchblicken, wieviel schwerer es männliche Lyriker, zumal geschiedene, hätten.
Als sie trotzdem einen Vorschuß wollte, zeigte er das Lächeln eines Missionars für die Einfalt von Eingeborenen.
Für die Lesetournee sei es einfach zu früh: die Spannung verpuffe. Keppler wurde über die schwierige Kunst, effektiv zu werben, eloquent. Er wies darauf hin, daß Harriet eine sehr aparte Erscheinung sei: »Schon wie Sie eintraten eben! Den Lederkragen smart hochgeschlagen, der Mantel hinter Ihnen herfliegend wie das Cape einer Gräfin! Nicht nur Eleganz –« Er rieb den Daumen gegen die Finger, um denen den passenden Ausdruck zu entziehen: »– etwas mehr, weit mehr«, sagte er dann.
»Das müssen wir richtig einsetzen.«
Harriet entsann sich, den Mantel schon auf der Straße aufgeknöpft, ihren Gang entschlossen beschleunigt zu haben, um genau den Effekt zu erzielen, den Keppler gerade beschrieb. Sie betrachtete seine unsensiblen Hände. Wie sehr sie längst erkanntes Fehlverhalten sich selbst verschleierte, überraschte sie immer wieder neu.
Keppler redete noch. Harriet stand auf, verabschiedete sich und ging.
Es gab geschminkte Hausfassaden neuerdings in diesem Stadtteil: Lidschatten-Farben von Yves Saint Laurent für das Volk.

10. Dezember

Brainstorming:
Problem: Geld.
Geldquellen:
  Noch nicht ausgeschöpfte:
    Verlage,

Funkredaktionen,
Feuilletonredaktionen,
literaturfördernde öffentliche Instanzen,
literaturfördernde private Instanzen.
Noch nicht erschlossene:
Fernsehredaktionen.
Nur im äußersten Notfall anzusprechende:
Notgemeinschaft,
Onkel Ulrich,
die Goldmünzen,
Vatis Briefmarkensammlung.
Vorschußwürdige Ideen für Verlage:
Dokumentationen,
Anthologien,
Übersetzungen aus dem Italienischen.
Fällige Tribute an die Funkredakteure:
briefliche Vorstellung bei neubesetzten Redaktionen,
telefonische Rückmeldung aus Italien bei bekannten Redaktionen.
Hiermit zu verbindende Vorschläge:
lyrisches Hörspiel,
Feature über Frauen in Italien.
Angebote an Feuilletonredaktionen:
Feature nach aktuellem Bedarf,
Vorabdrucke,
Buchrezensionen
Würdigungen zu Todestagen bekannter Autoren.
Angebote an lit. förd. öffentlich:
Lesungen an Schulen,
Lesungen in Haftanstalten,
Lesungen in Volkshochschulen,
Lesungen in Altersheimen
Angebote an lit. förd. privat:
Lesungen bei Urania,
Lesungen für den Kulturförderkreis der Industrie- und Handelskammer,
Lesungen in Galerien,
Lesungen in Buchhandlungen,
Lesungen in Gemeindehäusern.
Nachträglichen Geburtstagsbrief an Onkel Ulrich.

Harriet benutzte den Morgen und den frühen Nachmittag dazu, die Telefonate zu führen, die Briefe zu schreiben. Die angerufenen Redakteure waren entweder in Urlaub, bei einer Konferenz, außer Haus, nicht im Zimmer oder nicht in Berlin: sie wollten alle zurückrufen. Die Briefe steckte Harriet auf dem Weg ins Büro des Senatsreferenten ein.
Wieder saß sie in einem Vorzimmer. Hinter der Tür zum Zimmer sprachen zwei Männer, die, dem Ton des Gespräches nach, Vater und Sohn sein konnten. Stühle rückten; dann sagte der Vater an der sich öffnenden Tür: »Frauen zählen immer die Tage«, und Karl Baumgart kam heraus: groß, saftig, braun, die Krawatte schief, das Hemd voll Wind überm Bauch.
»Harri!« rief er aus, riß sie hoch und schloß sie in die Arme. »Du bist ja wieder da!« Sie hatte mindestens zweimal sein Vorzimmer angerufen.
»Laß dich angucken«, sagte er, stieß sie auf Armlänge von sich und hielt sie da. »Nein«, sagte er, »sag mal: dir geht es nicht gut –« Harriet kämpfte gegen eine töchterliche Gemütswallung an.
»Du«, rief Karl, »jetzt fällt mir wieder ein: du hast ja bei mir angerufen.« Harriet nickte.
»Ja, komm doch, wollen wir nicht einen Kaffee zusammen trinken? Ach so, du wolltest ja hier mit – Du, aber, komm vorbei: ich habe keine Ahnung mit den Terminen, das macht alles die Schwikow, sonst werde ich wahnsinnig, aber sag ihr, ich habe es gesagt, ja? Diese Woche noch! Bestimmt?« Er klopfte ihr auf die Schulter: »Wir finden was.« Dann hob er die Hand zum Adieu und ging.
Der Senatsreferent hieß Rainer von Rahn. Harriet hatte ihn nicht als so jung in Erinnerung, auch nicht als so körperlos aristokratisch. Ohne sie zu fragen, bestellte er bei den Frauen im Vorzimmer Kaffee, schenkte Hennessy ein, reichte Harriet einen Schwenker. Er wärmte sein Glas in den Handgruben, während er sprach.
»Ich beneide Sie«, sagte er. »Ich habe, seitdem ich hier bin, kein Gedicht mehr geschrieben.«
Das Telefon nahm er einmal ab, sagte, er hätte einen Gast und ordnete daraufhin im Vorzimmer an, daß nicht mehr durchgestellt wird.
Er suchte die Formblätter für den Stipendiumsantrag zusam-

men und gab sie ihr. »Schon die Qualität des Papiers –« sagte er abfällig.
Dann half er ihr in den Mantel. »Ich kenne Ihren Sohn, Wolf«, sagte er dabei. Sie schaute ihn an. Er lächelte wie ein Freimaurer, der gerade das Geheimzeichen gegeben hat.

11. Dezember

Harriet wartete in den klammen Räumen, die über ein Jahr lang ohne Licht gewesen waren, auf Rainer. Den Mantel zog sie nicht aus. Sie ging von Zimmer zu Zimmer.
Sie hätte etwas darum gegeben, Gregors Arme um sich zu haben. Allein dieses Haben würde ihr ganzes Soll aufwiegen.
Sie fühlte sich ausgehöhlt, als wäre sie ausgeweidet, als hätte sie lange aus dem Leeren geschöpft: Windei-Ideen, die sie in die Luft entsende: Regenbogenblasen, Tragt-mich-mit-hoch-Drachen -- und merke nicht, daß sie, mit einer Schnur in der Hand, durch den Dreck läuft –
Rainer schloß, als er kam, provisorisch eine Dreifach-Steckdose direkt an Kabelenden an, die aus dem Zähler ragten. Dann klemmte er Leuchten überall hin und machte Licht: feuchte Wandstellen, morsche Fensterrahmen, ausgetretene Schwellen, zerfressene Rohre, rissige Zwischenwände, rosträudige Abwaschbecken, abbröckelnder Putz... Harriet hatte darin, was Handwerker kosten, Erfahrungswerte; den Umfang der Arbeit einzuschätzen, die hier notwendig war, hatte sie keinen Maßstab.
Rainer ging, Bleistift und Papier in der Hand, die Zimmer durch. Er beantwortete Harriets Fragen knapp. Sie konnte, wenn er lächelte, nicht feststellen, ob sie etwas Dummes oder etwas Amüsantes gesagt hatte. Sie bemühte sich, ihre Ahnungslosigkeit durch Bereitwilligkeit aufzuwiegen. Als sie sich aber unbekümmert anbot, eine Backsteintrennwand, die Rainer für die Küche vorschlug, zu mauern, schien ihn etwas zu stören.
Er schwieg sich zu ihren hilflos nach dem Grund suchenden Fragen aus. Sie konnte ihm lediglich die mürrische Bemerkung entlocken: mauern lerne man nicht an der Uni.

Harriet sagte, nichts läge ihr ferner, als handwerkliche Arbeit geringzuschätzen. Rainer machte eine skeptische Miene.
»Im Gegenteil«, sagte Harriet: »Das Handwerk hat, eher als andere Betätigungsfelder, genau die gesellschaftlich anerkannte Relevanz, die auch die Kunst genießen müßte. Ich würde gerne einmal analysieren, woran die Unterschiedlichkeit der Anerkennung liegt. Schon die Besoldungsterminologie gibt die Wertigkeit präzise wieder: meine Arbeit wird nicht bezahlt, sie wird honoriert. Und diesem Honorigen haftet etwas Entwürdigendes an: *honorieren* ist das Gegenteil von *ehren:* der, der honoriert, gibt sich die Ehre; der Honorierte hat zu danken.«
»Wollen wir nicht anfangen?« fragte Rainer.
Harriets Nase lief ständig. Sie zog den Mantel aus und suchte einen halbwegs sauberen Fleck, wo sie ihn hinhängen konnte. Schließlich mußte sie einen Fenstergriff als Haken benutzen. Fröstelnd zog sie sich aus und stieg in die mitgebrachte ›Arbeitskleidung‹: Kleidungsstücke, die ihr aus modischen Gründen nicht mehr gesellschaftsfähig erschienen, die aber, wie sie jetzt ahnte, eine arbeitsgemäße Bewegungsfreiheit nicht zuließen. Dafür war die zufällige Farb- und Stilzusammensetzung für Harriets Gefühl revolutionär. Sie hätte sich gerne im Spiegel gesehen.
»Jedenfalls«, sagte sie, während sie eine Strickjacke über den Pullover zog, »werde ich für die Dauer der Renovierung eine als Arbeit anerkannte Arbeit leisten. Bares Geld werde ich dafür nicht bekommen, aber das bin ich gewohnt.«
Rainer stand längst mit Leiter, Wassereimer und Bürste bereit, sie in das Tapeten-Einweichen einzuführen. Er demonstrierte. Sie ahmte nach. Innerhalb weniger Minuten war sie durchnäßt. »Wenn ich diese Arbeit in Handwerkerstundenlohn umrechne«, rief sie Rainer zu, der weitergegangen war, »dann werde ich bei der Renovierung mehr verdienen, als ich je per Zeiteinheit verdient habe.« Harriet strich freudig Flächen ein, faselte Ökonomie, ihre Thesen laut durch die dürftigen Räume rufend. Sie sagte, die Intellektuellen hätten längst erkannt, die Welt wissenschaftlich an den *point of diminishing returns* gebracht zu haben, und suchten nur eine sie selbst überzeugende Rationalisierung, mit der sie zu Kräutern, Sonne-Wind-Wasserenergie und Handwerk fortschreiten könnten.

Rainer sagte leise, als er um Harriets Leiter herumgehen mußte: wenn das Wässern ihr Spaß mache, könne sie wieder vorne anfangen, denn da wäre die Tapete bereits wieder trokken. Harriet begriff ihn nicht sofort. Sie hatte ihren Faden verloren, sagte aber, daß das Geld eine Abstraktion sei: Zahlen hinter einem Plus- oder Minus-Zeichen und gefolgt von den Buchstaben: DM. Die Tritte, Harriet stieg jetzt herunter, waren höllisch glatt. Sie rückte die Leiter an ihren Ausgangspunkt, stieg wieder hoch, wässerte nach und versuchte einen ähnlichen Abzieh-Anfang zu machen wie Rainer, der eine Bahn oben ablösen und als Ganzes abnehmen konnte. Ihr fielen Zeitungsartikel zu dem Thema ein, das sie *Wiederentdekkungsforschung* getauft hatte. Solche Artikel häuften sich in letzter Zeit. Sie hatte angefangen, sie zu sammeln. Zu welchem Zweck wußte sie nicht.
Mit dem Abziehen kam sie nicht weiter; entweder löste sich das Zeug überhaupt nicht oder es riß an tausend Stellen ein. Sie holte ein spitzes Eisen aus Rainers Kasten und versuchte es damit.
»Paß auf, was du da machst!«
Harriets Fuß rutschte auf der glitschigen Leiter fast aus, als Rainer schrie. »Du bohrst da vielleicht 'rein. So etwas muß man mit Gefühl machen.«
Die Kälte in Harriets Händen und Füßen schmerzte. Sie hielt sich an der Leiter fest und sah sich die Wand an, in die sie ›reingebohrt‹ hatte. »Mit Gefühl« versuchte sie begrifflich zu fassen und dann in die Tat umzusetzen. Immer wieder streifte sie von der Konzentration auf die Arbeit ab.
Sie stellte sich vor, ein Mann zu sein, der diese Arbeit macht, für andere und gegen Lohn, jeden Tag außer Sonntag und dann vielleicht schwarz, bis ihm das Rheuma die Arme und Beine hochkriecht und das Glied erreicht, bevor es ans Herz gelangt: Männerarbeit. Sie schaute zu Rainer hin, der die wassersprühende Bürste in gleichmäßig breiten Strichen weiterhin über die Decke zog, obwohl Kalkflecken ihm auf Mütze und Nase platschten. Gelegenheitsarbeit war es für ihn. Harriet hatte im Ohr, wie er Trude beteuerte, daß er einfach nicht wisse, ob es sinnvoll sei, zu studieren, und wenn: was. Die Top-Manager seien kaputt; die Professoren seien kaputt...
»Die ungelernten Arbeiter sind kaputt«, leierte Trude ihm nach: »und auch die Künstler sind kaputt.«

16. Februar

Es war still in der Wohnung, still auch in Harriet. Es gab nur: die Fläche hinter dem Abwaschbecken, die Klinkerkacheln, den angerührten Mörtel, den zwischen zwei Nägel gespannten Bindfaden, der die obere Waagerechte bestimmte, und die Streichhölzer, die den Abstand zwischen den Platten wahrten. Es gab die Reihenfolge der Griffe und die Zeitspanne zwischen Anrühren und Abbinden.
Wolf kam unangemeldet: »Nee, nee: ist klar! Mach ruhig weiter –« Er stellte sich hinter sie und neben sie und faßte alles mit unverständigen Händen an, zog an den Streichhölzern, wollte den Nagel –
»Faß den Nagel nicht an!« schrie sie.
»Oooo... ich wollte ihn nur gerade –«
»Der Nagel braucht nicht gerade zu sein; der Faden muß gerade sein!«
Es half aber nichts: Er konnte die Hände nicht still halten. Sie mußte Mörtel Mörtel sein lassen und aufhören. Sie zog die Gummihandschuhe aus, drehte sich zu ihm um, lehnte sich gegen das Abwaschbecken. Dann war er erst zufrieden: »Schön machst du das«, sagte er mit flüchtigem Blick auf die bereits gelegten Kacheln.
»Kannst du nicht beurteilen«, sagte sie.
Ihr Ton war ihm ungewohnt. Das sah sie. Er sagte aber nur: »Ich habe gestern mit Vati gesprochen. Hast du denn was unternommen?«
»Was soll ich unternommen haben?«
»Na, zumindest mußt du einen Anwalt aufsuchen. Du wirst klagen müssen, das ist dir wohl klar; der sagt doch nur: ›Ich habe angeboten, mich mit ihr zu treffen und in Ruhe über die Sache zu sprechen. Sie hat den Hörer aufgeknallt. Bitte schön. Wenn sie nicht will –‹ Das ist alles, was er sagt, stur weg, kannst auf ihn einreden, wie du willst.«
Harriet hatte das Gefühl, bei einem langen Spaziergang durch den Wald plötzlich auf die Autobahn zu stoßen.
»Ich habe wenig Lust zu einem Rechtsstreit«, sagte sie. »Das bringt keine Klarheit.«
»Es bringt einen Vergleich«, sagte Wolf, »und ein Vergleich ist besser als nichts.«
Sie sagte, eben darüber wäre sie sich nicht sicher. Wolf redete

penetrant auf sie ein. Seine Ungeduld blieb um sie, als er gegangen war. Sie kriegte die Konsistenz des Mörtels nicht mehr hin, hörte früher auf und fuhr in die alte Wohnung, wieder voll im Bann alter Ohnmachtsgefühle.
Zu allem rief Karl Baumgart noch an: »Harri! Ich ruf' dich seit Tagen an. Wo steckst du denn? Du hast dich nicht gemeldet. Wollen wir nicht zusammen essen gehen? Heute abend, wenn du lustig bist.«
»Lustig ist viel verlangt. Ich renoviere gerade –«
»Aber, das trifft sich doch gut. Du willst bestimmt jetzt nicht mehr anfangen und kochen, und durch mich kommst du zu einem gaumenerfreuenden Essen bei geistvoller Unterhaltung in gepflegter Atmosphäre.«
Harriet duschte. Sie fragte sich, ob sie wegen Karl ging, wegen Berufsehrgeiz, wegen der Mühe, die es ihr gemacht hätte, Nein zu sagen, oder ob, einmal aus der Ruhe gebracht, eine gewisse Hektik sie wieder lockte, wie sie sie vor kurzer Zeit noch für intensives Leben gehalten hatte. Sie fühlte sich nach einem weiten, weichen Kleid, das nirgends Körper wird. Für das, das sie anzog, war es draußen zu kalt, aber sicher gingen sie in ein gut geheiztes Restaurant. Sie hatte Hunger. Sie hatte Appetit.
Sie bestellte *aperitivo, antipasto, pasta, secondo, contorno, dolce, espresso, digestivo.* Karl freute sich laut: sie sei eine Klasse-Frau, mit ihr könne man essen gehen, die meisten Frauen mäkelten herum, bestellten fast gar nichts und fräßen am Ende ihm alles weg.
Was die Unterhaltung betraf, unterhielt sie mehr ihn als er sie. Das war eine Wende. Unter anderem begründete sie die These, daß Schutt schippen kreative Arbeit sei. Als sie ihre Fahrt zur Müllkippe darstellte, sagte er, sie müsse daraus ein Hörspiel für ihn machen: »So, wie du es erzählst! Genau so! Das ist ja toll! Allein die Geräusche!«
Er lachte wie die lustigen Holzhackerbuam.
»Du wolltest einen Termin mit mir machen«, sagte er. »Das ist sechs, acht Wochen her. Du bist nie gekommen. Was wolltest du denn?«
»Ich wollte ein Hörspiel machen.«
Er lachte wieder: »Siehste! Wußt' ich's doch. Jetzt haben wir eins. 'S viel besser, man geht essen. Im Sender fällt einem nichts ein.«

»Ich möchte aber doch kein Hörspiel schreiben«, sagte Harriet: »Ich möchte mich allein auf Lyrik konzentrieren.« Karl nahm ihr das, obwohl sie es mit Nachdruck wiederholte, nicht ab. Sie könne auch ein anderes Hörspiel machen, seinetwegen ein ganz und gar lyrisches Hörspiel. Von Zeilenhonorar und Lyrikbändchentantiemen könne man nicht mal seine Sargnägel bezahlen: wo lebe sie denn?

8. März – 8. April

Eintragungen im Arbeitstagebuch:
Besuch bei der eigenen Bankfiliale als Schuldner von über 6000,– DM: zuvorkommendere Behandlung als je zuvor.
Zwei mal täglich um die gleiche Zeit an den gleichen U-Bahnhöfen in den gleichen Waggon des Zuges steigen, der in die gleiche Richtung fährt, ergibt eine wortlose Kommunikation unter täglich gleichen Fahrgästen: man legt sich deren Innenleben nach äußeren Kennzeichen zurecht und nimmt daran teil. Ein gesprochenes Wort würde die Intimität verletzen.
Gertrude Steinsche Handwerkerweisheit:
Was du hast, hast du.
Was weg ist, ist weg.
Was zu viel ist, ist zu viel.
Zu rezensierender Roman: aus dem Amerikanischen in die Sprachen Dantes, Baudelaires und Kafkas übertragen, 483 S. Leinen: fleischfressende Amis in Ravenna, Paris, Prag –
Kein Süßholz mehr drechseln: Gedichte aus Glas und Stahl.
»Was auch immer kaputt ist, bringt der Junge zum Laufen: der Junge, der muß auf'n praktischen Zweig.«
Morgendliche Mitfahrerin: etwa 45 Jahre alt, eisengraues Haar zurückgekämmt, hinten zu einem vollen Zopf geflochten, ohne den Eindruck zu erwecken, sie wolle mädchenhaft wirken oder verherrliche Natürlichkeit im worpswedischen Sinn (Thema: gute Frau). Ob sie allein ist? Ihr Beruf? Fragt *man* nicht. *Man* spricht Fremde nicht in der Öffentlichkeit an (Thema: bürgerliche Kommunikation).
Frage des Heizungsmonteurs: »Wie sieht das denn aus im einzelnen: Gedichte schreiben?«

Kommentar zur Erklärung der Dichterin: »Den ganzen Tag allein in der Stube hocken und überlegen, das würde mich verrückt machen.«
Abends abgespannt. Im Zustand der Ab–Spannung tritt der Reigen der Bilder vor das innere Auge: Versuchung, Papier und Stift zu nehmen, die Bilder festzuhalten: ein Willensakt, der den Fluß zum Stillstand bringt.
Eva sagt immer »ein Bekannter«; nie »Freund«, nie »mein Bekannter«.
Warum führe ich noch immer Arbeitstagebuch? Vor etwa einer Woche am U-Bahn Ausgang Halensee: ein dicklicher Mann steht vor der Rolltreppe auf dem Bürgersteig und sieht unverwandt zu mir hin, während ich hochfahre, als warte er auf mich. Er trägt einen Kinderrucksack, knielange Wanderhosen. Er verstellt mir den Weg, hält mir einen verkrumpelten Zettel vor, auf dem eine Anschrift steht, und fragt mich nach der Straße. Ich gebe ihm Auskunft. Heute steht der gleiche Mann, genauso gekleidet mit seinem Rucksäckchen an gleicher Stelle. Dem Mann, der vor mir auf der Rolltreppe hochfährt, verstellt er den Weg und fragt nach der Straße.
Das Kaufhaus-Parkdeck stirbt täglich Schlag 18:30 aus. Funktionslos und sinnentleert liegt ein solcher Raum den Abend und die Nacht. Man müßte Jazz-Festivals machen, aber wir begrenzen und bestimmen uns durch feststehende Vorstellungen: Kaufhaus = Geschlossen ab 18:30 Uhr. Die alleinstehende Frau ist ungeliebt ab 22 Uhr: sie verbindet *die Nacht* mit *für die Liebe* und nicht mit *für mich selbst*.
Es gibt auch Köpfe ohne Nägel.

19. April

Am ersten Morgen nach der ersten Nacht und dem ersten Frühstück hatte sie sich an den Schreibtisch gesetzt und war lange dagesessen ohne das Bedürfnis, ein Blatt und einen Stift zu nehmen. Das selbstprogrammierte Pflichtbewußtsein, jetzt arbeiten zu müssen, weil sie nun in der Wohnung wohne und nichts mehr sie abhalte, meldete sich, aber sie war einfach dagesessen, als sei das die Arbeit.
Freie Wandflächen, nackte Tische, leerer Raum; bloße

Fenster: keinen Stoff davor, Außenjalousien abends. Die Regale, die Rainer gebaut hatte, hielt sie weitgehend frei. Sie waren Zeichnungen: schwarze Linien an der weißen Wand.

Nach etlichen Tagen legte sie sich Papier und Stift zurecht, fing aber nicht an. Der Zwang, der sonst von einem leeren Blatt ausging, schien unwirksam zu sein: Sie konnte es fast besser als weißes Din A4-Rechteck auf dem größeren Rechteck der Schreibtischplatte liegen lassen, als es vollzuschreiben.

Als sie die erste Arbeit anzulegen begann, saß sie daran den Vormittag hindurch, sah, wenn sie nicht weiterkam, auf die von dieser Distanz aus und bei vollem Licht täuschende Ebenmäßigkeit der Wände, die ihre wirklichen Unebenheiten dann preisgaben, wenn der Lichtstrahl sie schräg traf. Sofern sie in ihrer tapezierten Vergangenheit über eine nennenswert freie Wandfläche verfügt hatte, hatte sie Lichtspiele darauf nicht wahrgenommen. Auch jetzt bemerkte sie die Lichtveränderung nur nebenher, während sie nach dem richtigen Ausdruck suchte, dem präziseren Wort, der stärker auf den Inhalt lenkenden Wortstellung, dem stimmungsgebenden Wortrhythmus. Das Wandbeschauen nebenher hatte einen guten Effekt, wie es schien: zerstreuend, ohne ablenkend zu sein, filterte es unversehens blockierende Gedanken weg und legte Wortquellen frei.

Blätter auf dem Schreibtisch übten einen Sog auf sie aus: wie sie mal neben-, mal übereinander in verschiedenen Winkelpositionen zur Schreibtischkante lagen, die einzigen nicht fixierten Objekte im Raum, die einzigen noch funktionslosen. Beim Kaffee morgens hatte sie das Bild, wie die Blätter jetzt lagen, so deutlich vor Augen wie die Verse im Ohr. Manchmal sagte sie einzelne Zeilen laut. Oder sie sprach sie abends auf Kassette und spielte sie sich beim Frühstück vor, beim Pinkeln, beim Bettdecke wegräumen. Die Geister aller, die sie je am Schreiben gehindert hatten, waren kleinlaut geworden: sie flüsterten ihr nicht aufdringlich zu, sich ordentlich anzuziehen, Staub zu wischen, abzuwaschen... Es gab ohnehin nur eine Tasse und ein Frühstücksbrett und wenig, auf das sich Staub legen konnte. Sie setzte sich im Morgenmantel an den Schreibtisch und ordnete die Blätter.

Alles wieder lesen und manches streichen. Das Ohr sprechen

lassen und ihm Widersprechendes streichen. Vor allem die Auswüchse gestriger Gedanken nach dem heutigen Gefühl streichen. Das Streichen morgens kam ihr vor wie eine Fortsetzung jenes Wegschmeißens, Weghaben-Wollens, dem herrschenden Geist der letzten Wochen des Umzugs. Als hätte sie jene tiefsitzende Angst überwunden, aus der heraus sie sich an Dinge klammerte, die einst Werte für sie dargestellt hatten, aber längst ohne Inhalt waren. Sie konnte ganze Zeilen herausnehmen aus einem Gedicht und durch nichts ersetzen: Raum lassen. Verbindungsworte fielen weg und Übergänge, auch in der Melodie. Die Arbeit las sich *staccato*. Begriffe standen für sich alleine. Harriet schritt durch den langen Raum und wiederholte Wortreihen laut.
»Du Himmel! Es ist eine Nonnenzelle!« sagte Tilli. »Du mußt einen Teppich haben oder was. Und ein paar Kissen. Soll ich dir Kissen schenken?«
»Schlepp mir bloß keine Kissen hier an!«
Tilli setzte sich auf die Bank, dann setzte sie sich lieber aufs Bett. Sie schob die zwei Kopfkissen hin und her in ihrem Rücken, schaute die Länge des Zimmers auf und ab: »Mach doch ein bißchen Musi«, sagte sie: »Wo hast du deine Anlage versteckt?«
Harriet saß hinter ihrem Schreibtisch. Zurückgelehnt. Tillis Tingeltangelarmreifen klangen wie das Schlagen von Blechglocken. Harriet sagte, sie möchte keine Musik machen: man könne dabei nicht reden.
»Du, aber echt: das hast du nicht nötig«, sagte Tilli mit ungewohntem Ernst. Sie sah vage beunruhigt aus. »Es ist so – irgendwie ärmlich.« Sie fuhr fort, unverfängliche Möglichkeiten, einen Kredit aufzunehmen, zu erläutern: Harriet müsse selbst sehen, was für einen Eindruck solche Lebensumstände machen und überhaupt, wie ein Mangel an Bequemlichkeit die Seele präge. Sie sagte »Seele«.
Zunächst war Harriet leicht amüsiert. Dann protestierte sie; der Schreibtischstuhl wäre teuer gewesen, der »Mangel« sei eher Mangel an Hausarbeitsaufwand als an Bequemlichkeit und käme ihrer eigentlichen Arbeit zugute. Schließlich aber empfand Harriet, daß sie falsch gesehen wird, und das bokkige Gefühl kam in ihr auf, die falsche Sicht nicht einmal korrigieren zu wollen. Harriet auf einen angemessenen Wohnstil zu bringen, interessierte Tilli nach kurzer Zeit auch nicht

mehr. Sie schüttelte sich davon förmlich körperlich frei, all das, was sie sich umgehängt hatte, rasselnd, kündigte an, daß sie von hier aus in die Paris-Bar gehe, dort wäre jetzt eine neue Bewirtung, alles sei neu und hübsch gemacht, es gingen nun meistens Leute aus der Konfektion und vom Fernsehen hin, Harriet müsse mitkommen, ein bißchen 'raus, was anderes sehen, man könne schnuckelig essen, lauter Delikateßchen. Sie beschrieb die Speisen, die Menschen, die neue Ausstattung mit jenen griffigen Wendungen, die Tilli stets so leicht verfügbar waren, daß Harriet sich bei ihrem selbstquälerischen Kampf um das Wort im Vergleich wie ein Schwergewichtsheber vorkam.
Harriet lehnte es ab, mitzugehen. Aus Bockigkeit? Wegen der seit dem Umzug spürbaren Gravitation? Sie wußte es nicht zu sagen.
Als sie die Tür hinter Tilli zumachte, setzte eine Stille ein, die fast Verlassenheit war. Überall waren Spuren: ein Glas mit Lippenstiftrand, Asche auf dem Boden, ein halb gegessenes Radieschen, Duft... Sie räumte weg und setzte sich an den Schreibtisch, aber die Blätter waren nur Blätter, das Zimmer war dürftig mit selbstgebastelten Möbeln bestellt, ihm fehlten auch Musik, menschliche Stimmen.
Sie schaltete das Radio ein, aber in jedem Sender redete einer mit engagiert unparteiischem Tonfall. Sie schaltete aus, setzte sich auf den teuren Schreibtischstuhl und vergrub das Gesicht in die auf den Blättern liegenden Arme. Das Wort, das sie zufällig las, als sie den Kopf niederließ, bewegte sich kurz als Buchstabenbild vor den geschlossenen Augen. Daneben hörte sie das halbfrohe Lachen um Kneipentische und hatte den Brand in der Kehle, den ihr einmal geweckter, ungelöschter Durst nach vollem Genuß hinterließ nach durchkneipten Nächten. Sich voll geben. Voll genommen werden. Voll eingenommen. Keine Halbheiten mehr. Lieber nichts.
Sie blätterte in den Blättern. Las ein paar Zeilen. Las laut. Ließ sich wieder ein. Die Sprache war streng, fand sie. Die Blätter waren klar, fand sie.

24. April

Sehr spät am Abend rief sie bei Wolf an. Er sagte, die Gedichte hätten ihm, so weit er sie verstand, gut gefallen.

»Was für Gedichte?« fragte sie.

»Na, die, die neulich abends gesendet wurden. Hast du die Sendung nicht gehört?«

»In welchem Sender denn?«

»Ja, Mensch, ich hätte dich angerufen, aber es fiel mir nicht ein, daß du es nicht weißt.«

Sie reagierte gelassen. X-beliebige Lyrik-Lieferanten benachrichtigt der Apparat, Sender, nicht. »Ich wollte dir aber ganz was anderes sagen«, sagte Harriet: »nämlich, daß ich mich entschieden habe, auf die Unterhaltszahlungen zu verzichten.«

»Und warum?«

»Ich möchte einfach endlich davon frei sein, daß Alex für mich verantwortlich ist.«

»Das verstehe ich nicht. Ich muß sagen, ich verstehe dich nicht mehr.«

»Ist das nicht zu verstehen?« fragte sie. »Es ist doch ganz normal, daß ein erwachsener Mensch die Verantwortung für sich selbst übernimmt.«

»Und wovon willst du deinen Lebensunterhalt bestreiten?«

»Das wird sich ergeben. Du hast doch wohl nicht Angst, daß *du* –«

Er lachte angestrengt: »Nee, nee: Kinder haften nicht mehr für die Schulden der Eltern.«

3. Mai

An einem Tag im Mai, der noch nichts vom Frühjahr ahnen ließ, kam ein Telefon-Anruf, der Harriet überraschte. Eine Frauenstimme meldete sich. Wie meistens verstand Harriet den Namen nicht. Nach dem Namen verstand sie aber deutlich: Drittes Fernsehprogramm.

Die Frau fragte an, ob Harriet sich bereit finden könnte, an einer Reihe von Podiumsgesprächen zum Thema Lyrik teilzunehmen, die das Dritte Programm, zunächst für Berlin, ausstrahlen wolle, die Sendungen würden erfahrungsgemäß auch auf den übrigen Schienen laufen. Sie nannte Gesprächsteilnehmer, die schon zugesagt hatten: zwei Lyriker, zwei bekannte Kritiker, einen vielbeschäftigten Moderator. Zu Harriets Erstaunen nannte sie gleich das Honorar. Es betrug für die fünf Podiumsdiskussionen, die je eine Sendezeit von 45 Minuten hatten, jeweils 750 Mark. Harriet wäre von Karl Baumgart vorgeschlagen worden, der sie herzlich grüßen lasse.

Es war kein Erfolg. Es war nicht auf die Qualität ihrer Arbeit zurückzuführen. Sie bezweifelte, daß Karl ein einziges ihrer Gedichte kannte. Es war sein schlechtes Gewissen oder sein Geltungsbedürfnis oder der zufällige Einfall einer Bierstimmung. Die Auswahl der Teilnehmer war willkürlich, ohne erkennbare Linie, im Grunde unfair. Das Schmeichelhafteste, was sie für sich in Anspruch nehmen konnte, war, daß ihre Entscheidung, streng bei der Lyrik zu bleiben, Karl vage beeindruckt hatte, eventuell etwas in Richtung auf die ›Besessenheit‹ ausgesagt hatte, die für ihn die Voraussetzung für Größe war. Sie fühlte sich keineswegs besessen. Sie war nüchtern. So gern, wie sie arbeitete, so gern arbeitete sie auch nicht.

Mit Sicherheit war sie Alibi-Frau. Sie hörte Karl sagen: »Das ist immer besser. Dann können sie nichts mehr auszusetzen haben. Und außerdem lockert eine Frau die Sache auf.« Auflockernder wäre eine jüngere Frau gewesen. Die beiden Kritiker, wie sie sie kannte, hätten es auf jeden Fall lieber gesehen. Wahrscheinlich war die Überlegung, die zu ihren Gunsten ausgefallen war, die, daß eine ›gestandene‹ Lyrikerin eher in die Runde passe, was anderes würde die würdigen Lyriker abwerten und hätte was, wenn nicht Frivoles, so doch Unernstes an sich.

Trotz allem schrie Harriet, als sie aufgelegt hatte: *»Hoooh!«* und umarmte sich. Sie schenkte sich einen Cognac ein. Irgendwo hatte sie gelesen, daß eine schlechte Einschaltquote immer noch eine Million Zuschauer bedeutete.

Sie rief Karl an. Unerwarteterweise war er da. Er meinte, eigentlich müsse sie sich bei Gudrun bedanken: Gudrun hätte Gedichte von ihr im Radio gehört und, als das Gespräch darauf kam, welche – na: welcher dritte Teilnehmer in Frage komme, hätte Gudrun gesagt: »Nehmt doch die Wende. Das ist eine gute Frau.«

»Hat sie ›gute Frau‹ gesagt?«

»Ja, warum?«

Harriet tanzte kurz mit sich einen langsamen Walzer, band ein Kopftuch französisch um und fuhr los: U-Bahn: erster Stop: KaDeWe-Lebensmittel.

Es war elf Uhr morgens. Harriet schlenderte, sah sich den Mund wäßrig, kaufte zum Schluß 200 Gramm Rehrückenfilet zum bizarren Pfundpreis von 36,– DM.

Dann fuhr sie Bus nach Friedenau zum spanischen Laden »Del Sol«, der den samtenen Rioja führte, an den sie dachte bei der Vorstellung von Rehrückenfilet. Sie war seit einem halben Jahr nicht in dem Laden gewesen. Die junge Spanierin, wohl eine Schwester des Inhabers, erinnerte sich an sie gleich. Es tue ihr leid, daß Harriet jetzt so weit weg wohne. Harriet sehe schmal aus, sie müsse jeden Morgen vor dem Frühstück ein kleines Gläschen Rotwein trinken – nicht viel – das rege an. Harriet versprach es, aber sie kaufte nur die eine Flasche Rioja. Sie wollte im Augenblick nicht mehr tragen.

Ihr nächster Gedanke war Nöthlings *terrine du chef*. Bus: Rathaus Steglitz. Sie wollte auch Gemüse bei Nöthling kaufen, aber das Gemüse bei Nöthling sah aus wie das wächserne Abbild von Gemüse, seitdem sie die Ware in den türkischen Läden zum Vergleich hatte.

Im Bus nach Schöneberg zu den türkischen Läden stellte sie das Menü zusammen. Nach den Beilagen fehlte noch Dessert. Dessert war schwierig in Berlin. Es gab zwar Italienisches, nirgends konnte man aber ein *dolce* kaufen, das annähernd so gut schmeckte wie in Rom. In Schöneberg bekam sie Prinzeßbohnen und Feldsalat. Dann fiel ihr Wagenknecht ein: die machten passable Torten. Sie fuhr wieder U-Bahn. Nach Charlottenburg.

Es war nach sechs Uhr, als sie nach Hause kam. In einer Kneipe unterwegs hatte sie eine Flasche eisgekühlten Genever gekauft. Jetzt schenkte sie sich ein Gläschen voll ein, legte eine Platte auf: Rameau, hörte zu, halb auf dem Bett liegend in dem ruhigen Raum.

Dann bereitete sie das Essen vor.

Niemandem erzählen, sagte sie sich, wie viele Wege, wieviel Zeit, wie viele Gedanken dieses Essen kostet: Jeder normale Mensch würde dich für verrückt erklären.
Sie lächelte.

Sohn

15. Oktober, abends

Immer nadliger Sandwald. Fünfundzwanzig Bilder pro Sekunde. Wenn Blätter, dann von einem kühleren Grün. Wieder nordwärts.
Sie schob die Schiebetür, ging in den Gang. Das Fenster war offen. Der Zugwind blies ihr ins Haar, durch den Pullover, die Bluse hindurch in die Poren. Sie schob, sie wuchtete das Fenster zu. Im nächsten Waggon wird wieder eins offenstehen.
Sie ging durch den Zug. Wieder unterwegs. Der Weg unter ihr unterwegs. Er führte schnell zurück, während sie langsam vorwärts ging. *Wie weit kommt dann H. in der angegebenen Zeit?*

16. Oktober

»Hallo? Hier ist Harriet. Doris? Ja, ich –«
Wolfs Stimme dann. Sein ihm eigenes Halloo. Erfreut, erfreulich, munter, aufmunternd: Wolf: »Du hast mir gar nicht geschrieben, wann du kommst.«
»So liest du meine Briefe.«
»Und? Wie ist's? Hast du dir eine römische Villa gekauft?«
»Klar. Und du hast dein Anwaltsschild ausgehängt.«
»Schön wär's. Oder? Weiß ich nicht. Aber ich kann wieder mal deine journalistische Hilfe brauchen. Hast du heute abend Zeit? Versammlung mit Presse über unsere Offene Erklärung. Sehr wichtig. Wenn du einen saftigen Artikel –«
»Worüber?«
»Da warst du doch noch hier. Oder? Weiß ich nicht. Wir haben doch – hör mal: die Berliner Gerichtsreferendare haben – öffentlich! – die Einsetzung eines internationalen Untersuchungsausschusses verlangt, ja? zur Klärung der Haftbedingungen politischer Gefangener in –«
»Politische Gefangene gibt es nicht. Da war ich noch da. Ist das noch nicht ausgestanden?«

»Du weißt, wie Mühlen zuweilen mahlen. ›Kammergerichtspräsident prüft Vorgang‹ und wird ›im Rahmen der Dienstaufsicht, das Erforderliche veranlassen‹. Trotzdem: neunzehn Uhr in der TU heute abend, Zimmer 209. Du kannst ein Feuilleton darüber schreiben. Meinetwegen auch ein Gedicht.«
»Du, ich bin gerade erst angekommen. Ich weiß nicht, ob –«
»Hier geht's um was!«
Harriet ließ es laufen: Häufung der Fälle, unbefugte Hausdurchsuchungen, unrechtmäßige Dauer der Untersuchungshaft, rechtswidrige Besuchsverbote, ›Kronzeuge‹-Praktiken, an Sippenhaft grenzende...
Dann schaltete sie die Wörter aus und versuchte, nur den Ton weiterlaufen zu lassen, von der Höhe der Tonlage her etwas zu erkennen. Warum diese Dringlichkeit? Diese Not? Die Sache war alt.
»Und warum«, fragte sie dann, »grad jetzt die Presse?«
»Na, zum Informieren!«
Wieder der Mißklang: der Ausrufungszeichenton für das nüchterne Wort. Als schreie er: Mamma! Mamma! Mamma!
»Aber warum ist es so brennend?«
»Ich schick dir was zu«, sagte Wolf, die Tonlage nun Oktaven tiefer. »Ich schick dir einen Brief zu. Den hat ein U-Häftling namens Rakow geschrieben. Da steht drin, weshalb er sich umbringt. Er war fünf Jahre in U-Haft. Er brachte sich dann um.«
»Wann war das? Jetzt?«
»Ist egal. Schreib du Gedichte.«
Harriet stockte. Dann sagte sie: »Wie geht es dir, Wolf?«
»Gut, gut.«
Dann saß sie in der Diele, die Hand auf dem Hörer, den Blick durch die Küchentür, die Küche, das Küchenfenster hindurch auf das Kaufhausparkdeck gegenüber, wo Wagen rangierten. Sie ging zum Küchenfenster hin und sah zu: Wagen, die unentwegt auffuhren, einfuhren, ausfuhren, dröhnend.
Schreib du Gedichte.
Harriet öffnete das Fenster, ließ die scharfe Kälte kurz an Brust und Mund, atmete. Dann schloß sie das Fenster, ging ins Bad, ließ heißes Badewasser einlaufen, schüttete blaue

Schaumperlen in den aufprallenden Wasserstrahl, daß Bläschen aufflogen, regenbogenglänzend; zog sich aus.
Einen Moment sah sie sich nackt im Spiegel. Und da stand Gregor wortlos an der Stelle, die er neben ihr leer gelassen hatte.
Sie stieg ins Wasser. Es war viel zu heiß.
Sie saß in der Wanne, sah auf die Decke. Das Deckenweiß platzte ab.
Am Abend ging sie in die TU. Der Hörsaal war wieder zu klein; die Verstärker-Anlage funktionierte wieder nicht; wieder war niemand da, der technisch Bescheid wußte.
Auf dem Podium hinter aneinandergereihten Tischen saßen fünf Männer, unter ihnen Wolf. Ein älterer Professor, den sie von diesen Veranstaltungen her kannte, sah ohne Beteiligung auf das Auditorium. Der Verteidiger etlicher RAF-Mitglieder holte Akten aus seiner Mappe und legte sie vor sich auf den Tisch. Keiner seiner ursprünglichen Mandanten lebte mehr. Wolf redete mit seinem Nachbarn. Er sah Harriet nicht.
Sie begab sich an einen leeren Platz mitten in einer Reihe. Den Leuten, an denen sie vorbei mußte, drehte sie das Gesicht zu. Sie entschuldigte sich. Einer grinste darüber.
Kleingedruckte Blätter wurden von Hand zu Hand verteilt, Zeitungen der verschiedenen Gruppen zum Kauf angeboten, alle mit rotem Stern, roter Fahne oder Schrift, Harriet meinte, sogar den Geruch im Saal wiederzuerkennen, diese Mischung aus jungem Schweiß und Druckerschwärze. Es dauerte, bis sie anfingen.
Der Professor wurde begrüßt und beklatscht, dann der Rechtsanwalt. Wer die anderen waren, wurde nicht gesagt.
Harriet hatte Mühe, unter den ihr geläufigen Forderungen das herauszuhören, was heute abend anstand. Nach einer Weile verlangte ein Mädchen aus dem Auditorium, daß konkrete Schritte genannt würden. Die folgenden Beiträge aus dem Saal bezogen sich aber auf das vom Podium her Gesagte und Nicht-Gesagte. Die konkreten Schritte erwähnte niemand mehr. Einer, der sich zu Wort meldete, wurde niedergeschrien, bevor er den zweiten Satz aussprach. Das passierte später noch einmal, als sein Nachbar zu reden versuchte. Wolf hatte noch gar nichts gesagt. Harriet dachte,

eine Frage direkt an ihn zu stellen: An den jungen Mann im gestreiften T-Shirt, der noch nichts gesagt hat – und lächelte. Sie wäre gerne nach Hause gegangen. Es dauerte aber noch Stunden.

17. Oktober

Harriet backte einen Kuchen zum Mitnehmen. Aus alten Aktendeckeln schnitt sie einen Boden und etliche längere Pappstreifen, aus denen sie Bögen spannte, die das Einwickelpapier von dem Kuchenguß abhielten. Italienische Konditoreien packten Kuchen so ein, sie hatte es oft beobachtet: flinke, sorgfältige Hände.

Es war ein Balance-Akt, das Paket auf der flachen Hand, mit Schlüssel und Tasche und Geld und Fahrkarten fertig zu werden. Wolf wußte es zu schätzen. Muttis Schoko-Spezial.

Er hatte das Plakat inzwischen rahmen lassen, das sie und Gregor ihm von der Spanien-Reise mitgebracht hatten: eine typische Stierkampf-Ankündigung mit Wolf Wende als Torero. Sie hörte Gregor lachen: »Das ist was für Wolf.«

Jetzt hing es an der schmalen Wand zwischen den Fenstern im Eßraum, Harriets Platz am Tisch direkt gegenüber. Sie fand den Rahmen zu gewichtig für ein Poster. Sie fand die Vorhänge zu gediegen. Sie aßen ein Nudelgericht. Doris kochte nicht besonders. Der Wein war in Ordnung.

Wolf aß schnell, trank viel, brach Brot ab, tunkte es in Soße, gestikulierte mit dem vollgesaugten Brot, erzählte, erzählte, seine Schultern und Arme unruhig, sein Blick auf den Teller, das Brot, den Wein gerichtet, selten auf sie oder Doris. Der Anblick war befremdend für Harriet, obwohl nicht neu. Sie hatte Wolf immer wieder so erlebt: voll mit dem beschäftigt, was er redete, weder das Essen wahrnehmend noch die Menschen. Es befremdete sie jedes Mal. Als Junge war er sensibel gewesen, aufmerksam – Noch immer konnte sie ihn zurückholen. Sie hatte es oft praktiziert. Sie brauchte ihn nur zu unterbrechen, am besten mit einer unerwarteten Zwischenbemerkung.

Als er von der Veranstaltung erzählte und im Ton einer Rüge

bedauerte, daß sie nicht gekommen sei, sagte sie: »Ich war da.«
»Was?« lachte er. Jetzt erkannte sie ihn wieder. So, wie er wirklich war. »Du warst da?! Dann bist du *doch* gekommen! Du bist gut. Warum hast du mir das nicht gesagt?«
Sie konnte ihm nicht Recht geben, daß die Veranstaltung »stark« gewesen sei. Sie fand sie schwach. Er erinnerte sie an Einzelheiten aus den Beiträgen. Sie war nicht überzeugt, daß gute Reden eine Wirkung haben über den Saal hinaus. Für ihn hatte es Richtungsänderungen von der Basis gegeben. Ihr fehlte der Ansatz zu einer Handlung. Aber es war wieder ein Gespräch und nicht ein Monolog. Doris äußerte sich nicht. Sie konnte nicht zu der Veranstaltung, weil sie an dem Abend Arbeitskreis hatte.
»Ach, machst du jetzt einen Arbeitskreis?« fragte Harriet. Sie sagte: »Mmm hmm«, mehr nicht.
»Doch. Schon seit ein paar Monaten«, sagte Wolf. »Macht sie gut, sie hat neulich ein hervorragendes Protokoll geschrieben.«
Das unschuldige weiße T-Shirt trug Doris unter jeder Bluse. Diese war weit und fließend und mit orangefarbenen Mohnblumen bedruckt. Sie endete gerade in der richtigen Höhe auf den Hüften. Schmale, runde Hüften in einer sahneweißen Wollhose. Doris brachte den Schokokuchen herein. Wolf schickte sie wieder in die Küche, um den Kaffee gleich aufzusetzen.
»Du schreibst also nichts über die Sache?« fragte Wolf.
»Ich glaube nicht.«
Er sah an ihr vorbei. »Na, ja.« Es klang wie *Schreib du Gedichte*.
»Es gibt verschiedene Formen von Engagement«, sagte sie. »Auch verschiedene Gebiete für Engagement.«
»Klingt sehr weise.«
»Du liest meine Gedichte nicht.«
»Doch. Ich verstehe sie nur nicht.«
Die Sprache ihrer Lyrik, hätte sie beinahe gesagt, sei leichter zu verstehen, als die der Roten Presse. Sie hatte ein Ohnmachtsgefühl im Bauch, ein ihr vertrautes.
»Vielleicht überlegst du's dir noch. Es wäre schon wichtig. Es ist eine wichtige Sache. Wir treiben unversehens wieder in den totalitären Staat. Gerade die Künstler müßten das mer-

ken. Jetzt werden erstmal die progressiven Kräfte systematisch dezimiert. Aber die Paragraphen sind schon da, die den Künstlern einen Maulkorb umhängen. Und die, die davon nicht betroffen sind, verdienen den Namen nicht. *L'art pour l'art* ist nichts anderes als Kopf in den Sand.«

»Ich mache nicht *l'art pour l'art*. Du liest meine Lyrik nicht.«

Doris schenkte Kaffee ein, und Wolf nahm den ersten Bissen Kuchen und fuhr fort, über die politischen Verhältnisse zu reden. Er sah auf den Teller, die Tasse, den Tisch. Er aß schnell, schnitt sich ein zweites Stück Kuchen ab, tat es ungeschickt auf den Teller. Es hing über den Rand. Er schob mit den Fingern nach, leckte die Finger ab, immer weiterredend.

»Vielleicht möchte auch Doris noch ein Stück«, sagte Harriet.

Wolf schob den ganzen Kuchen zu Doris hin und redete. Er war jetzt bei dem U-Häftling angelangt, der sich das Leben genommen hatte, und bei Katharina Hammerschmidt und Holger Meins und Ulrike und dann »die drei«: »Du glaubst doch nicht etwa, daß das Selbstmorde waren?« fragte er Harriet.

»Nein, ich glaube, daß es Mord war.«

»Ja, mein Gott, und da schreibst du nichts?! Doris, hast du nicht einen Schnaps oder was? Vorsätzlicher Mord! Und man sitzt da – als Gerichtsreferendar, verstehst du?«

Jetzt hörte Doris genau zu. Unter halb niedergeschlagenen Lidern sah sie Wolf genau an. Wegen des Schnapses rührte sie sich nicht. Sonst führte sie Wolfs Befehle ziemlich prompt aus. Doris' Lippen waren zu einem Strich zusammengezogen.

Harriet stand auf. Sie holte eine Flasche und Gläschen vom Bar-Teil des Wohnzimmerwandschranks: »Warum kaufst du nicht mal einen schönen Cognac?« fragte sie Wolf.

»Wieso? Ist der nicht gut?«

»Das ist Weinbrand.«

»Ich versteh nichts davon. Der schmeckt doch gut.«

»Ich bring dir mal einen Cognac mit.«

Harriet blickte zu Doris hin: Keine Sorge. Er wird seinen Referendar machen und Rechtsanwalt werden. In diesem Staat.

Aber als sie Wolf wieder ansah, so, wie er dasaß mit halb offenem Mund, das Kinn auf der Brust und das Gläschen anstarrend, schob sich ihr das Bild davor, als er acht Jahre alt war oder neun, morgens auf seinem Klappbett sitzend, über dem Sich-Anziehen für die Schule wieder eingeschlafen, und sie ihn nicht weckte, sondern ihn sachte hinlegte und die Decke wieder hochzog.

4. November

Seit Tagen rief sie bei Wolf an. Niemand war da. Sie rief zu jeder Tageszeit an. Es begann sie zu beunruhigen.
»Was soll ihm schon passiert sein?« fragte Trude. »Er hat halt zu tun. Du kannst nicht erwarten, daß er immer da ist, wenn du ihm gerade etwas sagen willst.«
»Erwarten? Wieso erwarten? Ich ruf ihn seit vielen Tagen zu jeder erdenklichen Tageszeit an. Wo ist denn die Doris? Die ist doch meistens zu Haus.«
»Weiß ich, wo die Doris ist. Sie wird schon wo sein.«
Sie fieberte leicht. Seit Wochen hielt der Dauerregen an. Die Wohnung war kalt. Sie sagte Besichtigungen ab und einen Maklertermin. Sie rief bei Wolf an. Niemand war da. Sie wikkelte sich in Decken. Leichenkalt in Leichendecken. Und schrieb Briefe. Geldankurbel-Briefe.
Mittags klingelte das Telefon: »Mutti? Mensch, wo bist du denn immer? Ich ruf, ich weiß nicht wie lange schon immer wieder –«
»Nee, das kann ja nicht stimmen.«
»Ehrenwort. Wie klingst du denn? Bist du erkältet?«
Am frühen Abend kam er, bepackt mit Plastiktüten. Wick-Vaporub, Nasivin, Aspirin, Traubenzucker, Brot, Wurst, Käse, Zitronen, Butter, Milch: »Ich weiß nicht, was du brauchst. Es ist kalt hier. Kein Wunder. Wieso heizt das Schwein noch nicht?«
Als sie in der Küche Tee aufgoß, hörte sie ihn telefonieren. Sie wollte nicht gleich hineingehen. Vielleicht war es etwas Privates. Wenn er schon nicht von zu Hause aus anrief. Nach ein paar Minuten ging sie aber doch hinein.
»... da sind Sie im Irrtum, Herr Hoffmann. Das heißt, ich

will annehmen, daß es ein Irrtum Ihrerseits ist, denn wenn Sie, in der Annahme, daß die Mieter über ihre Rechte nicht informiert sind, wider besseres Wissen handeln, dann erfüllt das den Tatbestand des Betrugs – und das will ich vorläufig nicht annehmen. Ich erwarte, daß hier morgen geheizt wird. Das bekommen Sie schriftlich. Weitere Schritte behalt ich mir vor. Guten Abend.«

Wolf legte auf und grinste. »So!« sagte er: »Ah!: Tee.«

Harriet tat das Tablett erst einmal auf den Tisch. Dann sagte sie: »Da es meine Wohnung ist, wäre es eigentlich richtig gewesen, mich zu fragen, ehe du Hoffmann anrufst.«

Er goß sich ein. »Gott, ja – aber es war doch in deinem Sinne.«

»Nein, war es nicht.«

Er sah sie an.

»Ich werde hier ausziehen. Ich will gerade jetzt nicht auf den Buchstaben pochen. Der wird mir aus Rache eine Renovierung aufzwingen. Laut Buchstaben kann er das.«

»Ach, du mußt hier nicht renovieren, wenn er die Kriegsschäden noch nicht mal beseitigt hat. Lächerlich. Die Leute haben alle eine Angst – ich begreife das nicht! Da sitzt du wochenlang in einer ungeheizten Wohnung, wirst krank – Da muß ich erst kommen –«

»Mußt du nicht. Ich komme ohne dich zurecht. Hast du nie eine Erkältung? Sagt das aus, daß du unfähig bist, für dich selbst zu denken?«

Er seufzte.

»Ach, ja. Seufze nur«, sagte sie. »Ich bin zickig, hysterisch, mache Szenen. Erkennst du die Worte? Wo könntest du die wohl gehört haben in bezug auf mich?«

Er lächelte. »Ich hab sie bloß gerade nicht benutzt, sondern du.«

»Der Seufzer genügt: *der* Seufzer.«

»Gut. Ich hätte dich erst fragen sollen. Entschuldige.«

Sie schwieg.

»Und wenn er eine Renovierung will, dann regle ich das. Nur wenn du es wünscht, natürlich. Wäre doch gelacht.«

Sie nahm Zucker und rührte. Sie kam sich selber wie etwas vor, das umgerührt wird, um und um: hier war sie schon x-Mal gewesen. Dann entschuldigt sich einer pro forma und macht mit der allernächsten Handlung das Gleiche. Verstan-

den hat er nichts. Aber die Worte dafür sind unmodern: *Menschenwürde* etwa. Heute würde man eher ›Eigenverantwortung‹ sagen. Nur wird das speziell für Eltern-Kind-Beziehungen in Hinsicht auf das Kind benutzt. Man ›entläßt ein Kind in die Eigenverantwortung‹.
Als sie zu Wolf wieder hochsah, war er dabei, das Zimmer eingehend zu betrachten. Nostalgisch. Er saß auf dem Steißbein, die Beine vor sich hingestreckt, und ließ die Arme hängen. Nach einer Weile sagte er ziemlich leise: »Ich wußte gar nicht, daß du ausziehen willst.«
»Ich versuch auch seit Tagen –« fing sie heftig an. Es ging ihr auf, daß sie darum unruhig gewesen war, weil sie ohne seine Erlaubnis Schritte wegen einer neuen Wohnung unternahm.
»Was versuchst du seit Tagen?«
»Ist nicht wichtig«, sagte sie. »Ich will hier ausziehen. Ich bin auf der Suche nach einer Wohnung. Wenn du etwas hörst – Nicht zu teuer. Am liebsten zentral. Zweieinhalb Zimmer. Höchstens drei.«
»Warum willst du denn ausziehen?«
Die Begründungen, die sie seit Tagen parat hatte, fielen ihr nicht ein. »Die Wohnung ist mir zu groß«, sagte sie einfach.

27. November

Es nieselte. Seit Wochen herrschte Halbdunkel. Die Stadt war ohne Konturen. Mauern nur, die Straßen eingeschlossen. Himmel sah man nicht. Mal gab es über einem Fluglärm oder man kam auf eine etwas breitere Kreuzung: fast einen Platz, eine Lichtung.
Der Lehniner Platz. Da stieg sie aus dem Bus. Ein Zeitungskiosk und Telefonzellen waren bunter im Regen; vor ihnen Bänke, um die der Straßenlärm wegen der Ampel und der Haltestelle besonders laut war. Da saß ein Mann auf einer der Bänke und hatte Ohrenschützer unter der Mütze. Er trug einen Plastikmantel und saß, den rechten Ohrenschützer nach hinten verschoben, hielt ein Transistorradio ans freie Ohr, las die Bild-Zeitung. Die war naß.
Harriet verlief sich in den schräg verlaufenden Straßen. Als sie endlich an das Wohnhaus kam, das sie suchte, war ihre Mütze

trotz des Regenschirms durchnäßt und es tropfte ihr in den Mantelkragen. In der Wohnung gab es keine Elektrizität. Sie konnte wenig sehen. Sie ging die Wohnung durch und wußte nicht, warum sie ihr gefiel. Dicht auf ihren Fersen lispelte die Hauswartsfrau schaurige Dinge über die Weise, wie »die alte Frau vor Ihnen« in der Wohnung gestorben war. Der Verwalter sagte sachlich Vor- und Nachteile: das Haus gehörte nicht ihm.

Sie bat sich Bedenkzeit aus und schaute sich, trotz des Wetters, die umliegenden Straßen näher an. Geschlossene Reihen ergrauter Wohnhäuser, keine übertünchten Fassaden, Vorkriegsbaumbestand, kleine Läden jeglicher Branche, Handwerksbetriebe in den Händen der Nachfolger der Söhne. Harriet ließ sich von den zuverlässigen Strukturen der gewachsenen Gegend einnehmen und halten.

Die Dauer des Regens wirkte auf sie wie Freiheitsberaubung. Sie wollte gegen dieses nicht endende Grau, dem sie obdachlos ausgesetzt war, mit den Fäusten schlagen.

Unterwegs kaufte sie Suppenfleisch und Gemüse. Ihr war nach einer Suppe. Sie schaltete das Radio an, setzte das Fleisch auf, putzte das Gemüse. Als sie abgeschöpft hatte und die Flamme sehr klein gedreht, deckte sie den Topf fast zu und begann, eine Skizze von der Raumaufteilung der besichtigten Wohnung zu machen. Sie hatte sie ziemlich genau im Kopf.

Die Suppe war noch nicht fertig, als Wolf anrief. Sie war in Vorstellungen versunken, wie es sich wohnen lassen würde in den Räumen auf dem Blatt. Sie kam nicht dazu, ihm davon zu erzählen.

»Die spinnen seit Schleyer! Die haben zwei Anwaltbüros durchsucht auf eine Art: da sind KGB- und CIA-Methoden nicht weit entfernt. Sie haben drei festgenommen. Die fadenscheinigsten Beschuldigungen. Es ist sehr fraglich, ob wir einen Raum für eine Kundgebung kriegen, aber eine Demonstration wird es geben, verboten oder nicht. Hör mal, ich möchte, daß du bei den Vorbereitungen mithilfst. Wir brauchen jede Kraft. Es muß schnell gehen. Ich weiß, daß es kurzfristig ist, aber ich kann dich abholen, ja?«

»Hallo, bist du da?« fragte er, als sie nichts antwortete.

»Ich bin hier.«

»Na, was ist?«

»Verbotene Demonstrationen schaden mehr, als sie nutzen. Seit Mogadischu sind Demonstrationen ohnehin unbrauchbar. Die Bevölkerung ist verhetzt. Kauf dir mal die Bild-Zeitung.«
»Na, ja…«
Schreib du Gedichte. »Außerdem –« fuhr sie fort.
»Außerdem, was?«
»Außerdem ist meine Suppe noch nicht fertig.«
»Machst du Späße? Wenn ja, ist das –«
»Und ich war den ganzen Tag im Regen unterwegs.«
»Na! Ist ja schlimm: dann kann man doch nicht verlangen, daß, bloß weil ein paar Leute mit Polizeistaatsmethoden eingelocht worden sind, daß du dich – Scheiße –«
»Um eine Demonstration vorzubereiten nicht, nein.«
»Gut. Dann habe ich dich eben falsch eingeschätzt.«
»Du hast mich noch gar nicht eingeschätzt, Wolf. Ich glaube aber, daß das mit meine Schuld ist.«
»Ich weiß überhaupt nicht, wovon du redest, aber ich kann im Moment nicht lang diskutieren.«
»Nein, ist klar. Laß mich wissen, was aus der Sache wird. Oder. Ich werde es wohl lesen. Paß auf, hörst du?«
Harriet lief hin und her in der Wohnung und heulte. Sie konnte das Heulen nicht eindämmen. AFN blökte: *It's a great day for the movies.* Auf dem Kaufhausparkdeck fuhren Kleinwagen Schritt.
Sie schmiß die Schranktür zu, daß alles schepperte, und hörte sie hinter sich wieder langsam aufknarren.
Es dauerte, bis sie sich beruhigen konnte. Sie wollte sich alte Fotoalben anschauen, tat es aber bewußt nicht. Sie hatte starke Kopfschmerzen. Sie ließ zwei Aspirin-mit-C in ein Glas Wasser fallen: die Perlen stiegen nach oben, zersprangen. Im Spiegel sah sie sich so stehen mit dem Glas in der Hand. Ihre Mutter war auch so gestanden mit einem Glas, Alka-Seltzer war es damals, und einem ähnlichen Ausdruck im Gesicht: zusammengepreßte Lippen, eingezogene Nasenflügel, zwischen den Brauen eine Falte, die tiefer wurde mit den Jahren. Harriet ging zum Spiegel, massierte die Falte, rieb mit den Fingern über die Lippen. Sie stellte das Glas ab und knetete das Gesicht mit beiden Händen. »Locker«, hatte Gregor gesagt, »locker«.

2. Dezember

»Völlig verrannt!«... »Kannst du da nichts machen?!« ...»Ach, ihr seid ja alle gleich.«
Harriet hörte, wie Doris' glasdünne Stimme zersprang, wie Doris sie erst mühsam zusammenhielt, zusammenpreßte und dann fallen ließ. Doris legte unvermittelt auf.
Eine halbe Stunde lang bekam Harriet das Zeichen: besetzt. Dann antwortete Doris. Mit normaler Stimme. Sie sagte, sie könne im Moment nicht mit Harriet sprechen, sie sei verabredet und gerade auf dem Sprung.
Ursprünglich hatte Harriet angerufen, um Wolf und Doris zu bitten, die neue Wohnung mit zu besichtigen. Wolf war aber nicht da, und Doris schien von einer Angst ergriffen zu sein, die sich auf die Illegalität der Demonstration bezog oder auf Wolfs Rolle dabei oder darauf, daß er ihrem Rat nicht folgen wollte, das Ganze abzublasen; wahrscheinlich eine Mischung, in der die Komponente überwog, daß Wolf die langfristige Planung gefährdet. Denn Doris hatte was vor.
Vor-haben. Das Wort war ein Widerspruch in sich. Harriet spürte das gerade jetzt deutlich, wo sie zwischen den Dingen hing, die in der Schwebe waren, nichts vorausplanen konnte, weil der Ablauf, die Bedingungen, die Dauer der bevorstehenden Renovierung nicht abzuschätzen waren und nichts nach altbewährtem Plan ablaufen konnte, da die Änderungen, die bevorstanden, dessen Gültigkeit aufhoben. Sie hing in der Luft. Nur weil sie von irgendeinem vorgefaßten Plan nicht abhängen konnte. Sie mußte erkennen, in welche Abhängigkeit von dem, was sie sich vornahm, sie gewöhnlich geriet. Den ganzen Vormittag hatte sie den Zwang gespürt, den dieses Vorplanen ausübt. Selbst eine simple Einkaufsliste: Man hetzt durch die Stadt, findet das Vorgemerkte nicht, akzeptiert zunächst keine Kompromisse, rennt weiter, muß am Ende zurück, um wenigstens die Kompromisse zu bekommen, falls man sich notiert hat, wo es sie gab. Tagesordnungspunkte bei Sitzungen. Sehenswürdigkeits-Pensen auf Reisen. Sich vornehmen, abhaken, am Haken, bis man sich ab-hakt –
Harriet waren bis heute morgen die unvorhersehbaren Folgen von Wolfs Beteiligung an der »Scheiß-Demo«,

wie Doris sie nannte, nicht voll bewußt. Kampfmethoden des zehnten Jahrhunderts: von ihnen ging, einmal festgelegt und tradiert, der gleiche Zwang aus wie von jedem Programm.

Wolf versuchte, die Welt zu planen, und Doris versuchte, Wolf zu planen, und nichts lief nach Plan.

Harriet versuchte, sich vorzustellen, wie jene drei jungen Rechtsanwälte in der U-Haft-Zelle sitzen, aus dem Tun herausgerissen für ungewisse Zeit; wie sie die Listen auf dem Schreibtisch im Büro, die Termine im Kalender, in Gedanken durchgehen und die Punkte abhaken, zu denen es nicht wichtig ist, von hier aus eine Mitteilung zu machen; dann die, die andere im Büro automatisch erledigen würden; dann die, die sich mit der Zeit selbst erübrigen und am Ende keinen Punkt mehr zu haben, den zu regeln man persönlich und ausschließlich berufen und unabkömmlich ist. Zu sitzen und die Menschen durchzugehen, die eine Dienstleistung vermissen werden; dann die, die einen Anruf vermissen werden; dann die, die einen selbst vermissen vielleicht: die Nähe, die Anwesenheit. Zu liegen und zu wissen, man ist weg aus dem Leben, das aus Dingen, die zu tun waren, bestand, aus dem aktiven Leben, wie man es nennt, und man hatte soeben Pressierendes, Unerläßliches vor, so daß man gar nicht dazu gekommen war bislang, das andere Leben zu genießen, das aus Dingen, die da sind, besteht, das passive Leben.

Wie wäre Wolf, wenn er in U-Haft käme? Das wußte sie nicht zu sagen.

Sie badete lange, wusch sich das Haar, machte Pedi- und Maniküre, sah sich die Fotos im GEO an. Es war still in den Straßen, als blieben die Leute zu Haus. Einmal hörte sie eine Polizeisirene.

Das Telefon holte sie aus dem Schlaf. Es war zwei Uhr morgens. Sie kam zu schnell auf die Beine, spürte Blutleere im Kopf, stürzte durch dunkle Zimmer, tapste blind nach dem Apparat –

»Du, es tut mir leid: ich habe dich ganz sicher geweckt.«

»Wolf! Wo bist du?! Was ist los?«

»Nichts. Wirklich nichts. Ich bin zu Hause. Aber Doris ist nicht hier. Sie hinterläßt sonst immer einen Zettel. Und – das ist so komisch – das Bett liegt voll mit Klamotten. Ich weiß

nicht – Weißt du, wo sie ist? Hier steht, daß du angerufen hast.«
»Nein, sie sagte, sie hätte eine Verabredung und wäre auf dem Sprung, aber das war heute Mittag – um die Mittagszeit.«
»Ach, so –«
»Kommst du eben erst nach Hause?«
»Ja.«
»Es ist spät –«

6.–7. Dezember

»Ach, dann hast du schon eine Wohnung gefunden.«
»Gemietet. Vor Tagen. Ich sagte es Doris; hat sie's dir nicht erzählt?«
»Doch, doch: hat sie sicher – Ja, dann lies den Brief doch nochmal vor. Was schreibt er wieder?«
Sie las ihm den Brief von Alex zum zweiten Mal vor. Sie stellte Fragen. Er antwortete. Seine Stimme klang, als käme sie aus dem eingebauten Mundstück einer antiken Schauspielmaske: übersicher, verschanzt. Die Demonstration stand unmittelbar bevor.
Sie wurde an einem Sonntag durchgeführt, der neblig war, fast drückend. Harriet hörte stündlich Nachrichten, sah sich Tagesschauen an und Heute-Sendungen, wartete, hing von fehlenden Fakten ab, die unbestimmte Ängste erzeugten, Katastrophenphantasien ohne jede Grundlage.
Trude sagte, »Nee«, hätte sie nicht eingeschaltet: »Bescheuert. Ist aber sein Bier.«
»Und wenn?« sagte Trude: »Er *muß* nicht Rechtsanwalt werden.«
»Was hat denn das damit zu tun?«
»Du, wenn es nur die Knüppel sind: da hat er Erfahrung. Noch schießen sie nicht in die Menge. Dann gib doch zu, daß es die Karriere ist: ›Rädelsführer‹, bringt eine Vorstrafe. Doris sagt es wenigstens unverblümt: ›Und unser Kind?!‹« Trude ahmte genau nach und lachte. »Und dann guckt er sie so dumm an, wie wenn er noch selber eins wäre. Haben sie dich schon zu Heiligabend eingeladen? Doris wollte dich anrufen. Du siehst, sie planen schon weiter. Es kann also nicht

so schlimm sein. Aber wir werden nicht hingehn. Doris' Festlichkeiten kenne ich schon: borniertes Tischgeplänkel, und dann ist die Gans zäh.«
»Vielleicht spinne ich wirklich«, sagte Harriet.
»Muttersorgen.«

24. Dezember

Harriet wußte nicht mehr, was am Ende übrigbleiben würde von den Räumen, in denen sie sich vorgestellt hatte zu wohnen und zu arbeiten. Je weiter der Abbau fortschritt, desto irrationaler meldete sich ein Drang, das Vorhandene zu erhalten; ein Drang, der im Widerspruch stand zu dem, was sie sich vorgenommen hatte: in dieser Wohnung neu anzufangen, wie mit einem leeren Blatt.
Rainer bohrte Lochreihen in eine Trennwand, stemmte große Brocken heraus, ließ sie zu Boden krachen. Die Unmenge Schutt und Staub stand in keinem Verhältnis zur zerstörten Fläche.
Mit dem Bohrlärm, dem Krach, dem Schuttstaub, dem Widerspruch in ihr steigerte sich Harriet in einen Angstzustand, als würde ihr ein letzter Schutz zerstört und genommen. Das Bild der halb abgebrochenen Wand, aus der Drähte hingen und verbogene Eisenstäbe ragten, blieb bei ihr, als sie Heiligabend nach Hause fuhr.
Sie saß in der U-Bahn, nur unvollkommen gewaschen, eine staubige Plastiktüte mit Arbeitsklamotten auf dem Schoß. Es war siebzehn Uhr. Die meisten fuhren, festlich zurechtgemacht, zu ihren Familienfeiern. In zwei Stunden sollte sie bei Wolf und Doris sein. Trude und Rainer würden nicht kommen. Im Jahr davor, als Alex an der Reihe war, waren sie hingegangen. »Zum letzten Mal« hatte Trude danach gesagt. Nun war Harriet dran. Heiligabend für drei Personen. Lust hatte sie nicht dazu. Sie war matt. Beinahe überfuhr sie ihre Haltestelle.
Sie legte sich auf die Couch. Der Kalkstaub hatte sich schon in der Struktur des Bezugsstoffs festgesetzt. Sie konnte sich nie aufraffen, erst zu duschen. Sie sank in dumpfen Schwerschlaf, den Mund offen. Qualvolle Signale von ihrer inneren Uhr

durchsetzten den Schlaf. Als sie sich dazu zwingen konnte, aufzustehen, hatte sie nur noch wenig Zeit.
Die Geschenke konnte sie nicht mehr einpacken. Sie steckte sie in eine Plastiktüte, duschte und zog sich an, ohne Interesse dafür, wie sie aussah und ob das, was sie anhatte, passend für eine Weihnachtsfeier sei: Jeder Taxiruf war besetzt. Wolf wollte sie nicht anrufen. Den schöneren Seidenchiffonschal band sie sich um Kopf und Hals.
Festlich zurechtgemacht saß sie in der U-Bahn und fuhr zu ihrer Familienfeier. Nur der Schal machte das, die Gelegenheit und die Art, wie die aufgereihten Blicke von der Bank gegenüber sie einordneten. Vor zwei Stunden war sie anders angeguckt worden. Und der Unterschied war nur die Dusche und der Schal.
Harriet stieg aus, bog in Wolfs Straße ein. Endlos schienen ihr einzelne Grundstückszäune. Villen kamen ihr fremd vor. Auch die Namen auf den Klingelschildern. Dann sah sie Wolf draußen auf der Loggia, ohne Mantel, dünner im Halbgegenlicht. Er empfing sie gereizt; es war spät; er hätte sie doch gerne abgeholt, sie hätte nur anzurufen brauchen. Sie entschuldigte sich. Er schob den Ärger zurück. Er sah elend aus.
Doris nicht. Sie begrüßte Harriet mit aufgerissenen Augen, die sich vorgenommen hatten, heute abend zu leuchten. Sie war zurückhaltend geschminkt, was den Effekt verstärkte. Sie sah angestrengt aus, ruhelos; sie ging mit beschleunigten Schritten gleich wieder weg. Dann stand sie plötzlich mit einem Geschirrtuch in der Hand an der Tür. Wolf schenkte gerade Sherry ein. Sie sah ihn groß und glashart an. Als er es wahrnahm, zuckte er: »Ach so –« Der Sherryrand schwappte in den vollgegossenen Gläsern, die er hielt. So stand er da.
Doris schmiß das Geschirrtuch aufs Sofa: »Dann trinken wir eben doch vorher Sherry.« Sie wendete sich zu Harriet mit einem Lächeln, das ihr Gesicht verspannte: »Es war ja nur wegen des Fasans.«
Harriet fand ihre Stimme nicht. Sie nippte Sherry. Er ging wärmend hinunter. Doris schaute auf Wolf, sprach aber weiterhin Harriet an: »Du kochst so gut. Wolf schwärmt einem vielleicht immerzu was vor. Ist der Baum nicht schön?« Sie lachte: »Wir haben uns darüber gezankt. Ich meine, nicht wirklich gezankt – Wolf wollte ihn ins Eßzimmer stellen, aber er ist doch viel zu groß.«

»Zu Hause hatten wir den Baum immer im Eßzimmer«, sagte Wolf.
Doris murmelte: »Gott, ja –« in das Sherryglas, trank, stellte ab, stand auf, ihre Bewegungen eckig.
Als sie aus dem Zimmer ging, sagte Wolf: »Nimmst du bitte das Spültuch mit?« Sie ließ es liegen. Dann war sie in der Küche.
Sie sagten beide nichts. Sie tranken Sherry. Harriet dachte: zu kleine Familie unter zu großem Baum.
»Habt ihr schon die Anklageschrift?« fragte Harriet.
Er nickte.
»Und?«
»Du. Wie erwartet. Soll ich das alles aufzählen?« Er sprach sehr leise.
»Was kann es darauf geben?«
»Eine Vorstrafe auf jeden Fall.«
»Und eine Sperre«, sagte Doris an der Tür. »Warum sagst du nicht das?«
»Wie: Sperre?« fragte Harriet.
»Sense!« rief Doris. Sie lachte aber. »Die werden nicht zugelassen. Alles umsonst, das ganze –« Sie brach ab und ging weg aus der Tür. Harriet sah noch den letzten Rest des Blickes, mit dem Wolf Doris nachsah. Als sie weg war, schloß er kurz die Augen.
Harriet saß im Sessel mit ihrem Sherry. Der Bogen der Spannung ging über sie hinweg. Er traf den Nerv dieser beiden. Wenn Wolf zu Harriet hinsah, war er abgelenkt. »Wollen wir denn nicht essen?« kam von der Tür.
Zwei lange Kerzen standen auf dem Tisch zwischen Harriet und Wolf. Und Buntkristall-Römer von damals, als sie gesammelt hatte. Man hörte die Löffel in den Schüsseln. Harriet hörte sich schlucken.
Immer wieder kam ihr ein Thema in den Sinn, ein Erlebnis, das sie schildern könnte, eine Frage. Aber das Thema des Abends war Zwietracht, und der zwingende Rahmen war Weihnachtseintracht, und sie konnten diese Pole nur mit Schweigen überbrücken: jeder einträchtige Anfang brachte Zwist, jeder begonnene Streit wurde übereinstimmend erdrückt.
Als Wolf zu Doris sagte, er würde an ihrer Stelle nicht so viel trinken, antwortete sie: »Ach! Denkst du etwa an das

Kind?!«, wendete sich aber aufgeräumt an Harriet mit einem leichten: »Was meinst du? Die einen sagen, man darf; die anderen sagen, bloß nicht – Ich paß auch auf, aber: Heiligabend. Wenn wir morgen bei Mutti sind, kriege ich sicherlich nichts.«
Wolf griff es gleich auf. Er beschrieb das »Riesen-Essen« bei Doris' Familie. »Das ist eine Riesen-Familie. Sie kommen alle jedes Jahr: Großeltern, Tanten, Enkel... Großartig: ein Fez.«
Sie hatte Wein und Wein getrunken. Es summte in Harriets Kopf. Als Wolf erzählte, sah sie Trude heulen, die sich ein Hündchen gewünscht und eine Schul-Armbanduhr gekriegt hatte. Alex und Wolf schossen Streichhölzer auf die Burg. Die Ritter fielen um. Von Omas Glas tropfte Eierlikör auf die Couch. Harriet saß am abgegessenen Tisch. Plötzlich stand Doris auf und räumte die Römer weg.
Harriet sah Wolf Rotwein in schwedische Gläser gießen und Doris den Hauptgang bringen und Wolf auftun. Ihr war, als hätte sie viele Stunden nichts mehr gesagt oder sich bewegt. Jetzt kam erst der Hauptgang. Sie mußten bescheren und Nachtisch bekommen und Kaffee trinken und Likör. Sie sah Wolf das trockene Weißfleisch zerkauen, herunterschlucken und Wein nachgießen. Viel Wein. Sie hatte selbst das Gefühl noch im Hals, wie das ist. Überall spuckten Kerzen in der Zugluft. Alex mit Schlips um den Hals und den Füßen unterm Tisch in Pantoffeln. Das Gänsefett schwamm dick auf der lauwarmen Soße. Sie kaute und schluckte und trank und nahm sich vor, im kommenden Frühjahr keinen Rumtopf anzusetzen, keine Marmelade einzumachen und bis zur Lebkuchenbackzeit den Mut gesammelt zu haben zum Bruch mit diesem verlogenen Dasein.
Sie mußte sich anstrengen, das Hin und Her dieses Gesprächs zu verfolgen. Nur einmal, als Doris sagte: »Michael wird übrigens seine Aussage zurückziehen«, und Wolf sie fragte: »Woher weißt du das?«, und Doris antwortete: »Das weiß ich halt«, griff sie mit der Bemerkung ein, sie bräuchten nicht ihretwegen undeutlich zu sein; sie kenne zu Weihnachten sowieso nur Streit. Weder Wolf noch Doris gingen aber darauf ein.
Plötzlich sprang Wolf hoch und rannte. Die Serviette fiel auf den Boden. »Riecht ihr das nicht?!« schrie er. Sie antworteten

ihm nicht. Doris räumte Teller zusammen. Wolf rief aus dem anderen Zimmer, sie könnten doch gleich am Baum bescheren; er wechsele nur die Kerzen aus. Harriet konzentrierte sich: sie mußte jetzt aufstehen und richtig laufen und, wenn es gut ging, aufs Klo gehen; dann die Plastiktüte an der Garderobe holen, mit ihr zurückkehren und sich im richtigen Raum in den richtigen Sessel setzen. Doris war in der Küche, Wolf am Baum. Das war günstig für den Versuch.
Es waren große Zimmer. Jetzt würde sie auch ein großes Zimmer haben. »Das ist keine tragende Wand«, hatte Rainer gesagt: »Die kann weg.« Im Badspiegel sah sie völlig anders aus. Bleich. Sie faßte sich ans Gesicht: es fühlte sich kalt an, taub. Sie schlug sich gegen die Wangen. Rainer sagte: »Das kann alles weg.« Er haute eine Schicht nach der anderen von ihr ab. Sie spürte es nicht. Das Fleisch war taub und brach von ihr weg wie Putz. Brocken und Stücke und Staub bedeckten den ganzen Boden. Sie schrie: *Aber wenn da nichts drunter ist? Kein Kern: alles von anderen draufgepappt, und wenn es weg ist, ist nichts da: nichts von mir?*
»Was ist los? Geht's dir nicht gut?« sagte Wolf vor der Tür.
Mit pochenden Schmerzen in den Schläfen wachte sie auf. Sie hörte Wolf und Doris laut reden in einem anderen Raum. Es dauerte, bis sie das Gastzimmer erkannte. Sie lag in ihrem Kleid auf dem Bett.
Sie stritten sich bitter. Doris' Stimme war schrill. Harriet konnte sie bei dem Kopfschmerz kaum ertragen. Was sie sagten, war nicht zu verstehen.
Ihr kam der Gedanke, näher an die Wand zu gehen, damit sie verstehen konnte, aber sie glaubte nicht, aufstehen zu können ohne Schwindelgefühl. Sie horchte. Wolfs mal winselnden, mal anherrschenden Ton. Dann hörte sie Doris hektisch lachen: »Du Muttersöhnchen!« schrie sie. Man verstand es deutlich.
Harriet stürzte, Übelkeit unterdrückend, zum Klo.

25., 26., 27. Dezember

Sie wollte niemanden sehen, keine Stimme hören. Sie wollte zwei Feiertage lang nur sich selbst erleben. Sie wollte nicht denken. Es brachte sie nicht weiter, zu denken: nicht näher heran an Trude, nicht in eine Distanz zu Wolf; nicht einmal finanzielle Lösungen ließen sich *denken*.

Es gab diese alte Wohnung und sie, zwei Tage lang. Das Telefon stellte sie leise. Es klingelte anhaltend am Morgen des ersten Tages, weniger lang einmal am selben Nachmittag, am nächsten Tag nicht. Keine Post war zu erwarten. Die Welt endete an der Tür.

Sie zog symbolisch die Radio- und Fernseh-Stecker aus den Steckdosen. Platten konnte sie hören. Sie gehörten, so lange waren sie da, schon zu ihr.

Der Kopfschmerz blieb vom vorigen Abend; jeden Gedanken an den Abend verbannte sie. Sie drehte die Heizung so weit auf, wie es ging, und kleidete sich so leicht wie möglich, damit sie, ohne zu frieren, wahrnehmen konnte, wie ein nicht eingezwängter, nicht beschwerter Körper sich bewegt, sich ernährt, sich ausruht. Sie ging durch die Räume, faßte verschiedenartige Oberflächen an: Stoff, Metall, Emaille, Holz, Plastik, Putz, Papier... Glas faßte sie an: da sah sie entweder sich oder in die Welt, als sei das Material substanzlos und diene nur als Mittel; dabei spürte die Hand Substanz und hinterließ darauf Spuren. Sie wollte diese Widersprüchlichkeit, wie sie bei Gedanken auftaucht und gar nicht in den Dingen ist, gerne aus ihrer Erlebniswelt heraushaben.

Eine Zeitlang ging sie barfuß über die verschiedenen Fußbodenbeläge.

Sie versteckte die Uhren, um von selbst zu spüren, wann sie Hunger haben würde.

Sie stellte sich vor das Buchregal und dann an den Zeitschriftentisch; dann setzte sie sich auf die Couch, wo die Weihnachts-Ausgabe der Zeitung noch so zusammengefaltet lag, wie sie sie aus dem Briefkasten genommen hatte. Nichts davon zog ihre Hand an.

Sie ging an den Schreibtisch. Er stieß sie ab. Er verstärkte ihren Kopfschmerz unmittelbar.

Sie versuchte zu singen. Sie hatte Lust dazu. Sie sang ein Volkslied, aber der Klang war ihr dann peinlich, und sie wußte die Wörter nicht. Ein Schlager, den sie auswendig kannte, klappte auch nicht. Vielleicht fehlten die Instrumente. Der Text wiederholte manche Wörter so oft, daß er ihr, unbegleitet, albern vorkam. Dann sang sie nur Laute nach einer eigenen Melodie. Das war besser. Sie hielt es nicht lange durch. Das Zimmer erschien ihr häßlich dabei und enger.

Als sie aufhörte, war es mehr als still. *Still* wäre das Fehlen von Geräusch. Es gab aber eine Geräuschlosigkeit wie das Fehlen der Luft in einem Vakuum. Sie hatte nicht das Gefühl, daß Plattenmusik es ausfüllen könnte. Sie würde nebenher spielen, außen herum, den Hohlraum deutlich empfindbar machen.

Sie kochte, und in der Stimmung, die ihr Bestreben, Dinge direkt zu erleben, erzeugte, war das Wort *Kochmaschine* da. Die Funktion der Teile der Maschine verstand sie nicht. Sie konnte die Maschine handhaben, aber nicht erleben. Eine Beziehung hatte sie nur zum *Herd*. Eine, der sie sich gerne entledigen wollte.

Sie machte kein Licht. Solange sie sehen konnte, sah sie die Veränderung der Erscheinung der Sachen um sich herum, und dann, was die Straßenlampen ausmachten und die Scheinwerfer, die ihr Licht in schräger Fensterform über die Wände ziehen ließen im Vorbeifahren.

Sie zog sich aus und kroch nackt unter die Decke und ließ die Augen offen, bis sie zu waren.

Zwei Feiertage.

Dann ging sie wieder in die neue Wohnung arbeiten. Während der Fahrt dahin, unter den Menschen, war sie noch ruhig. Und als sie da war, sah sie die abzubauende Wand im Sinne von schöpferischer Arbeit: Raum schaffen.

Sie ließ das bisher erreichte Stadium auf sich einwirken. Sie erlebte den Licht-Durchlaß, der entstanden war; das Gewohnheitsmäßige der noch vorhandenen Zimmer-Ecken; die Wohnnormen sprengende Wirkung der doppelten Zimmerlänge, wo man sie schon sah.

Sie erinnerte sich an den Schwipstraum im Bad bei Wolf. Mehr eine Halluzination. Diese Angst. Diese noch in ihrem Alter wirksame Grundangst: wenn sie das nicht verkörpert, was die eigene Mutter war; wenn sie das nicht reflektiert, was der Mann, die Kinder in ihr sehen wollen; wenn sie das nicht aufrechterhält, was die Gesellschaft für erhaltenswert erach-

tet, reiße sie die Grundpfähle der eigenen Sicherheit ein. Als wäre sie aus Glas, und als hätte Glas nur Funktionen, aber keine Substanz.
Wenn keiner da war, den sie reflektierte, war sie aber nicht leer. Wenn keiner da war, der sie berührte, war sie nicht nichts. Sie schöpfte aus sich: gestaltete, worin sie lebt, erlebte, was sie gestaltet.
Rainer fragte sie, als er kam, wie die Heiligabend-Feier gewesen sei. Sie sagte, sie würde an keiner kalendermäßigen Familienfeier mehr teilnehmen, auch an Geburtstagsfeiern nicht, sofern sie nur wegen Familienzugehörigkeit geladen wird.

21. März

Im März, Harriet hatte bereits mit dem stufenweisen Umzug begonnen, besuchte Wolf sie unerwartet. Auf das Klingelzeichen öffnete sie. Jeder sah verunsichert den anderen. An einer ungewohnten Tür einen veränderten Menschen.
Seit Weihnachten hatte es nur Telefonate und zwei hastig zwischengeschobene Besuche gegeben. Wolf war mager. Streng im Gesicht. Harriet hing ihr Haar weich in die Stirn. Seit dem Essen vor Wochen mit Karl hatte sie sich nicht mehr geschminkt.
Sie stand im ausgeleuchteten Eingang vor der weißen Wand. Sie bat Wolf herein. Die Wohnung war geheizt. Die Dielen glänzten.
»Sag mal, öffnest du einfach, wenn es klingelt? Das würde ich nicht tun. Ich bring dir eine Türkette mit. – Schön bei dir. So – hell – alles. Gefällt mir.«
Im großen Zimmer waren nur das Telefon, das Wandregal und Pappkartons. Sie setzten sich auf den Boden und lehnten sich gerade an der Stelle gegen die lange Wand, wo früher die Zwischenwand gestanden hatte. Auf jeder Seite von ihnen war fünf Meter Raum, in der Wand gegenüber: drei Fensterpaare und die Balkonflügeltür. Wolf hatte das Zimmer nicht so groß in Erinnerung.
»Es waren zwei halb so große Zimmer. Wir haben die Zwischenwand abgerissen.«
»Durftet ihr das?«

»Wir haben nicht gefragt. Sie war keine tragende Wand. Im Bad haben wir ebenfalls eine raus.«
»›Bauliche Veränderungen‹: ›nur mit Genehmigung‹.«
»Ich weiß. Die hätten wir nicht bekommen. Wir haben die Wohnqualität gehoben.«
»Für deine Begriffe. Aber der nächste –«
»Den liebe ich wie mich selbst.« Harriet lächelte.
»Ganz schön schnoddrig bist du geworden«, sagte Wolf.
»Meinst du?« Harriet lachte. »Schön.«
Sie lachte nicht aus. Wolf sah die Fenster drüben, den Mund halb offen. Er sah alt aus. »Was gibt's?« fragte Harriet.
»Ich wollte dich bitten, mit Doris zu reden. Ich weiß nicht, ob es was nützt – Sie will sich trennen – das heißt: – Das ist alles so wirr. Ich weiß nicht, was sie will, aber wenn es das ist, was ich langsam begreife, dann hat sie mich die ganze Zeit falsch gesehen, falsch, und sich noch verstellt, damit ich denk', sie versteht mich und ist auch so wie ich, verstehst du? Damit ich denk, sie hat die gleichen Ziele, gesellschaftliche Ziele, daß die ihr wichtig sind und daß wir zusammen – Sie war schon fest drin, ging immer mit. Wir haben immer diskutiert. Ich weiß nicht, was das sollte, dann. Wenn ich das sage, winkt sie bloß ab oder sie lacht. Sie sagt nur, ich hab' ihr ein Kind gemacht und die teure Wohnung – Das ist aber nicht wahr. Das war alles die Doris. Sie wollte ein Kind, weil sie älter wird und Gertie und Thea eins kriegen. Ich habe ja nichts dagegen. Ich will auch Kinder.
Und das mit der Wohnung – Sie weiß, scheint's, gar nicht mehr, daß ich dagegen war. ›Gleich die richtige Gegend‹, hat sie gesagt, und was das ausmacht und ihr Vater hätte es auch so gemacht. Jetzt bin ich ein Schuft, weil ich Geld für die Einrichtung von ihrem Vater annahm! ›Wenn er das gewußt hätte‹, sagte sie. Ja, *was* denn?! Hab' ich ihm was vorgemacht? Wir haben immer offen geredet. Der ist ein rechter Knopf, aber irgendwo gut: ich mag ihn. Er weiß doch, wo ich stehe, zum Teufel; hab' ich je was anderes –
Aber ich weiß es nicht. Ich weiß es wirklich nicht. Doris weiß, scheint's, auch nicht, wo ich – Wie ist das möglich? Begreifst du das?«
Harriet hatte den Kopf zwischen den angezogenen Knien, hielt sich die Knöchel und sah auf die Bodenbretter.
»He! Hast du was?«

»Nein, nein. Sag weiter. Ich höre zu. Warum trennen?«
»Vielleicht droht sie nur damit. Michael hat, schriftlich, alles, wofür er bisher – zum Teufel gejagt. Das soll ich auch. Sie haben sein Verfahren abgetrennt.«
»Pro forma hat er das?«
»Weiß der Teufel.«
»Wieso? Redet ihr nicht mehr miteinander?«
»Wenn man anruft, sagt Gertie, er ist krank.«
»Schlau.«
»Das sagt Doris auch.«
Als Harriet hochsah, hatte Wolf den Kopf gegen die Wand gelehnt und starrte auf die Decke. »Was ich nicht verstehe: was soll *ich* der Doris sagen?«
»Wenn sie begreifen würde: das kann sie nicht verlangen.«
»Sie kann das verlangen«, sagte Harriet. Sie wußte, daß er jetzt langsam seinen Blick von der Decke, seinen Kopf von der Wand nehmen und sie so anschauen würde, wie er es tat.
»Doris verlangt das«, sagte Harriet: »Du hast sie die ganze Zeit falsch gesehen, falsch, und hast dich noch verstellt, damit sie denkt, du verstehst sie und willst das gleiche wie sie: eine solche Wohnung, die entsprechende Karriere, eine Familie – damit sie denkt, daß das dir wichtig ist und ihr zusammen aufbauen könnt.«
Sie konnte es ungerührt sagen. Ihr Blick war ruhig, als er sie verständnislos ansah, dann nacheinander: traurig, hart, aggressiv. Sie verteidigte sich nicht gegen seine Vorwürfe, sie würde Doris' Partei gegen ihn einnehmen, die Weiber hielten zusammen, materialistische Kleingeister seien die Frauen, berechnende Verstellungskünstlerinnen ohne Gespür für die großen Zusammenhänge, die doch der Misere zugrundeliegen, in der sie selber steckten. Aber die Frauen würden ihre Männerumgarnung weiter spinnen wie seit Jahrhunderten, häkelten ihre kleinmaschigen Heimchen-Deckchen und bildeten sich ein, so würden sie sich von den Männern unabhängig machen, die sie fortwährend einwickelten, einhäkelten, und etwa freie Menschen werden. Das wollten sie in Wirklichkeit gar nicht: unabhängig und frei sein; sie wollten ausgehalten werden, dafür wären sie bereit, sich bis zur Unkenntlichkeit zu negieren. Eine Frau sei nicht fähig, einem Mann Kamerad zu sein.

Sie hatte die Alex-Ähnlichkeit seiner Züge betrachtet, während er sprach, und sich gefragt, ob ihr Vater solche Züge gehabt habe. Sie versuchte, sich vorzustellen, wie ihr Vater ausgesehen und gesprochen hätte, wenn ihre Mutter plötzlich etwas anderes gewollt hätte als er, etwas grundsätzlich anderes. Oder umgekehrt: wie sie, wenn er. Aber die hatten sich beide eingebildet, die gleichen Ziele zu haben bis zum Schluß.

Wolf stand: er könne genausogut gehen, sie höre nicht einmal zu.

»Du hast mich vorhin falsch verstanden. Ich meinte, die Doris könne das verlangen. Ob du ihr das geben kannst, was sie verlangt, ist eine andere Frage. Ich brauche nicht mit Doris zu reden. Du hast dich schon entschieden: du kannst es nicht.«

»Aber deshalb soll nicht alles kaputtgehen, was wir – Warum willst du nicht mit ihr reden? Sie meint, ich spiele die ganze Zeit. Sie meint, ich kann einfach so einen Brief schreiben und –«

Wolf schritt langsam im Reden die Länge des Zimmers ab, kehrte um und schritt wieder zurück. Er trug vor. Er rekonstruierte seine Entwicklung von dem Moment an, als er, Gymnasiast im Humanistischen Gymnasium, erkannte, daß die Chancengleichheit eine Fiktion seiner Klasse sei. Er schilderte sein erstes Hineinhorchen in eine marxistische Arbeitsgruppe, noch nicht ganz fünfzehn Jahre alt, bedrängt von Selbstzweifel; seine Empfindung dabei: hier lerne man gemeinsam, und das Thema sei nicht ein Pubertätsproblem, das die Zeit schon alleine löst, das Thema sei ein Widerspruch, der die westliche Welt zugrunderichtet, weil er eingebettet ist in das System.

»Ich habe angefangen zu lesen«, sagte Wolf, »andere Bücher anderer Denker, und zwar ich alleine für mich. Es ist überhaupt nicht so, wie Doris meint, daß ich der ›linken Tour auf den Leim gegangen‹ bin, ›Halbwüchsige anzuschmieren, sie wären die Männer, die auf die Barrikaden gehen und im Heldenkampf die unterdrückten Kameraden –‹ So war es nicht! Ich habe alleine für mich Marx gelesen und die anderen und mich gefragt, warum diese Burschen wohl nicht den Platz im Unterricht einnehmen, der –«

Er war stehengeblieben, als er Doris parodierte. Jetzt ging er

mit gleichmäßigen, ruhigen Schritten weiter. Harriet lehnte gegen die Wand. Er sah aus wie *der Advokat* in Hollywood-Filmen, *der Demokrat, Mr. Smith, Mr. Smith goes to Washington*. Er schritt zehn Meter hin und zehn Meter her. Sein Entschluß, Rechtsanwalt zu werden, trug er vor, sei die direkte Folge der politischen Selbstausbildung. Er hätte sich lange den linken Gruppen ferngehalten, und auch heute entspreche die Ideologie keiner Gruppierung ganz seiner eigenen. Seine Aufgabe sei es, selbständig zu recherchieren, unabhängig zu denken, einen deutlichen Standpunkt einzunehmen.
»Das Gericht wird es nicht so sehen. Da mache ich mir nichts vor. Es muß mich kriminalisieren. Abschreckungslogik. Beißt sich in den Schwanz. Das kapieren sie nicht. Die RAF-Logik, den Rechtsstaat herauszufordern, sich selbst zu entlarven, hat genau den gleichen Effekt. Sehen die auch nicht. Ich kann aber nicht zusehen und schweigen, während den Deutschen ein Grundrecht nach dem anderen von Rechts wegen aberkannt wird. Diesmal geht es den Juristen an den Kragen, also mir, wenn nicht jetzt als ›Rädelsführer‹, dann später als Anwalt. Das ist doch paradox, was Doris will: das hieße, den Stand verraten, um in ihn eintreten zu dürfen. Nichts anderes! Wenn ich vor Gericht meiner Überzeugung abschwöre, daß vom Gericht genehmigte Polizeiaktionen es verbieten, diesen Beruf in seinem wesentlichen Sinn auszuüben, nämlich im Sinne der Verteidigung des Rechts, dann werde ich *das Recht* unter Bedingungen verteidigen müssen, die dem Zustand der Rechtlosigkeit gleichkommen.
Es ist ohnehin absurd: meine Überzeugung ist nicht etwas, was ich mit einem Brief ans Gericht zurücknehmen kann. Ich kann doch nicht, um mit Doris zu leben, mein Leben, wie ich es bisher gelebt habe, für nichtig erklären. Mit wem lebt sie dann? Sie und das Kind? Doch nicht mit *mir*!«
Er stand mit dem Rücken zu ihr, ein paar Schritte von der Wand. Er hörte auf zu reden. Harriet wartete, daß er sich umdreht. Es dauerte. Draußen war es dunkel geworden. Die Fenster waren, von ihrem Platz am Boden aus gesehen, schwarze Löcher. Von einer Schulterbewegung her meinte sie, daß Wolf vielleicht weine. Sie stand auf und ließ die Jalousien herunter. Als sie sich umsah, stand er mit dem Rücken gegen die schmale Wand an einem Ende des Zimmers gelehnt und sah sie an.

»Du hast die ganze Zeit nichts gesagt. Du meinst wohl auch, daß ich falsch liege.«

»Aber du siehst die Sachen auch nicht mehr so wie ich. Du engagierst dich nicht wie früher. Du machst nichts mehr mit. Es ist nicht nur wegen der Renovierungsarbeit.«

»Nein. Ich sehe es nicht mehr so wie früher. Aber meine Entwicklung war eine andere. Deine Überzeugung ist für dich folgerichtig. Ich bin zu anderen Erkenntnissen gekommen, bescheideneren.« Sie merkte, daß sie zu laufen begonnen hatte. »Ich kann nicht mehr in großen Bögen denken, ohne das Gefühl zu bekommen, ich schlage sie über die Köpfe derer hinweg, für die sie angeblich gedacht sind. Ich empfinde die Komplizenschaft der Mißbrauchten mit ihren Mißbrauchern und, obwohl ich weiß, daß sie zu dieser Komplizenschaft verführt worden sind, kann ich sie nicht mit gutem Gewissen aufklären, weil ich nicht sicher bin, ob ich sie nicht dabei auch mißbrauche, ob ich fähig bin, eine gute Welt für sie zu bauen. Die Aufgabe ist zu groß für mich: *eine Welt*, und: *für sie*.

Wir müssen viel bescheidener anfangen. Wir sind heute so weit, daß die eigenwillige Gestaltung des eigenen Umraums, das Vorzeigen einer abweichenden Persönlichkeitsstruktur, Akte von politischer Brisanz sind, die man gegen den Widerstand der verhetzten Bevölkerung durchführen muß. Ich habe es an der Wohnung bei Geringfügigkeiten erlebt. Ich stelle es an Reaktionen zu meiner Person fest.

Der Widerspruch, von dem du vorhin sprachst: wir haben ihn nie aufgehoben, und woanders wütet er, in der dritten Welt, wohin wir ihn transplantierten. Aber hier hat er keine vernichtende Kraft mehr, seitdem das Bewußtsein, nichts zu haben, das Sein der Besitzlosen nicht mehr bestimmt. Hier wütet eine andere Seuche, eine, die alle gleichermaßen befällt und die Persönlichkeit auffrißt. Manchmal, wenn ich U-Bahn fahre, denke ich, es ist schon so weit, daß Mundzüge sich angeglichen haben und der Augenausdruck nicht mehr von Mensch zu Mensch verschieden ist. Und dann denke ich: den Ausdruck kenne ich, wo hab ich ihn schon mal gesehen? Und dann weiß ich es wieder: Auf den Fotos von streikenden Arbeitern des vorigen Jahrhunderts: diesen Hunger-Ausdruck; Hunger, Verbissenheit und schon Niederlage. Wir sind alle jene hungerleidenden, verbiesterten, ohnmächtigen Arbeiter,

sage ich: alle! Die Reichen nicht minder. Sie sterben nur an anderen Krankheiten. Sie erreichen nie Glück! Wenn man denkt: Arbeit ist die Strafe Gottes für die Sünde des Wissen-Wollens. War es nicht so? Eine Strafe. Das haben wir verdrängt und ins Gegenteil verkehrt, und Leistung ist eine Tugend, die einzige, die wir noch anerkennen: Grundpfeiler unserer Ethik, jeder muß sich dazu bekennen; wer aussteigt, wird verketzert. Langsam frißt sich ein Akkord-am-Fließband-Ausdruck in jede Visage. Die Arbeit ist die Existenz-Grundlage: man kann nicht mehr 'raus; man hat die Autobahn-Ausfahrt verpaßt und muß weiterrasen und weiß, die Richtung ist falsch und Zeit geht verloren und Kraftstoff und Nervenkraft, und man wollte sie für ganz was anderes brauchen, für Aasen in der Sonne, und keine Ausfahrt kommt mehr kilometerweit, und wenn dann eine kommt, ist man gleich im Verkehrsstrudel irgendwo, wo man sich nicht auskennt, und fährt Kriechtempo und wird von sinnlosen Ampeln aufgehalten und kommt nicht weiter und findet die Auffahrt nicht. Man kriegt diese Mundwinkel davon. Hast du das schon gemerkt?«
Wolf stand an der Wand und lachte: »Mein Gott, spinnst du!« sagte er.

4. April

An einem Fenster in Harriets Blickfeld saß ein Herr, den sie zunächst für älter, aber nach einer Weile für gleichaltrig mit sich selbst hielt. Er richtete den Blick nach vorne geradeaus oder auf den Teil des Tisches vor seinem Platz. Er sah nicht aus dem Fenster. Er sah nicht in den Raum. Er beobachtete jede Handreichung des Kellners beim Decken und genau die Stelle, wo Serviette, Besteck zu liegen, wo der Krug, das Glas, das Salzgestell zu stehen kamen. Er richtete sie, als der Kellner ging, neu aus: die Gabel und das Messer im rechten Winkel zur Tischkante; die Salz- und Pfeffer-Gefäße aufrecht im Gestell; die Serviettenfalten scharf, die Seiten bündig. Als er fertig war, begann er neu zu ordnen. Er brachte den Krug in eine Linie mit dem Glas und der Messerspitze; die unteren Enden von Gabel und Messer präzise an die Tischkante; den

Löffel legte er quer in quadratischem Abstand, seine Hände rechts und links von dem Besteck. Dann rückte er das Salz- und Pfeffer-Gestell aus dem Feld, legte die Serviette weiter rechts von der Gabel; er hatte das Messer in der Hand, als Doris kam.

Krank sah sie aus. Fieber in den Augen. Sie ging in den siebten Monat. Sie packte Zigaretten auf den Tisch, tat sie wieder weg: »Nein, ich rauche heute nicht. Aber einen Wein: ich trinke einen Wein. Wollen wir nicht gleich bestellen. Ich habe überhaupt keinen Hunger. Ich nehme ab. Der Arzt sagt, das sei schlecht. Ich habe aber keinen Hunger. Ich esse ja. Wolf will das Kind nicht. Weißt du das? *Ich* hätte das Kind gewollt. Das Kind und daß wir heiraten und die Wohnung – alles. *Er* will ja seine sozialistische Weltordnung.« Sie lachte trocken: »Aber du verstehst ihn ja. Nur hast du ihn ganz schön im Stich gelassen. Sonst warst du immer da. Brachtest ihm nachts mit dem Taxi das Notizbuch in die Sitzung, bloß weil er es vergessen hatte. Deshalb vergißt er immer alles. Und wo er was hintut. Und ob er es schon gemacht hat. Neulich mußten wir von Lichterfelde wieder nach Grunewald zurück, weil er die Briefe, die er einstecken wollte, zu Hause liegen gelassen hatte, und als wir zu Hause ankamen, waren sie im Auto gewesen die ganze Zeit. *Der* will eine Weltordnung. Ich bleib nicht. Das wollte ich dir sagen. Deshalb habe ich angerufen. Ich gehe. Das steht fest. Ich muß zusehen. Spinner. Wie will er das bezahlen, möchte ich wissen? Allein das Darlehen und was er sonst noch alles geborgt hat. Die Küche. Den Wagen. Der spinnt total. Das mach ich aber nicht mit. Wenn er mich lieben würde. Er hat doch gar keine Zeit. Dauernd organisiert er was, hängt am Apparat, schreibt Protokolle, Pressemitteilungen, Anträge – Er weiß doch nicht mal mehr, was er ißt. Eines Abends sagte er, wir könnten doch wieder mal Fisch essen, das hätten wir lange nicht, und Fisch ißt er so gern. Und ich hatte Fisch gemacht zu Mittag an *dem* Tag. Ernsthaft, das kann einen mürbe machen so was, so – eingleisig, ja? Da kann die Welt an ihm vorbeigehen: er guckt nicht rechts noch links: Er muß die und die Arbeit jetzt tun. Daß *ich* das bin, weshalb er das überhaupt kann; daß ich da Handlanger bin für seine Größenidiotie, das sieht er nicht. Wie soll er denn? Du bist nach Dahlem mit der U-Bahn, damit er Farm-Eier kriegt. Der denkt, das steht ihm zu. Da wird ihm aber

anders werden, wenn ich weg bin. Da muß er zusehen. Meinst du, er weiß, daß man Unterhosen zwischendurch wäscht? Du wirst aber auch schön gucken, das wollte ich dir sagen, deshalb habe ich angerufen. Wenn du meinst, er kommt zu dir zurück, du hast ihn ganz für dich und so, da hat der Alex vorgegriffen: der ruft jetzt jeden Tag an und weiß genau, wie man's macht. Er hat einen angesehenen Anwalt besorgt, und Wolf wird sehen: ›das Kind schaukeln wir schon, das wäre ja gelacht.‹ Der irrt bloß: das Kind ist nicht zu retten. Ich weiß es von Vati, der hat doch Verbindungen; da sind die Karten gefallen. Gertie hat es richtig gemacht: Michael kommt heil 'raus. Ich werde aber auch zusehen. Wenn er was auf mich geben würde, dann hätte er auch gehört. Ich bin ihm doch schnuppe.«
Doris steckte sich eine Zigarette an. »Wir könnten schauen, was es am Buffet gibt«, sagte Harriet: »Die machen delikate Kleinigkeiten, vielleicht bekommst du Appetit.«
»Und was wirst du machen?« fragte Harriet, als sie aßen. Das wußte Doris nicht. Sie würde schon was machen. Nach Hause gehen und dann entweder in eine Wohngemeinschaft ziehen, wo andere sind, die Kinder haben, irgendwas.
»Ich glaube nicht, daß ich lange allein bleibe«, sagte sie.
»Das scheint dich alles nicht sonderlich zu stören«, sagte sie dann. »Das verstehe ich nicht. Erst so und dann so. Wolf weiß auch nicht, was er davon halten soll.«
Doris aß, dem Anschein nach, mit Appetit. Dann schob sie den halbvollen Teller weg, sagte, sie habe keinen Hunger, rauchte, während Harriet aß.
»Was würdest du an meiner Stelle machen?« fragte Doris.: »Die Beziehung ist aus, und du kriegst ein Baby.«
Es war ein neuer Gedanke: die Beziehung ist aus, und du kriegst ein Baby. »Mein Gott, wäre das schön –« sagte Harriet.
»Gott ja!« blitzte Doris, »du schwebst da oben in den Wende-Wolken wie Wolf. Praktisch!: ja? Konkret!: Was würdest du machen?«
»Unter allen Umständen allein bleiben.«
Doris wand sich.
»Mich nicht aufteilen«, sagte Harriet: »Nicht Ehe-Heultränen in den Baby-Brei einrühren; vom Vater verordnete Klapse austeilen; auf andere horchen –«

»Und den Baby-Brei: wo kriegst du den her?«
»Ich habe nicht so viele Antworten. Die meisten, die ich habe, fangen mit ›kein‹ an: kein Mann, keine Wohngemeinschaft, keine Bücher über Kindererziehung; keinen Job, der mich aus dem Haus nimmt – und dann muß ich sehen; dann muß ich reduzieren. Ich kann vieles nicht bezahlen und muß gucken, was ich wirklich brauch'. Es geht mir auch jetzt so. Das Überraschende ist, daß ich manches nicht brauche, was ich bisher für lebensnotwendig hielt; ohne das zu leben, ist ruhiger, befriedigender. Da gehst du arbeiten, damit das Kind ein eigenes Zimmer voll mit Spielsachen hat; das Kind mußt du tagsüber einer Aufsicht überlassen, und abends soll es verdammt mit seinen Spielsachen spielen, weil du erschöpft bist, frustriert, außerdem hast du Mutterpflicht-Schuldgefühle. Das Kind ist verunsichert, auch frustriert, fordernd. Was soll das? *Kein* eigenes Zimmer! *Keine* Spielsachen! Ein Zimmer mit dir zusammen; mehr Zeit; weniger Frust –«
»Ekelhafter Mutter-und-Kind-Kitsch. Kann ich gar nicht hören. ›Mutterpflicht-Schuldgefühle‹! Ein Kind muß mit anderen Kindern sein und nicht dauernd bei einer Gluckhenne hocken. Außerdem will ich für mich was, und jetzt, und nicht erst, wie du, ›wenn die Kinder aus dem Haus sind‹ und ich alt und spinnert bin. Klar willst du jetzt ›keinen Mann‹.« Doris lachte: »Fragt sich, ob einer *dich* will. Aber mich. Und da werde ich mir wohl vom Sozialamt vorschreiben lassen, wieviel Quadratmeter ich bewohnen darf und mit meiner Göre in die Versenkung gehen; kille kille machen etliche Jahre lang. Ich bin doch nicht blöd.«

9. Mai

So viele Freunde, Kameraden, Genossen, Sympathisanten – und auf der Zuschauer-Galerie saßen mit Harriet ganze elf Mann. Polizisten plauderten im Stehen vor einer Doppeltür. Die Angeklagten saßen lässig da, vom langen Tisch zurückgeschoben, oder sprachen mit einem Anwalt, der mit aufgeknöpfter Robe auf dem Tisch saß. Ein Beisitzer war vorläufig allein hinter dem Richtertisch; er sah vor sich hin. Als

wäre es alltäglich und ginge um nichts. Dabei umgaben Stacheldrahtrollen das Gericht.
Wolf war in Anzug und Krawatte. Er schrieb.
Am anderen Ende der Zuschauerbank vor Harriet saß vornübergebeugt ein älterer Mann, der die Ellenbogen auf den Schenkeln aufstützte und seinen Kopf zwischen den Händen hielt, die Finger in den schütteren grauen Strähnen. Nach einem Moment ließ er die Hände fallen und zwischen den Knien hängen, kippte den Kopf ins Genick und schloß fast die Augen. Seine Halssehnen standen vor im dünnen Hals unter dem schlaffen Kinn. Dann verschränkte er die Arme, zog das Rückgrat gerade und sah mit verkniffenen Augen nach vorn. Sein Ausdruck war der mancher Frauen in Lebensmittelschlangen, wenn jemand sich vorzudrängeln versucht. Seit mehr als einem Jahr hatte Harriet ihn nicht gesehen. Sie fragte sich, was sie fühle. Zwanzig Jahre lang holte sie ihm an Wochentagen zwei Schrippen morgens. Sie wußte, wie er roch, wenn er beim Skat verlor. Für landläufige Begriffe müßte sie beim Wiedersehen etwas fühlen. Sein Anblick löste aber in ihr nur Gedanken aus: daß gemeinsame Erlebnisse nicht binden; intime nicht in Liebe übergehen; die Länge einer Beziehung nichts über ihre Gültigkeit aussagt; Wollen blind macht für das, was ist; sie war zum Beispiel überrascht, wie weich, wie weibisch seine Züge waren. In ihrer Erinnerung waren sie hart. Den Mann zu küssen, der da saß, wäre ihr nicht möglich.
Das, was passierte, als der Richter erschien, war ihr aus der Schulzeit vertraut, mit dem Unterschied, daß man hier nicht im Chor: »Guten Morgen, Herr Lehrer« sagte. Der Richter, einen Kopf kleiner als seine Beisitzer links und rechts (der Beisitzer links war eine Frau), sah durch eine Brille mit runden Gläsern und Goldgestell in die Akte. Dann eröffnete er.
Harriet hörte die einzelnen Punkte der Anklage, ohne sie auf Handlungen zu beziehen, ohne sie im Strafmaß einschätzen zu können. Viele Punkte, für ihr Sprachgefühl schwerwiegende. In apathischem Tonfall den anderweitig beschäftigten Angeklagten und Anwälten vorgelesen, ohne sichtbares Interesse zu erzeugen bei den Menschen im Saal. Als einer der Verteidiger sein privates Gespräch unterbrach, aufstand, lange vortrug, sich setzte und sein Gespräch wieder aufnahm,

so daß er die Antwort des Staatsanwalts nicht vernahm, trotzdem, als der Staatsanwalt fertig war und sich seinerseits unterhielt, wieder aufstand, mit einem Stift in der Hand auf und ab ging, lange vortrug – hatte Harriet das Gefühl, bei der vorletzten Probe eines Schauspiels zu sein, die dem Auswendigkönnen des Textes und den Stichworten galt.
Wolf war anscheinend nicht irritiert.
Die Diskrepanz zwischen dem Inhalt und der Wirkung der Worte des Staatsanwalts war so groß, daß Harriet um sich schaute und nach mindestens noch einem Menschen suchte, der so reagierte wie sie selbst. Nach dem, was der Staatsanwalt mit unbewegt glattem Gesicht aussagte, war Wolf, wenn er sich einmal im Sozialgefüge eingenistet hätte, seiner Gesinnung und Unbelehrbarkeit nach dazu fähig, die Fäden zu ziehen für umstürzlerische Aktivitäten subversiver Gruppen und die Straffreiheit dieser Genossen dann zu sichern. Seine Rolle bei der Organisation und der brutalen Durchführung der verbotenen Demonstration sage aus, daß Achtung vor Leben oder Eigentum keine Hinderung für ihn darstelle. Wolf schrieb. Sein Anwalt las. Kein Zuschauer außer Harriet zeigte sich beeindruckt.
Ein Polizist, der als Zeuge aussagte, konnte sich nicht erinnern. Seine unmittelbar nach der Demonstration gemachte Aussage wurde ihm vorgehalten. Er meinte, die müsse wohl stimmen. Ein zweiter Polizist schilderte den Würgegriff, mit dem Wolf ihn für zwei Wochen dienstunfähig gemacht hätte. Er war ein kräftiger Mann. Harriet meinte, Wolfs Anwalt brauche nur dem Gericht vorzuschlagen, sich die beiden Männer einmal nebeneinander anzusehen, um die Unhaltbarkeit der Behauptungen zu beweisen. Aber kein Einwand kam. Zeuge für Zeuge leierte unwidersprochen Zurechtgemachtes, Auswendiggelerntes herunter. Harriet hielt es nicht aus. »Warum sagen die nicht etwas dagegen?« fragte sie den jungen Mann neben ihr.
»Die Verteidigung«, sagte er, »kommt nach der ersten Pause.«
Sie hörte nicht mehr hin. Sie versuchte, während sie das Gesicht der Beisitzerin studierte, durch Kontemplation in die Gedankenwelt dieser Frau einzudringen; zu empfinden, welche Werte sie hatte, aus welchen Komponenten ihr Urteil bestand, wie diese Angeklagten auf sie wirkten, wie deren Ju-

gend, deren Kraft, deren Männlichkeit; ob das Bedrohungen wären für diese Frau; ob sie ein Kind als ein von Natur aus destruktives, durch Züchtigung zu erziehendes Wesen ansah, oder eins, das man in der Zuversicht, daß es in sich Neues trägt, behütet und gewähren läßt. Ganz und in sich geschlossen vom Augenblick der Geburt: fertiger Wurf: das Kind. Wenn man nur still, in sich ruhend, bei ihm liegen könnte – nichts sagen, nichts tun; wenn es weint, wenn man weint, die Brust geben zum Trinken, zum Getrunkenwerden, man würde es nicht binden, nicht ausrichten; aber wir handeln, reden geradezu unverantwortlich, als wüßten wir die Konsequenzen.

Harriet sah Wolf durch eine Doppeltür aus dem Saal gehen. Auch um sie herum waren die Bänke fast leer. Die Zuschauer durften den Raum nur durch die Hintertür verlassen, die auf die Treppe zur Straße führte. Harriet wollte zu Wolf. Die Polizisten am Ausgang meinten, sie könne hinaus und durch den Haupteingang ins Gericht, sie müsse aber dann, nach der Pause, wieder hier durch Kontrolle und Leibesvisitation. Sie ging zurück. Das Treppenhaus war ungeheizt. Es zog. Sie wollte wieder auf die Besucher-Galerie. Der Raum war aber abgeschlossen. Sie stand vor einer blanken Tür ohne Griff. In dem Treppenhausschlauch eingeschlossen saßen die Bürger, die das Recht auf Anwesenheit bei einem öffentlichen Prozeß wahrnahmen, auf Steinstufen, lehnten sich gegen die klamme Wand und traten ihre Kippen auf dem Boden aus. Wie Harriet bemerkte, war Alex nicht unter ihnen. Nach der Pause saß er aber auf seinem Platz.

Die Angeklagten kamen selbst zu Wort. Wolf nahm die Blätter, auf die er die ganze Zeit geschrieben hatte, und hielt sie zusammengerollt in der Faust. Harriet dachte, er würde sich erklären, seine Motive erläutern, seinen Standpunkt darstellen, das Gericht von seiner Aufrichtigkeit überzeugen, seine Auffassung vertreten von Rechtsstaatlichkeit und Justiz. Sie bildete sich ein, dann würde der kleine Richter die Goldbrille abnehmen und horchen. Wolf gab aber ein Statement ab in wissenschaftlichem Stil über globale Bestrebungen, derart unpersönlich vorgetragen, sie seien mit einer kapitalistischen Grundordnung unvereinbar.

Harriet steckte die kalten Hände unter die Schenkel und versuchte, sie so zu wärmen, aber sie wußte, es lag nicht an der

Temperatur im Saal, daß sie fror. Sie konnte das Gefühl nicht abschütteln, daß die Gestalten im Saal, ihr Sohn mit eingeschlossen, nur menschenähnlich sind, der Ablauf mechanistisch. Sie sah begradigte Flüsse in einer planierten Landschaft; die reibungslose Verwaltung stummer Städte in einem elektronisch summenden Raum. Das System hatte sich in seinen Ritualen verselbständigt, Eingaben waren nicht vorgesehen. Und vorne schrieb eine Schreiberin, ohne aufzusehen, alle Worte von Wolf, nach denen vom Staatsanwalt, nach denen vom gedächtnislosen Polizisten, als wäre die Gleichberechtigung vor der Justiz mit gleichberechtigter Protokollierung gegeben.

Harriet hatte das Gefühl, als die Verteidigung ihren Gang nahm, in einem Räderwerk zu sein. Entlastungszeugen wurden gerufen, vereidigt, befragt und entlassen. Die Verhandlung beeinflußten sie nicht. Entlastende Aussagen wirkten wie Vorgaben für die Beweisführung des Staatsanwalts. Der Staatsanwalt gab sich aber in Art und Stil distanziert, als führe er einen Auftrag aus, der ihn nichts angehe. Er beherrschte sein Handwerk, das war ihm genug. Der Richter quittierte die Leistung mit Zuvorkommenheit. Sonst war er milde im Ton, geduldig mit Anwälten und Zeugen in der Art von müden Vätern, die noch Lateinvokabeln abhören müssen am Abend. Die Angeklagten verhielten sich ihrer vorgesehenen Funktion gemäß und brachten selbst mit Verzögerungsmanövern und ausgeklügelten Gegenbewegungen das Ganze, durch ein verstecktes Übertragungssystem, nur schneller vorwärts. Das Gedröhne in Harriets Ohren wurde zunehmend lauter; egal, was gesagt wurde, es war das gleiche Gedröhne: Auch der Richter war ein Rad, und auch sie war ein Rad, das lief.

Sie hielt sich die Ohren zu. Sie wartete auf die Pause. Sie mußte Wolf sagen, daß es viel weiter sei, als er glaube.

Bis zu einem vergrößerten Korridor außerhalb des Sitzungssaals fragte sie sich durch. Das Dröhnen war gedämpft, da die Vertreter der gegnerischen Standpunkte hier miteinander im Plaudern pausierten, eingehakt einhergehend wie im Schauspielhaus zwischen den Auftritten. Harriet stand steif dazwischen. Sie sah Wolf sofort: Wolf und Alex. Alex faßte Wolf an. Alex strich Wolf über das Haar. Immer wieder versperrten ihr wandelnde Gruppen die Sicht. Einzelne stießen sie an.

Jemand kicherte unerträglich. Wolf hatte die Furche zwischen den Brauen, die immer da gewesen war, als er seine Hausaufgaben machte. Er hörte Alex zu. Er glättete die Schultern von Alex' Jacke. Sie wollte trotz allem Wolf sagen, daß kein Mensch mehr die Macht hat, die Richtung zu verändern oder auch nur die Geschwindigkeit. Es wäre, als greife eine menschliche Hand in ein laufendes Triebwerk. In dem Moment wandte Wolf seinen Blick von Alex' Gesicht ab und sah in den Raum. Es war ein Vor-sich-hin-Sehen, das nichts erfaßte, aber als dieser Blick Harriet traf und nicht sah, empfand sie, wie sehr ihr Sohn schon in den Mechanismus miteinbezogen war, eins der für die Ausführung ihrer Funktion voneinander abhängigen Teile sei. Er begann, mit seinem Vater auf und ab zu gehen. Harriet war die einzige, die stillstand im Raum.

Sie ging.

Sie machte in der Wohnung überall Licht. Die Wohnung war klein. Eine Zelle. In die sie sich freiwillig – ein großes Wort... Ein Mensch, die kleinste politische Einheit, bestimmt seinen unmittelbaren Umraum. So könnte man anfangen.

Umraum

15. Oktober, abends

...durch schlotternde Gänge ...zur Tür, an der sie zog, statt sie zur Seite zu schieben, oder schob, statt dran zu ziehen, von sich zu stoßen versuchte, wenn sie zu ihr hin aufging, an deren Klinken sie ständig die Hände verletzte, aber deren Mechanismus sie nie begriff.
Im Speisewagen war es kalt. Harriet verschränkte die Arme und wärmte sich die Oberarme mit den Händen. Im Glas des Fensters sah sie sich so sitzen, ein gläsernes Ich, das nur vage Konturen hatte und durch das hindurch die Felder und Bäume fuhren im werdenden Abendlicht. Gleichzeitig sah sie das künstlich beleuchtete Wageninnere, häßliche Tische, Stühle, Lampen, alle massiver im Abbild als sie, die Chimärenhafte, der vergängliche Mensch unter seinen Produkten. Ungeachtet seiner flüchtet das Land.

25. Oktober – 1. Dezember

Sie war unsicher, als sie am frühen Samstagabend an der Verkaufsstelle vor den Kolonnaden stand und auf die Lieferung der Sonntagsausgabe der Morgenpost wartete. Sie trat in den Windschatten. Der Wind blies die Blatt-Ecken der beschwerten Zeitschrift hoch.
Andere warteten auch: Pärchen, einzelne Männer. Als der Lieferwagen vorfuhr, merkte sie erst, wie viele es außer ihr waren. Sie belagerten den Verkäufer, hielten ihm abgezähltes Geld vor oder schmissen es hin und nahmen sich eine Zeitung. Sie rannten blätternd auf Telefonzellen los, besetzten lesend die Apparate, kreuzten weitere Annoncen während der Gespräche an.
Harriet stand ziemlich weit hinten in einer Schlange. Sie versuchte, die Annoncen zu lesen im Zwielicht. Einen Stift hatte sie nicht, auch keine endgültige Vorstellung, wie viele Zimmer sie suchte, in welcher Gegend sie wohnen wollte oder

was sie bezahlen konnte. Der Wind blätterte die Seiten auf, knickte sie zurück über Harriets Hände, blies ihr um die Beine und in den Rock.
An der Schlange spazierten Leute vorbei. Zunächst bemerkte Harriet es nur nebenher: eine normale Erscheinung; die einen wollen telefonieren, die anderen gehen weiter – Sie hatte mit den flatternden Zeitungsblättern zu tun; sie fror; sie kam nicht gleich hinter das System, nach dem die Annoncen gegliedert waren; vor allem irritierte sie, in Anbetracht der Gewandtheit der anderen Wohnungssucher, ihre eigene Unbeholfenheit. Fast eine Befangenheit. Als akzeptiere sie nicht ihre Situation. Als sei diese Situation erniedrigend.
Daß sie so spät in ihrem Leben zum erstenmal dazu kam, Obdach für sich selbst zu suchen, das war erstaunlich. Die größere Zahl der Leute in der Schlange war jünger als sie. Pärchen und Männer überwogen. Ein Pärchen bestand aus zwei Mädchen. Sie war die einzige Frau allein.
Sie betrachtete alle von hinten, wie sie von einem Fuß auf den anderen traten und sich langsam vorwärts schoben, den Kragen gegen den Wind hochgeklappt, die freie Hand in der Tasche. Es war sichtbar, daß diese Menschen schon eingeübt waren, daß sie die demütigende Strapaze Woche für Woche, ohne zu murren, auf sich nahmen, wie Hungrige nach dem Krieg für Kartoffeln, für ein Dach über dem Kopf Schlange zu stehen ertragen hatten. Sogar die Kniffe lernten. Geschickter wurden in der Art von Unterweltlern, bei denen, den anderen auszustechen, manchmal zu überleben heißt.
Da stand sie also auch. Eine *Wohnungssuchende*. Sie fühlte sich schon jetzt der Gruppe zugehörig, die man daran erkannte, daß sie in vernünftigem Schuhwerk Wartedienst schob, während die Samstagabendwelt in spitzen Halbschuhen, hochhackigen Sandaletten, Theaterpumps und weich um die Fesseln geknautschten Stiefeln an ihr vorbeispazierte. Bislang hatte sie Männern abverlangt, daß sie sich auskennen, einfügen; daß sie mit List, Ausdauer und Nerven dieser Vogel-friß-oder-stirb-Welt sich anpaßten, um für sie zu sorgen. Sie hatte sich dann einzelnen, ausgesuchten Männern in zweiter Linie angepaßt. Welchen Gruppen hatte sie in ihrem Leben angehört? Der Familie. Den Studenten. Den Hausfrau-und-Müttern. Den Schriftstellern – und jetzt den Wohnungssuchenden. Zum erstenmal war kein Mit-Gefühl unter den

Mit-Gliedern, sondern ein Gegen-Gefühl. Keine Liebe. Kein bindender Status des Privilegs. Keine gemeinsam zu bekämpfende Benachteiligung. Keine Kollegialität. Sondern Rivalität. Mißgunst, Ausstecherei. Nur über die Leiche eines anderen Wohnungslosen erreichte man selbst eine Wohnung.
Es war aber nur für die Dauer der Wohnungssuche so. In ein paar Monaten würden sie Samstagabend an einer ähnlichen Schlange vorbeispazieren und sie womöglich nicht einmal sehen. Auf eine primitivere Entwicklungsstufe herabgedrückt fühlte sich keiner. So war halt das Leben. In der Berufswelt. In der Geschäftswelt. Deshalb war man kein Kannibale. Man suchte nur eine Wohnung. Auch sie. Ohne genaue Vorstellungen, ohne Stift, vermutlich auch ohne Telefongroschen, in zu leichten Schuhen, ohne Mütze im Wind, das mit Grau durchsetzte Haar zerzaust, humanistisch angekränkelt, mit leicht abwesendem Blick in der zielstrebigen Schlange – vielleicht sahen vertriebene Adlige ähnlich aus im Krieg auf der Flucht – sie mußte grinsen.
Sie wählte und wählte. Jede Nummer war besetzt. Auch am folgenden Morgen, als sie nach systematischem Studium der Anzeigen wieder anrief. Als wäre der Komplott persönlich gemeint, kam es doch vor, daß bei einer Nummer, die seit Stunden besetzt gewesen war, am Ende niemand antwortete.
Eine leichte Panik setzte bei Harriet ein: waren die Stellen besetzt oder unbesetzt? War niemand für sie da oder war niemand da? War ihr Apparat nicht in Ordnung? War sie von der Welt abgeschnitten? Konnte auch niemand sie erreichen? Bei Wolf antwortete keiner. Bei Trude war besetzt. Tilli war übers Wochenende weggefahren. Gesine hatte vermutlich Dienst. Das Kaufhausparkdeck war ausgestorben. Auf den Straßen fuhr vereinzelt ein Wagen im Sonntagnachmittagsverkehr. Gegenüber ging ein ausgemergelter Mann mit einem Kuchenpaket in Nummer fünf hinein, Herr Baumann. Seit siebenundzwanzig Jahren jeden Sonntag um 14:15; das beruhigte sie.
Am späten Nachmittag bekam sie erst Anschluß; die Annoncen sahen aus wie Privatanzeigen, es antworteten aber Makler. In jedem Fall war die angezeigte günstige Wohnung weg, sie hatten aber andere, nur wenig teurere, in einer anderen Gegend. Es ärgerte Harriet, daß sie es nicht fertigbrachte,

diesen Leuten gleich ins Ohr zu brüllen, daß das gaunerhafte Praktiken seien, sondern daß sie leise und höflich, wie sie es gelernt hatte, sagte: dann sei sie nicht interessiert, womit sie den Maklern die Möglichkeit bot, sie finanziell abzuschätzen. Sie boten ihr daraufhin Wohnungen mit Ofenheizung in entlegenen Gegenden an. Die lehnte sie ebenfalls höflich ab.
Die Stadt bestand aus tristen Bleiben. Die zu besichtigen, ging sie ganze Viertelstunden im Regen, stand an nicht überdachten Haltestellen, stieg in verwahrlosten Treppenhäusern die laut Schild *frisch gebohnerten* Treppen hinauf, war den mißtrauischen Blicken der Hausbewohner ausgesetzt, ließ das Taxieren der Hauswartsleute über sich ergehen, hielt den gemischten Gefühlen der Nachmietersuchenden stand, begegnete ihren überhöhten Abstands-Forderungen mit dem Achselzucken der Nicht-Solventen. Der Unverfrorenheit der Hausbesitzer war sie zunächst aber nicht gewachsen.
Sie fiel auf die geölten Manieren der routinierten Hausbesitzer herein, erkannte die Absichten ihrer scheinbar sachlich interessierten Fragen nicht, gab sich ihrem leutseligen Plaudern preis. Unversehens plauderte Harriet das, was der Hausbesitzer wissen wollte, aus; es erfolgte ein kurzes *Ach so!*; das Gespräch war aus. *Ach so: Sie sind schon seit sieben Jahren geschieden. Ach so, dann leben Sie praktisch von Unterhaltszahlungen! Ach so, freireligiös! Eine Künstlerin, ach so.*
Neu in den Stand der Hausbesitzer Gekommene stießen Harriet auf Anhieb ab. Sie verschloß sich den Grobheiten, die diese Männer für nüchterne, geschäftlich wichtige Feststellungen hielten. *Wer Sie besucht, ist Ihre Sache, aber, damit wir uns richtig verstehen: wenn es laut wird* – Wie man richtig auf Anzüglichkeiten reagiert, konnte Harriet nicht sagen. Selbst auf die Frage, welche Handlung, welches Wort anzüglich sei, wußte sie keine Antwort. Gespräche mit Freundinnen darüber hatten den Punkt nie für sie geklärt. Ihre spontanen Reaktionen blieben für sie selbst widersprüchlich, mal von der Person abhängig, mal von der Art, dem Ton, mal von ihrer eigenen Laune, vom momentanen Stand ihrer Selbstsicherheit. Sie konnte auf das willkürliche Zerzausen ihrer kurzen Haare durch die Hand eines Mannes wie auf ein Streicheln reagieren oder wie auf eine Anstößigkeit; sie konnte ihre Reaktion jeweils begründen, aber sie glaubte ihren Begründun-

gen nicht. Wenn etwas für sie ausgesprochen beleidigend war, stellten sich ihre inneren Stacheln auf. Sie hatte sich in Verdacht, dann auch äußerlich den Hals lang zu ziehen und wie eine empörte Giraffe auszusehen. Das störte sie nicht. Was sie störte, waren Fälle, bei denen die inneren Stacheln sich sträubten, ihr aber äußerlich nichts anzumerken war, weil die Meinung des betreffenden Mannes von irgendeinem Belang war. Jede negative Reaktion kam ihr in diesen Fällen zickig vor, jede positive irreführend, entwürdigend – sie verkrampfte sich meist lächelnd. Bei einem neureichen Hausbesitzer war sie dagegen klar: sie stand auf und ging: »Ich glaube nicht, daß ich in Ihrem Haus wohnen möchte«, sagte sie; sein Grinsen war ihr gleich. Eine Wohnung bekam sie nicht.

Erst nach Wochen ging sie zu einem Makler. Erst als die Wohnungsjagd nach Zeitungsangebot für sie unmittelbare Unterdrückung war, die sie nicht mehr hinnehmen konnte, auch nicht als längst fällige Konfrontation mit der *harten Realität*. Es gab gute Wohnungen, und der Weg, an sie heranzukommen, war in unserer Gesellschaft ein anderer. Längst hatte sie das erkennen müssen: *wo alles seinen Preis hat*, waren die *Sonntagsmorgenpost* plus B. V. G.-Fahrgeld und Zeit und Kraft zu billig. Man war also minderbemittelt, vielleicht sogar arbeitsscheu: wer etwas leistete und entsprechend verdiente, hatte nicht Zeit und Kraft, sondern Geld.

Das Büro bestand aus einem Raum, die Mannschaft, so schien es, aus einem Mann, und der war dick, ungepflegt und nervös. Harriet schätzte ihn auf etwa fünfunddreißig. Sie hatte das Gefühl, daß ihre bloße Erscheinung ihn überfordere, als er sie ansah: sie war, das sah er, ein schwieriger Fall. Als sie anfing zu reden, war er sich dessen sicher. Er wippte mit dem übergeschlagenen Bein. Sie sagte genau, was sie suchte. Er sah Aktenordner oberflächlich ein, sagte zu jedem Blatt: »Mmm hmm«; es war eindeutig, daß er kein Wort las. Dann wollte er ihre Anschrift und versprach, sich zu melden. Er würde sich nicht melden, das war offensichtlich. Sie gab ihm die Adresse. Es sei schwierig mit Hausbesitzern, sagte er an der Tür, bei diesen freien Berufen ohne festes Einkommen. Harriet meinte, sie könne Unterlagen bringen, daß sie nie eine Mietzahlung versäumt oder auch nur verspätet entrichtet hätte. Als spreche er Deutsch und sie Altchinesisch, so sah er sie an.

Ihre Puste war ausgegangen. Sie fuhr einfach lang im Bus und schielte durch das trielende Fenster. Die Heimatstadt. Nach Hause gekommen. Bin ich Mensch. Will ich sein. Eine Frau mit einem sperrigen, eingerahmten Landschafts-Ölbild setzte sich umständlich neben sie. Stieß sie mit dem Ding in den Schenkel, entschuldigte sich, stieß sie wieder. Sie hielt das Bild schräg gekippt auf dem Schoß, sah es unverwandt an, lächelte dankerfüllt. Dann sah sie zu Harriet hin, verschraubte das Lächeln und zwinkerte ihr komplizenhaft zu. An der nächsten Haltestelle stieg sie wieder aus in den Regen.
Der Makler meldete sich nicht. Harriet blätterte eines Abends abgespannt in den alten *Morgenpost*-Ausgaben. Eine angekreuzte Annonce war mit dem Vermerk »nicht erreicht« versehen. Die Zeitung war über vier Wochen alt. Aus Daffke rief Harriet an. Die Wohnung war noch frei. Sie gefiel ihr. Der Hausbesitzer wohnte in München. Mit dem Verwalter kam sie überein.

3. Dezember – 24. Dezember

Der Eckensteher eilte auf sie zu, hob die Prospekte auf und legte sie wieder auf den Stoß Pakete und Packungen, die sie in beiden Armen trug. Er hielt ihr die Tür auf. Harriet lächelte zurückhaltend, pikiert, daß ihr die Prospekte heruntergefallen waren. Offensichtlich hatte der Eckensteher seit Tagen auf diesen Augenblick gewartet. »Der andere junge Mann heut' auch nicht da?« fragte er.
»Danke schön«, sagte Harriet, lächelte, nickte kurz, ging weiter. Welcher andere junge Mann? Außer Rainer war nur Wolfgang dagewesen, und das ein einziges Mal, um das sachkundige Urteil des Architekten abzugeben.
Diese rätselhaften Äußerungen der Nachbarn häuften sich aber. Nicht nur dieser untersetzte, schieberbemützte Alte lauerte zu jeder Tageszeit; die Hauswartsfrau stand auffällig oft mit dem Besen herum, wenn Harriet kam oder ging: das pensionierte Ehepaar von nebenan machte lange im Flur; die wetterfeste Dame hing kurzärmelig im ersten Stock aus dem Fenster; die junge Mutter ging mit ihren Buben vor dem Haus

auf und ab; auf seinem Balkon stocherte der Hagestolz in toten Blumenkästen.

Harriet machte freundliche Miene und mied jedes Wort. Sie versuchte sich vorzustellen, wie sie denen erschien: hochnäsig, und das ohne Grund, denn wenn sie was erreicht hätte, hätte sie die Handwerker da und würde nicht in ihrem Alter so eine Drecksarbeit machen, also ist es nicht weit her mit ihrem Dichten, wahrscheinlich ist sie so eine, wie sie an der Gedächtniskirche herumgammeln, die sind doch auch alle Künstler, nun hat sie sich so'n Jüngelchen angelacht, der macht ihr jetzt alles, vielleicht hält sie ihn aus, der ißt bestimmt nicht viel, klapperdürr ist der, und wenn er nicht mehr kann, dann muß der andere herhalten, die sind nicht so, die Künstlers, die treiben's auch zu dritt, da sind die gar nicht penibel, obwohl in *der* Wohnung zu dieser Jahreszeit – da möcht' ich nicht unbedingt, da ist der Schwamm drin, die kriegt sie nicht mehr warm, die Bude, da wird sie sich noch wundern, da ist doch nichts mehr dicht, kann sie anschleppen, was sie will, und *was* sie da alles anschleppt: sackweise Gips und Zement wie beim Rohbau, die Türen schmeißen sie alle 'raus, na, das wird eine Turnhalle werden, keine einzige Rolle Tapete hat die bisher gebracht, so sieht sie auch aus, die Tante: keen Haar auf dem Kopp, eene Hose, die steht vor Dreck von allein, was wohl mal 'n Ledermantel *gewesen* war, so läuft die 'rum; guckt aber keenen Menschen an, wie wenn sie was Besseres wär', Nase in die Luft und vorwärts Marsch!, bepackt ist sie wie een Türke, der heimfährt, aber bloß keine Hilfe annehmen! Gottes willen! Könnte sein, jemand sagt ihr ein nettes Wort, da weiß sie nicht, welche Miene sie machen soll, die reden doch nicht miteinander, die lesen sich bloß noch aus den Büchern gegenseitig vor; da brennt ein Licht drin immer, wie im Olympia-Stadion, und dabei sind es erst die Arbeitsleuchten, das richtige Licht hat sie noch gar nicht da, das wird was werden, und einen Krach machen die, ich möcht' wissen, was die alles zusammengeschlagen haben, der wird schön gucken, der Herr Brandmayer, wenn er kommt, die halbe Wohnung liegt als Schutt auf dem Hof, die hat die Becken und die Wanne 'raus, det Klo, das ist noch alles tadellos in Schuß. Aber 'raus damit!: alles neu macht der Mai, ich möcht' bloß wissen, wie die das bezahlen will, Geld hat sie keens, ist klar: keen Wagen, nichts, und alles alleene machen,

also wenn du mich fragst, das ist alles nicht durchsichtig bei der.
Der Briefträger klingelte öfters, stierte ihr über die Schultern hinweg in den Flur und die sichtbaren Ecken der Zimmer, sagte: »Na, da haben Sie sich was vorgenommen!« und hängte noch eine Frage an zu den fehlenden Türen, der fehlenden Wandbekleidung, den fehlenden Fensterbehängen, ob das denn ausreichend isoliert sei... Harriet meinte, er kundschafte aus für die anderen und renommiere womöglich mit seiner Information. Sie konnte aber nicht umgehen, wenigstens kurz auf seine Frage zu antworten. Dem Blick der Hauswartsfrau konnte sie am nächsten Tag ablesen, was der Briefträger geplaudert hatte. Großstadtdorfklatsch. Sie hatte die Saat selbst gesät mit ihrer Einsilbigkeit, ihrer Unfähigkeit zu einem nachbarlichen Wort der Erklärung, das ein ungewöhnliches Verhalten akzeptabel macht. Sie ging auf die Leute nicht zu. Wo lernen die Leute, aufeinander zuzugehen? In den Klassenzimmern?
Konzert- und Theatersälen? Wohnhäusern, Wohnkomplexen? In unseren Städten? Sie jedenfalls hatte es nicht gelernt. Sie sah doch immer nur den Rücken des anderen oder seine Wand oder die Karosserie seines Wagens oder seine Sandburg am Strand. Gemeinschaftsräume gab es höchstens im Krankenhaus. Ein Platz wie die Plätze in Rom, die sie liebte, war im Stadtbild nicht zu finden. Sie hatte nirgends lernen können, auf andere zuzugehen. Sie war nicht freundlich. Einen »freundlichen Menschen« wollte sie nicht zum Freund.
Sie gab nur ein Mindestmaß an Auskunft um sich herum: dem Tabakhändler ihre Zigarettenmarke; dem Farbenhändler, was sie wie streichen wollte; der Hauswartsfrau, wann die Klempnerarbeit begann. Sie dachte zunehmend weniger daran, was die Leute sich denken oder wie sie sie sehen. Sie trug den Schutt auf den Hof, ging in Arbeitsklamotten Wurst einholen. Sie merkte die abschätzigen Blicke, aber sie waren ihr gleich. Sie fühlte sich zunehmend männlich. Sie machte Männerarbeit. Sie war bedacht, von hier nach da zu kommen mit möglichst wenig Aufwand. Sie kaufte nur Notwendiges. In Läden sah sie primär die Wandbeschaffenheit, in Bussen die Aufhängung der Sitze; ihr fielen verschiedene Beleuchtungsmöglichkeiten auf. Sie vergaß zum Friseur zu gehen. Die schmalen Stiefel, gab sie zu, taten weh. Nur daß ihre

Hände unter der Arbeit litten, störte sie. Eine äußerst gepflegte Drogerieverkäuferin schaute sie mitleidig an und verkaufte ihr *Saturday Night*, etwas Neues, was die Lehrlinge nehmen.

Eines Abends, als Rainer bohrte, bekam sie den ersten Besuch aus dem Haus. Ein älterer Mann stand an der Tür, der ihr nicht über die Schulter in die Räume schielte und dem es überhaupt nicht auffiel, in welchem Zustand ihre Hose war. Er hatte die bullige Stirn gekraust und die Augen fast zugekniffen und er sprach, ohne die Lippen zu sehr zu bewegen, wie man es an verkaterten Morgen tut, wenn man den Kopf nicht erschüttern will. Es war aber sechs Uhr nachmittags. »'schuldigense«, sagte der Mann. Er blinzelte in das grelle Licht. »Det Bohren, wissense? Sindse bald damit fertig? Ick kann allet ertrajen. Sie können klopfen und krachen un' allet, so viel se wollen. Det stört mir nicht. Bloß det Bohren, wissense? Det jeht mir durch det Nervensystem. Ick wollt bloß frajen, ob se für heute – Morgen, wenn ick uff Arbeet bin, wissense, dann macht det mir nüscht aus –«

29.–30. Dezember

Am Morgen saß Harriet auf dem Schutt im großen Zimmer. Ihn auf den Haufen im Hof zu tun, lohnte nicht mehr. Sie wollten zur Müllhalde fahren. Sie saß ohne Gedanken da. Wartend. Rainer war einen Pritschenwagen mieten gegangen. Sie hatten Schutt für mehrere Fuhren.

Sie fingen sofort an, als er kam. Sie schippten und luden, schippten und luden. Harriet zog nacheinander die übereinandergezogenen Pullover aus und arbeitete schließlich im Hemd. Ihr Rücken tat bald weh. Sie entwickelte aber einen Rhythmus wie beim Ernten mit der Sense: einen gleichmäßigen Schwung des ganzen Körpers. Als Rainer sagte, der Wagen sei ausgelastet, hatten sie erst eine kleine Vertiefung im Haufen gemacht.

»Krieg keinen Schreck«, sagte Rainer, als sie einstiegen, »der pfeift aus dem letzten Loch. Wenn sie ›Müllhalde‹ hören, geben sie einem immer so was.«

Der Wagen heizte nicht. Die Kupplung schleifte, die Seiten-

Rückspiegel klappten im Fahrtwind weg: sie mußten die Fenster offen halten, um nach hinten gucken zu können: Regentropfen sammelten sich am Rahmen und tropften ihr in den Schoß. Das linke hintere Blinklicht funktionierte nicht. Ausgerechnet heute stand ein Polizeiwagen unter praktisch jeder S-Bahn-Brücke.
Als sie die Straße verließen und in den Zufahrtsweg zur Kippe einbogen, wurde der Boden, auf dem sie fuhren, zunehmend weich. Vor ihnen war der Müllberg. Schwere Laster krochen die Serpentinen in zwei nicht endenden Schlangen nebeneinander hoch und herunter: Fahrzeuge von jeder Art und Form und Größe, beladen mit Säcken und Stößen und Schichten und Haufen und sperrigem Gut. Man hatte den Eindruck von Ameisenstraßen, und daß der ganze Hügel unter den Lastern wankt.
Sie bezahlten und fuhren aufwärts. Der Fahrweg war eine behäbig federnde Masse, die ohne Vorwarnung willkürlich nachgab. Zum Teil rutschten die Räder durch. Die Kupplung griff nicht. Sie waren vorn und hinten zwischen hohen, zwillingsbereiften Lastern eingeklemmt. Links war die Gegenverkehrsschlange, und die Fahrbahn ging rechts in vom Regen aufgeweichtes Gelände über. Harriet sagte sich tonlos eine kleine Litanei vor, daß der Motor nicht ausfallen, die Kupplung durchhalten und der Laster vor ihnen nicht stehenbleiben möge.
Oben war die Lage unübersichtlich. Der Lärm von kämpfenden Lastermotoren und Raupenbulldozern und Ausstoßvorrichtungen schloß jede andere Empfindung aus. Der Gestank verdrängte die Luft. Laster fuhren in jede Richtung über weglosem Gelände. Sie hielten an nicht gekennzeichneten Stellen, nebeneinander und quer zueinander, kippten ihre Ladungen ohne Ordnung ab, während sie weiterfuhren, rückwärts fuhren, rangierten. Der ganze Leib eines Lasters rotierte schraubenartig und würgte aus inneren Spiralen zerquetschte Gebrauchsgegenstände. Rainer fuhr ohne Orientierung; sobald er verlangsamte, sanken sie ein. Ein Riesen-Caterpillar rollte auf sie zu. Der Fahrer ganz oben winkte ihnen weiterzufahren, weiter, und brüllte sie an aus einem brüllenden Maul, dessen Stimme unterging.
Der Caterpillar fuhr vor, der Fahrerarm winkte sie von oben weiter. Er wies ihnen den Weg über Furchen durch Pfützen.

Sie fuhren weiter. Um Fahrzeuge herum. Über abgeladenen Abfall. An Hausrat und Unrat und Ramsch und Gerümpel abladenden, schmeißenden, schippenden, schimpfenden Männern vorbei. Immer näher an den Abgrund, an den zwei Bulldozer das Zeug vor sich herschoben. Da durften sie halten.
Eine Lärmglocke umgab Harriets Schädel. Sie sah vor den Augen eine verwirrende Aktivität, wie von schwärmenden Bienen. Sie stieg hinten auf und schippte mit Rainer mit. Ihre Schippen voll Schutt bestreuten, bedeckten, was da lag: Neues, Altes, Kaputtes, Ganzes, Verdorbenes, Gutes, alles unnütz geworden für den, der es besaß. Noch zierten die volantbesäumten Schonbezüge einen Polstersessel, den ein Bulldozer über den Rand in den Abgrund schob. Zwischen den Müllwagen standen Fahrer in Grüppchen und hielten im donnernden Lärm einen Plausch. Andere pickten in den noch nicht hinuntergestoßenen Haufen nach Verwertbarem herum, luden einen Kinderfahrradrahmen wieder auf, das filigranartige Gußgestell einer Tretnähmaschine. Was Abfall war und was nicht, hing sichtlich von Gemütsregungen ab, von Lebensumständen, Interessen, Marktlagen: alles launenhafte, unbeständige Dinge. Der Schutt, den sie schippte, war die Wand der gemütlichen Ecke.
Den ganzen Tag über fuhren sie hin und her zwischen zwei Planeten, luden unten in der Stadt auf, luden oben auf der Halde ab. Der Schutt, den sie beim letztenmal dagelassen hatten, war beim nächstenmal über den Rand geschoben worden. Die allererste Ladung lag an einem Teil des Haldenabhangs, der schon mit einer Deckschicht weißen Schaums besprüht worden war, von der Rainer meinte, sie enthalte auch Samen, so daß gleichzeitig Zersetzung und Befruchtung stattfinde.
Harriets physischer Zustand näherte sich der Erschöpfung, aber gefühlsmäßig ging es ihr besser, je kleiner der Schuttberg auf dem Hof und der in der Wohnung wurde. Auf der Abfahrt nach der letzten Fuhre sah sie einen rundlichen Mann in kurzen Hosen und Ringelsöckchen den Abfall absuchen. Er hatte eine Maske gefunden: ein Männergesicht mit plastisch ausgeformten dicken Backen, Schmollmund, rundsimplen Augen und spitz zulaufendem Glatzkopf. Er trug die Maske in der Hand, vom Gummiband baumelnd wie ein zweiter Kopf. Sie sahen sich ähnlich.

Rainer fegte noch am Abend den Hof, Harriet die Wohnung. Sie wischte die Böden; es war ihr lieber, heute noch fertig zu sein damit, obwohl sie körperlich zerschlagen war. Sie schlief schwer. Am Morgen war sie nicht ausgeruht. Die Ansammlung von Möbeln in der alten Wohnung sah aus wie die Gerümpelhaufen auf der Halde. Sie konnte die Augen schließen, sich den Caterpillar vorstellen, hören, wie er anrollte, das Zeug auf seine Schippe nahm und den Abhang herunterschob.
Um die Mittagszeit fuhr sie zur Wohnung, machte kein Licht, ging durch die nackten Räume, in denen es nichts mehr abzubauen gab und wo noch nichts hinzugekommen war. *Null*, dachte sie: nichts auf der Minusseite, nichts auf der Plusseite: *Punkt Null*. Sie waren schön, die nackten Räume. Sie erhoben keine Ansprüche, erzeugten keine Erwartungen. So wollte sie sein, wie diese Räume: nur selbst sein, sie allein.

15. Februar

»Nein, einen Terminkalender möchte ich daraus machen, eine Art Wandtafel, an der die Termine eines ganzen Monats auf einem Blick sichtbar sind«, sagte Harriet.
»Aus Blech –«, sagte der Mann.
»Ja, ich will Magnete nehmen, das ist nämlich –«
»Eintausend mal zweitausend«, unterbrach sie der Mann. Er schrieb schon auf seinen Block. Die Männer in der Schlange waren ungeduldig.
»Wie bitte?« fragte Harriet.
»Ein Meter mal zwei Meter sind die Bleche«, sagte der Mann unmittelbar hinter Harriet laut: »Da brauchen Sie zwölf von oder wie seh ich det?« Einzelne lachten.
Harriet sagte dem Mann am Schalter, sie möchte eine halbe Tafel.
»Zuschnitt«, sagte der. »Sagense dem Meister Bescheid«. Er entfernte das Kohlepapier aus dem Block, riß zwei Scheine ab und faltete einen dritten nach hinten. Harriet hatte das Portemonnaie offen. Der laute Mann hinter ihr sagte: »Holen Sie erst das Material!«
Unsicher wohin, blieb sie außerhalb des Büros stehen.

Die Luft war eisig. Dann sah sie das *Blechlager*-Schild und ging dort hinein.
Männer trugen Bleche, schmissen Bleche, spannten Bleche ein. Wer der Meister war, war nicht erkennbar. An der Wand waren Materialproben angebracht. Harriet stellte sich davor. Sie zählte elf Nuancen der Farbe, die sie bisher *silbern* oder *metallen* genannt hatte. Sie ließ den Finger über die Proben gleiten. »Haben wa nicht auf Lager«, sagte an ihrer Schulter eine Männerstimme.
»Bitte?«
»Tiefziehblech haben wa nur noch das nullachtundachtziger«, sagte der Mann. Er nahm ihr die zwei Zettel ab, ging damit fort, Harriet hinterher. »Alu oder Zink?« rief er zurück. Hierauf konnte Harriet nichts erwidern. »Na: üni oder geblümt?« rief er. Er sah sie über seine Schulter weg an: »Nehmense det geblümte, davon haben wa noch in een Millimeter: geblümt ist gefälliger –«
»Zeigen Sie's mir erst«, sagte Harriet. Sie sah ihn bewußt keck an. Ohne sichtbaren Effekt.
»Was ist das für ein Blech?« fragte Harriet zu dem geblümten.
»Verzinktes Eisenblech.«
»Zieht es auch Magnete an?«
»'S doch Eisen, Mädchen.«
Er schmiß das Blech auf den Tisch, daß es einen Knick bekam, wahrscheinlich auch Schrammen auf der Unterseite.
»Warum machen Sie das *so?!*« schrie Harriet auf.
»Wie mach ick det denn?«
»Das schöne Blech...«
Er reagierte nicht. Er schob das Blech in die Schneidemaschine und schaltete ein. Eine schräge Guillotinenklinge, so lang wie die Tafel, bewegte sich nach unten und schlug in das Blech ein. Die Schnittkanten sprangen nachklingend erlöst von der Schneide zurück. Eine Hälfte fiel ab. Die stellte der Mann Harriet hin, machte auf dem einen Zettel ein Zeichen und gab ihn ihr. Mit dem anderen halben Blech, das im Vergleich unversehrt war, wollte er fortgehen.
»Ich möchte lieber diese Hälfte haben«, sagte Harriet.
»Auch recht«, sagte er, setzte das Blech ab, daß eine Ecke umknickte, nahm das andere Stück auf und ging.
Wie sie das Blech am besten tragen sollte, war ihr nicht klar.

Die Kanten waren scharf. Als sie es einigermaßen im Griff hatte, schrie wieder einer: »Sie müssen erst zahlen, ehe Sie das mitnehmen!«
»Wo zahle ich denn?«
»Na, im Verkaufsbüro!«
»Brüllen Sie nicht so!« sagte Harriet, setzte das Blech ab und ging.
»Na! Na! Na!« hörte sie von hinten. Sie spürte die Furche zwischen ihren Brauen, den verkniffenen Mund, auch ein Herzklopfen wie früher, wenn sie an einer Straßenbaustelle vorbei mußte und die Bauarbeiter sie anfeixten, einander übertreffend, nur als Meute stark. Männerterrain. Eindringling war sie. Sie rotteten sich zusammen.
Aggressiv war der Verkehr. Sie mußte sich konzentrieren. Sie fuhr ihr unbekannte Straßen zu Adressen hin, die sie aus dem Branchenbuch ausgesucht und angerufen hatte. Sie fuhr unsicher. Sie war nicht in Übung. Vor allem irritierte sie, daß sie noch etliche, für eine Frau ungewöhnliche Besorgungen machen mußte: Kreuzloch-Senkschrauben M 8 × 30; ein Reduzierstück für den Anschluß eines italienischen Bidets an deutsche Abflußteile; Klinkerplatten bei einer Baustoffhandlung, die mattgebrannte führte, Bretter und Leisten...
Natürlich konnte sie das alles mit dem Charme bewältigen, den Männer wahrnehmen als Anerkennung ihrer Überlegenheit. Junge Mädchen mußten nur mit den Augen klimpern. Harriet mußte mit Worten arbeiten. Die beherrschte sie. Auch die Haltung konnte sie simulieren, wenn sie eine Frage stellte. Und sie hatte Fragen. Aber keine Männern schmeichelnde Augenklimperfragen, um es leichter zu haben mit ihnen.
In der Ordnung der Fachhandlungen fand sie sich nicht zurecht. Die Reihenfolge der Bedienung kam ihr willkürlich vor. Als sie im Installationsbedarf meldete, sie sei jetzt an der Reihe, kam Protest und hemdsärmelige Männer mit verschmutzten Fetzen von Zetteln traten vor, aus denen sie wie Kinder von Mutterns Einkaufsliste ihre Bestellungen vorlasen. Die Verkäufer schrieben alles erstmal in vielfacher Ausführung auf. Dann verschwanden sie mit ihren Blocks zwischen den Regalen oder in die Hinterzimmer und kamen ganze Viertelstunden lang nicht wieder. Die Männer standen da, lehnten sich an eine Wand oder hingen über dem Laden-

tisch. Sie sahen nichts. Sie waren in nichts versunken. Sie nahmen nichts auf und gaben nichts von sich. Ihre Hände hingen wie Gewichte.
Harriet wartete neben ihnen. Ihre Schwere teilte sich ihr mit, ihre Erwartungslosigkeit, das Sich-Abgefundenhaben: das Zeug holen; das Zeug hinbringen; Geld dafür kriegen; das Geld ausgeben. Was wollte ein Weib hier zwischen? Wenn man sich schon für die Weiber abrackert, sollen sie wenigstens zu Hause bleiben.
Drei Leute hinter dem Ladentisch konferierten über Harriets Bidet-Abflußstück. Sie entwickelten mögliche Lösungen des Anschlußproblems durch das Zusammenschrauben mehrerer deutscher Normteile. Ein Monteur hinter Harriet sagte: »Das ist doch ein metrisches Gewinde; zeigt mal her –« Er ging vor und sah sich das Stück an. Die anderen beiden Monteure, die noch warteten, gingen mit, nahmen das Teil in die Hand, gaben es weiter, schauten es sich in der Art ernsthafter Schüler an, faßten die Aufgabe in Worte, holten Zusatzteile und probierten sie aus, kamen aber nicht weiter. Dann sagte einer zu Harriet: »Kommen Sie mit.«
Es ging über den Hof in die Lagerräume. Ein Mann an der Eingangstür nahm das Teil, hörte sich Vorschläge an, ließ alle durch, ging mit ihnen durch Reihen numerierter Metallregale, in denen gekennzeichnete Behälter voll Klempnereibedarfsteilen angeordnet waren: Teile aus Kupfer und Messing und einem silberfarbenen Metall, auch verchromte Stücke in Formen, denen Harriet die Funktionalität ansah, ohne zu wissen, welche Funktion sie haben.
Sie hinkte hinter den Männern her, sah in die Kästen. Sie traute sich nicht, die Stücke in die Hand zu nehmen, sie anzufassen, wie sie gerne wollte, die kühle polierte Oberfläche mit den Händen wahrzunehmen. Vor ihr, zwischen den Reihen, besprachen die Männer das Problem mit animierten Mienen und leichten Gesten, die man ihnen vor etlichen Minuten, als sie resigniert auf ihr Zeug warteten, nicht zugetraut hätte. Sie gaben Erfahrungen zum besten, Gedanken zur Lösung, die jeweils gleich ausprobiert wurden, schimpften über die Italiener, die immer was anderes machen müssen als die anderen, und über die Deutschen, die immer nur ihre Norm machten, und über die EG, die die ausländischen Dinger auf den Markt kommen ließ, aber nicht für Anschlußteile sorgte. Schließlich

hatten sie drei Ringe zusammengeschraubt, die »gehen müßten«. Es war eine Viertelstunde nach Ladenschluß. Niemand sagte etwas darüber. Sie philosophierten weiter, während Harriet zahlte und ging.
Der Verkehr war noch immer stark, ungezügelt, irrational. Ständig war jemand im Recht und stand dabei quer zum Verkehrsfluß.
Kreuzloch-Senkschrauben M 8 × 30 gab es nur in Packungen zu 100 Stück: dies sei ein Großhandel hier.
»Ich brauche aber nur zwölf. Sie sind die einzige Schraubenhandlung, die sie überhaupt führt. Ich habe schon überall herumtelefoniert...« Harriet hörte den *Bitte, bitte*-Ton in ihrer Stimme. Den ganzen Tag hatte sie ihn nicht gehört. Nirgends und von niemandem. Wahrscheinlich war ihr Gesichtsausdruck auch *ganz weich*. Sie spürte es. Wie ein unangenehmes Kribbeln.
»Nehmen Sie normale. Da kann ich Ihnen zwölf geben. Muß es Kreuzloch sein?«
»Ja«, sagte Harriet, »es muß.«
Der Mann sah sie an. Sie versuchte, nicht zickig, nicht weibchenhaft zu gucken, seinen Blick sachlich zu erwidern, ruhig zu sein, ganz ruhig. Als er wegging, meinte sie, ihn sehr lange so angeschaut zu haben. Die Wartenden waren aber nicht ungeduldig. Er kam mit einer Packung Schrauben wieder, zählte 25 aus, schrieb eine Rechnung, packte die Schrauben ein, nahm das Geld entgegen – alles ohne zu sprechen oder sie anzusehen, als gäbe es nichts zu sagen, und deshalb spare er Energie. Sie konnte nichts mehr von dem Magenflattern feststellen, das sie im Blechlager befallen hatte.
Sie fuhr zu jenem Bastlerbedarf hin, von dem Rainer alles an Holz kaufte. Harriet hatte schon manches mit ausgesucht; sie war keine Fremde mehr in dem winzigen, vollgestellten Ecklädchen und den vielen als Lagerräume gemieteten Kellern der umliegenden Wohnhäuser. Die Preise waren etwas höher als in den großen Bastlerbedarfsläden, dafür war der Zuschnitt sorgfältig und es gab nichts, was der Inhaber nicht entweder auf Lager hatte oder bis morgen besorgen konnte. Eine Schreibfläche, 50 cm im Quadrat, neben der Kasse und ein schmaler Durchgang von der Tür bis dahin. Alles andere war mit Leisten zugestellt. In dem Durchgang standen die Kunden Schlange. Hinter der Schreibfläche stand die Ehefrau

des Inhabers. Er selbst ging hin und her, heraus und herein, klein, gedrungen, helle, heiter. Harriet wollte gern dahinterkommen, wie von einem Menschen, der ununterbrochen in so flinker Bewegung war, eigentlich Ruhe ausgehen konnte. Zwischen den Eheleuten lief eine knapp bemessene Kommunikation; jeder von ihnen war möglichst auf Selbsthilfe eingestellt, so daß die Zuständigkeit dauernd in Fluß war. Nur der Zuschnitt war fest zugeteilt: den machte allein er.
Es war kalt in dem Laden. Die Ehefrau trug eine Pudelmütze, die wegstand über den Brillenbügeln. Vielleicht war sie fünfunddreißig, er achtunddreißig, schätzte Harriet. Sie dachte, wenn sie in dreißig Jahren herkommt, wird sie sie so vorfinden wie jetzt. Auch im Laden wird sich nichts geändert haben. Die Bestellung, die Harriet telefonisch abgegeben hatte, war abholbereit. Die Bretter und Leisten lehnten aneinander unter anderen fertigen Bestellungen. Die Frau griff sie gleich heraus, ohne daß sie gekennzeichnet waren, band sie mit Tesakrepp zusammen, wickelte sie in eine neue Plastikplane, die sie Harriet nicht anrechnete, rundete die Rechnung nach unten ab und wollte mit heraustragen helfen. Das lehnte Harriet ab.
Es war längst dunkel. Die Scheiben vereisten ständig, die Scheibenwischer kamen dagegen nicht an. Harriet hatte ein banges Gefühl, bei dem Wetter, der Ladung und mit ihrer Müdigkeit zu fahren. Sie spürte die Spannung im Nacken. Der Gedanke kam, Wolfgang anzurufen, vielleicht wäre es am vernünftigsten. Man muß nicht unter Einsatz des Lebens beweisen, daß man alles alleine schafft. Man beweist damit nur, daß man etwas beweisen will. Sie fuhr an einer Telefonzelle nach der anderen vorbei, an einer war sogar ein Parkplatz frei, aber sie hielt nicht. Sie fragte sich, ob sie vielleicht selbst in der Entwicklungsphase sei, die sie gern als feministische Pubertät belächelte. Sie konnte es nicht sagen. Sie wollte einfach Wolfgang nicht herumhängen haben nachher. Aber als selbstbewußter Mensch müßte sie ihn auffordern können, sie nach Hause zu fahren und seinen Wagen gleich heute abend mitzunehmen, ohne sich verpflichtet zu fühlen, mit ihm noch einen Tee zu trinken. Wäre das, ihn kühl und kalkuliert zu benutzen? Benutzte sie ihn weniger kühl kalkuliert, wenn sie mit ihm einen Tee trank und eine halbe Stunde in der ständigen Hoffnung, daß er bald von alleine gehe, quatschte?

Oder, wenn sie jetzt allein in die Wohnung fuhr und allein ablud, hatte sie ihn nicht trotzdem benutzt, da sie ihm seinen Wagen den ganzen Tag entzogen hatte, schon wieder in Kauf genommen hatte, vielleicht eine neue Erwartung in ihm zu wecken, eine vage Hoffnung zu nähren, nur um ihrer eigenen Bequemlichkeit willen? Und das, obwohl oder weil sie wußte, daß er ihr keine Bitte abschlagen konnte.
Sie trug alles in die Wohnung, setzte es einfach irgendwo ab. Zum erstenmal kam ihr der in die Räume dringende Straßenlärm laut vor, das Wohnhaus zu leicht gebaut. Sie stellte sich eine andere Fensterkonstruktion vor, oder lieber gar keine Fenster, sondern Lichtschächte, eine mittelalterliche Festung, dicke Mauern mit ausgesparten Nischen und Bänken; nichts Mobiles im Raum. Dann fand sie, eher würde ihr ein Glashaus entsprechen in einem Garten auf einer großen Wiese, über die man sommers barfuß geht, Gras zwischen den Zehen, Tauwasser an der Haut, irgendwo, wo Menschen genesen, ruhen, sich nicht als Feinde begegnen. Die Menschheit in tropische Gegenden umsiedeln, schon als Lösung des Energieproblems, und damit sie nie mehr unter Federbetten Liebe machen müssen.

8. März

Harriet beobachtete den Mann genau, wie er, die Gegenstände taxierend, durch die Zimmer der alten Wohnung ging; wie er einen Stuhl anfaßte, umdrehte und wieder losließ, so daß er von alleine wieder zum Stehen kommen mußte, irgendwie und irgendwo; wie er eingehend die Mechanik des in der Höhe verstellbaren Couchtisches prüfte, sich den Tisch selbst aber nicht ansah; wie er die Güte der Federung feststellte durch Auf- und Abhopsen mit seinem Gesäß auf ihrem Ehebett und das Bett aufgewühlt hinterließ; wie er ihre Schminktischfächer immer wieder auf und zu zog und schob, so daß der Parfumzerstäuber schließlich umfiel und das Parfum aussickerte.
Er löste Widerstand in ihr aus. Was war die bürgerliche Bezeichnung für seinen Beruf? Hausrataufkäufer? Altwarenverwerter? Recycler?

Er legte seinen Mantel nicht ab, behielt den abgesetzten Hut die ganze Zeit über in der Rechten, arbeitete schnell und mit einer Hand, ging zügig weiter, machte im Gehen rasche, gradlinige Kopfwendungen von Schulter zu Schulter. Ein Gegenstand, den er angefaßt hatte, stand entblößt da: aus der gewohnten Ordnung gebracht, seines sentimentalen Wertes entkleidet. Harriet hatte den Drang, die Geschichte dieses Stücks um des Stücks willen zu erzählen, um es zu rehabilitieren, oder sich selbst, daß sie mit jedem dieser Dinge so lange gelebt hatte. Diesem Schätzer vermarktbaren Wertes gegenüber aber wurden ihre Geschichten, schon während sie sie formulierte, innerlich spröde. Sie schwieg. Damit waren die Dinge geschichtslos.

Er ging in die Küche. Er ging in das Bad. Dann stand er vor ihr, die Knochenstruktur des Gesichts sichtbar unter der Haut. Am auffallendsten an ihm war die Klarheit seines Blikkes. Er sagte: »Ich muß Sie enttäuschen. Ich kann kein Stück hier verwerten. Das beste, was ich für Sie tun kann, ist kostenlos zu entrümpeln. Das wäre aber ein reines Entgegenkommen.«

»Danke, nein.«

»Sie werden niemanden finden, der Ihnen hierfür was gibt.«

»Dann möchte ich mir selbst den Genuß gönnen, das ganze Zeug auf die Müllhalde zu fahren.«

Seine Backensehnen versteiften sich kurz.

Sie lächelte.

Er schmiß den Kopf hoch, machte kehrt, setzte den Hut auf. An der Tür wendete er sich ihr halb zu: »Vielleicht den Eßtisch. Ich guck ihn mir noch mal an.« Er ging zügig durch die düstere Diele zum Eßraum. Harriet blieb an der Wohnungstür stehen. »Zehn Mark«, sagte er vom anderen Ende der Diele her: »Zehn Mark und zwei pro Stuhl. Das ist aber reines Entgegenkommen, damit Sie sehen, ich meine es gut mit Ihnen. Meine Jungs nehmen dann den Rest für Sie mit, sie fahren sowieso zur Kippe.«

»Nein. Haben Sie vielen Dank. Ich glaube aber nicht.«

Er kam halbwegs durch die Diele auf sie zu, blieb in der Höhe der Küchentür stehen, neigte den Kopf zur Seite. Er sah sie an.

Durch diesen Blick wurde ihr bewußt, daß sie alleine mit ihm

in der Wohnung war. Er stand zwischen ihr und dem Telefon; sie stand an der Wohnungstür. »Soll das ein Spielchen sein?« fragte er.
Sie schüttelte den Kopf, machte den Mund auf –
»Entweder Sie wollen das Zeug loswerden oder nicht.«
»Natürlich will ich es loswerden –«
»Sehen Sie! Und ich sage Ihnen, ich nehm's Ihnen ab. Oder wozu haben Sie mich herbestellt?«
»Hören Sie, ich möchte auf Ihr Angebot nicht eingehen. Das wird wohl noch –«
»Ich sage Ihnen: Sie kriegen kein besseres. Ich kenne mich da aus.«
»Sie werden es trotzdem mir überlassen müssen, wie ich weiter –«
»Nee, nee: so geht das auch nicht.« Er setzte sich auf den Telefonhocker, zog einen Block aus der Brusttasche. »Die Gebühr beträgt dann fuffzig Mark. Hier hinten auf der Rechnung steht's drauf.« Er griff den Kugelschreiber, drückte ein paarmal auf den Knopf.
»In Ihrer Annonce steht ›kostenlose Besichtigung‹«, sagte Harriet.
»›Beratung‹. Sie müssen genau lesen.« Er schrieb zu Ende, riß ab, kam auf Harriet zu.
»Lassen Sie die Rechnung da auf dem Tisch«, sagte Harriet. Sie öffnete die Tür.
»Ich kassiere lieber gleich.« Er trat mit dem Blatt an sie heran, hielt es ihr entgegen; durch seine verkniffenen Augen kam der Blick schneidend klar: »Ich mache diesen Beruf nicht zum Zeitvertreib.« Die Adern standen an seinen Schläfen. Harriets Hand auf dem Türgriff war klamm. Sie hatte nur Kleingeld im Haus. Sie nahm die Rechnung, trat in den Treppenflur. Mit einer stockenden Handgeste wies sie ihm zu gehen. Sprechen konnte sie nicht.
»Sie hören noch von mir«, sagte er leise im Treppenhaus. »Meine Leute kommen kassieren.« Er ging zügig die Treppe hinab.
Die Wohnung war durchwühlt. Sie machte die Augen zu. Einen Moment sah sie rasende bunte Punkte. Ihre Haut brannte. Ihr Körper war kalt. Zeitungsartikel kamen ihr in den Sinn: *Raubmord um 24 DM*; *Totschlag wegen Kränkung*... Sie wußte nicht, warum sie ihn das Zeug nicht hatte

nehmen lassen. Es lag ihr nichts daran, es selbst wegzufahren. Das war eine Marotte, eine Vorstellung von jenem Tag auf der Halde, die sich festgesetzt hatte. Sie konnte das Mobiliar ohnehin nicht alleine transportieren. Völlig ausgeschlossen.
Sie versuchte, den Hergang zu rekonstruieren, den Punkt zu finden, an dem sie diese Entwicklung noch hätte aufhalten können. Sie hatte die Möglichkeit der Wendung der Dinge nicht für möglich gehalten. Es war eine Fehlschaltung, die sie unversehens ausgelöst hatte.
Es wollte ihr auf der einen Seite nicht eingehen, daß sie wegen fünfzig Mark oder dieses elenden Eheabfalls ernsthaft in Gefahr sein konnte. Auf der anderen Seite hatte sie seine Drohung noch im Ohr und seinen Blick vor sich.
Sie fing an, Bücher zu sortieren: ein Buch ausschließlich dann auf den Stapel der Bücher für den Umzug zu tun, wenn sie – gegenwärtig – eine Beziehung zu ihm hatte; die Intellektuellenpietät dem gedruckten Wort gegenüber abzustreifen; auch keine anderen Gründe zu berücksichtigen, ein Buch etwa deshalb mitzunehmen, weil es sie durch das Studium hindurch begleitet hatte oder mit einer persönlichen Widmung versehen war. Sie fing bei Zeitgenossen an, rangierte aus, was sie nicht gelesen hatte, verwehrte es sich, das wieder einzurangieren, was sie gelesen haben müßte. Dann ging sie an die Klassik. Davon hatte sie etliche Reihen gesammelter Werke, die sich auch ihres Einbands wegen gut machten. Es waren erlauchte Namen darunter. Vielleicht sollte man sie verschenken. Das würde aber besagen, daß sie die Bücher schätzt oder daß sie den Beschenkten geringschätzt. Als sie die Zeitgekrönten aussortierte, kam sie sich ketzerisch, selbstherrlich vor. Warum war Selbstherrlichkeit verpönt?
Sie war ziemlich in die Buchsortiererei versponnen, als es klingelte. Sie fuhr zusammen.
Es klingelte anhaltend. Sie erstarrte. Das Licht in der Diele brannte, vom Flur her im Oberlicht sichtbar.
»Frau Dr. Wende?« sagte eine männliche Stimme im Flur. Sie erkannte sie nicht. Dann klopfte es kräftig. Sie überlegte sich, daß seine ›Jungs‹ wohl nicht »Frau Doktor« sagen würden. Oder vielleicht gerade... Es war still. Sie ging leise auf die Tür zu, um durch den Spion zu gucken. Jedes Bodenbrett knarrte. Eine Visitenkarte flog durch die Postklappe. Hoffmann. Sie öffnete.

Hoffmann war jovial. Er wollte sich nur des gewiß gepflegten Zustands der Wohnung versichern. Hoffmann hüpfte, als hätte er Sprungfedern in den Sohlen; er war in zwei Minuten durch.

»Tja: Herr Dr. Wende wird, fürchte ich, renovieren müssen. Stehen Sie noch in Verbindung?«

»Wieso *Herr* Dr. Wende?«

Hoffmann zwinkerte. »Herr Dr. Wende ist noch immer Hauptmieter dieser Wohnung. Demnach sind etwaige Forderungen an ihn zu richten. Das kann ich schriftlich erledigen. Sie brauchen sich um nichts zu kümmern, Frau Doktor, ich weiß, was so ein Umzug nach all den Jahren mit sich bringt, ich bewundere Sie, muß ich Ihnen sagen, sich so alleine durchzuschlagen und dabei immer so jung und schlank und auf der Höhe, das finde ich, ja, ich habe Sie, muß ich sagen, schon immer bewundert, wissen Sie, früher, zu meiner Zeit, da hätte sich eine Frau das zweimal überlegt, ob sie einen festangestellten Akademiker verläßt, nicht wahr? Das tat man nicht jeden Tag, das kann ich Ihnen sagen, aber die Frauen heute, die sind ganz anders, wir machen es ihnen zu leicht, das sag ich immer, deshalb können sie das, wir müßten härter sein, wie Stahl, Sie wissen: Tjaah! Da sah es anders aus mit uns, das können Sie wohl glauben – verweichlicht! Verweichlicht, sage ich Ihnen, die deutsche Jugend, ein Jammer, oder meinen Sie etwa, die mit ihren Molotow-Cocktails, daß die wissen, was es heißt, im Sperrfeuer zu stehen? Unter Granatbeschuß? Einmal im Graben liegen? Dann könnten sie mitreden. Wir waren doch alle Sozialisten! Aabah –«

»Herr Hoffmann, entschuldigen Sie –«

»Ja, ich weiß, Frau Doktor, Sie haben bestimmt alle Hände voll zu tun, ich kenne das, ich erledige das übrige, und –«

»Ich weiß nicht, an wen Sie sich wenden müssen, Herr Hoffmann, aber ich glaube nicht, daß Sie eine Forderung, diese Wohnung zu renovieren, geltend machen können. Herr Wende wird nicht anders reagieren. Sie werden klagen müssen.«

»Aber Frau Doktor, warum diesen Ton? Das können wir alles im Einvernehmen klären. Wir sind schon immer miteinander...«

»Ich muß Sie wirklich, aus puren Zeitgründen bitten, –«

Als er ging, verriegelte Harriet die Tür, hängte die Türkette

vor. Sie hatte sofort Visionen von ältlichen Muttchen, die sich immer nur einen Spaltbreit mit Kette vor der Nase zeigten. Dabei war es egal. Wenn seine Leute wirklich kamen, sollten sie halt alles mitnehmen, ihretwegen mit Schubfach- und Schrankinhalt.
Sie entriegelte die Tür.

13. Mai

Wenn sie in der neuen Wohnung morgens aufstand oder sich abends schlafen legte oder wenn sie gekocht hatte und sich zu Tisch setzte, empfand sie das Allein-Sein neu, so wie es in der alten Wohnung nie gewesen war. Dort aß sie am Familientisch, schlief im Ehebett, arbeitete an Alex' Schreibtisch, wusch sich über der Wende-Badewanne... Nie konnte sie die Dinge neu besetzen.
Das Allein-Sein, das sie nach dem Umzug erlebte, überwältigte sie. Jedes Ding in der Wohnung, das Verhältnis, in dem die Dinge zueinander standen, ihre Machart, wie sie gelungen oder mißlungen waren – alles reflektierte ihr Tun und ihr Denken und die momentane Phase von dem, was sie ihre Menschwerdung nannte. Sie war um sich selbst gewickelt in der innersten Windung einer Nautilusmuschel, wo nichts eine Erinnerung oder einen Gedanken an einen anderen Menschen auslöst.
Rainers Arbeit machte keine Ausnahme. Rainer war wie ein Medium gewesen, das Ausdrucksformen ihres eigenen Wesens frei werden und zum Vorschein kommen ließ. Es war, als hätte sie zeitlebens die gleiche Frisur getragen, weil sie glaubte, sie stehe ihr gut: nach Jahren hätte sie zufällig Rainer mit einer Schere herangelassen und, als er fertig war, sah sie in den Spiegel und sagte: Ach! *So* sehe ich aus.
Sie mußte sich in diesem vierdimensionalen Allein-Sein zurechtfinden wie in einem Spiegelkabinett, wo Zu- und Ausgang nicht gleich auffindbar sind. Immer war sie mit sich allein, betrachtete ihre Schöpfungen, erinnerte sich an deren Entstehung, sah Erweiterungsmöglichkeiten: es war lange nicht alles fertig. In den ersten Wochen nach dem Umzug machte sie nicht viel mehr, als mit sich selbst allein zu sein,

und umgekehrt zu versuchen, einen Weg nach außen zu finden: den Ein- und den Ausgang zu diesem Spiegelkabinett.
Ein und dasselbe Ding konnte entgegengesetzte Stimmungen in ihr auslösen: die Kachelwand, die ihr Konzept und ihre Ausführung war, hatte in der fertigen Küche den *touch* einer professionell gekachelten Wand. Harriet konnte ihre eigenen handwerklichen Fehler nicht mehr finden. Sie stand aufgeregt und erschrocken davor, wie damals vor dem echten Kuchen, der nach einer Stunde aus dem Ofen kam, als sie mit acht Jahren ihren ersten Kuchenteig anrühren durfte. Sie hatte die gleiche Angst, das Messer anzusetzen, zu kosten, und die gleiche unverhohlene Freude im Bauch.
Aber die Kachelwand, wenn sie Harriets Fehler verbarg und sich für professionell ausgab, leugnete ihre Schöpferin, entzog sich ihr. Mit Gedichten ging es Harriet ähnlich: plötzlich stand eins, gesetzt und gedruckt, in einer leinengebundenen Anthologie. Etablierte Lyriker. Der Name der Verfasserin glänzte ihr aus einer unerreichbaren Höhe entgegen: HARRIET WENDE. Die fertige Wohnung war ein in sich geschlossenes Produkt, das eine eigene Ausstrahlung hatte, wie *das eigene Kind*, das man unerwartet als Erwachsener erlebt. Sie wollte winken: Hallo! Ich bin es! und den Rufnamen ausrufen: Kachelwand! Ungleichmäßige Fugen! Mit dem Benennen nahm sie wieder in Besitz.
Sie wachte auf, sah an die Decke, schaute zu den Fenstern hin, setzte sich auf, ließ die Füße an die Luft, die Augen sich an die Lichtverhältnisse gewöhnen bei heruntergelassenen Jalousien an einem wahrscheinlich bedeckten Morgen, vernahm das unregelmäßige Gedröhne des Straßenverkehrs. Fußschritte im Treppenflur, eine brummige Männerstimme in der Wohnung über ihr, das Knallen einer Tür, dann Stille. Eine Zeitlang: kein Auto. Plötzlich kam schärferes Licht durch die Aussparungen in den Jalousielatten; es verschwand wieder. Der Raum erschien dunkler danach. Sie stand auf, zog die Jalousien hoch. Die Straße war unbefahren, als wäre es Sonntag. Sie war nicht sicher, welcher Wochentag es war.
Sie zog den Morgenrock über, stellte den Thermostat höher, ging ins Bad. Noch immer keine Laute im Haus oder auf der Straße. Allein in der Welt.
Als sie ins Zimmer zurückkehrte, blieb sie dort stehen, wo Türstock und Tür vorher gewesen waren und wo jetzt ein

schlichter Türausschnitt ohne Umrahmung war: lediglich ein Durchgang von der Diele in den Raum.
»Das Zimmer ist«, fing sie zu ›benennen‹ an, und kein anderes Wort als *unwohnlich* war heute morgen da, um das zu benennen, was sie sah. In dem Zimmer ist nichts, was du von früher her kennst, nichts, was du mitgebracht hast, weil es für dich etwas bedeutet. Du hast deine Vergangenheit abgeschnitten. Du heuchelst Strenge und leidest Mangel an dem, was du dir selbst versagst. Du wirfst Hab und Gut fort, als entledigtest du dich so deiner Bürgerlichkeit oder als veränderten neue Räumlichkeiten alte Gewohnheiten. Deine alte Couch war geradezu behaglich im Vergleich zu der Holzbank da an der Wand, die du aus einer bloßen Idee heraus hingebaut hast, als könne dein Kopf sagen, was dein Gesäß zu empfinden hat.
Sie setzte sich mitten auf die Bohle, die sie dort als Sitzbank befestigt hatte, lehnte sich an: die Wand war kalt, die Bank hart. Die Bohle ohne Kissen, die weiße Wandfläche ohne Unterbrechung: gibt man das auf für *weich* und *warm*? »Weich und warm«, sagte sie laut. Es klang wie ›Kuh‹.
»Die weitestmögliche Reduktion«, sagte sie laut, »ist kalt und hart.« Vielleicht war die Bank aber nur eine Reißbrett-Idee; eine Funktion des Hirns und nicht des in diesem Fall zu befragenden Arsches; vielleicht war die Bank ein Produkt aus *Schöner Wohnen*-Fotos, Geldmangel und beschränktem handwerklichen Können und die Idee: Reduktion, nur eine Rationalisierung dafür.
Sie stellte sich Kissen auf der Bank vor, die Wand behangen mit einer Decke, einer Matte. Ihre Augen wollten weder Kissen noch Behang, und ihre Augen waren auch zu befragen, denn öfter als sie auf der Bank saß, sah sie Bank und Wand von woanders her im Raum, die Linie und die Fläche. Sie stellte sich ein strenges Kissenrechteck in schwarz, einen weißen Wandteppich vor: weiß in weiß: ein Kompromiß, ein Design, ein Designerkompromiß: Reduktion ohne Verzicht gleich Luxus. Sie wußte nicht, ob sie schon jetzt die innere Stärke zu solchem Luxus hatte, ob dieser Luxus nicht wie jeder andere mit feinen, weißen Fingern streichelnd festhält, mit angenehmer Stimme flüstert: *Du bist nicht wie die anderen; du bist wie ich: wir gehören zusammen*... Noch hatte sie Angst davor.
Vielleicht war *weich und warm* eine Gewohnheit ihres Gesä-

ßes und Rückens: mit der Zeit würden sie *hart und kalt* ganz natürlich finden und noch später sich nicht vorstellen können, daß andere Körper etwas anderes vorziehen. Die anderen würden zu *Weichsitzern* abgestempelt und das Wort würde klingen wie: Iiiih!
Sie ging in die Küche, setzte Kaffeewasser auf, beschloß, heute Brot zu essen, anstatt Brötchen holen zu gehen. Vor allen Leuten in der Bäckerei nur zwei Brötchen zu kaufen, ungeschminkt und mit Schlaffalten um die Augen, ließ sie in ihrem Empfinden von sich selbst um etliche Jahre altern. Die Blicke sagten: Die ist allein; die ist alt; Witwe; geschieden; getrennt; ungeliebt; einsam; bedauernswert; peinlich; unangenehm; die ist lästig: allein – An einem Morgen, an dem sie solche Empfindungen in der Bäckerei besonders deutlich gehabt hatte, stellte Harriet beim Frühstück fest, daß sie zwei Portionen Kaffee zubereitet hatte.
Zusammen frühstücken, ein Sinnbild für Wonne. Sie war es nie losgeworden. Zwanzig Jahre von Alexes pflichtmäßigen morgendlichen oralen Berührungen, gefolgt von stummem Kauen, hatten ihr Verlangen nur unmäßig anwachsen lassen, das zu erleben, was sie sich unter *zusammen frühstücken* vorstellte. Für Gregor konnte das Frühstück zusammen den Tag in Anspruch nehmen. Das war es dann auch wieder nicht.
Sie versuchte »Du bist allein« durch »Du frühstückst für dich« zu ersetzen: die Formel beschwor das Gefühl nicht herauf. Auf der anderen Seite des Küchentisches stand, der Symmetrie halber, ein Stuhl. Sie setzte in Gedanken Gregor dahin, Wolfgang, Trude, Wolf, Alex, Tilli, Gesine... Sie setzte ihren Vater dahin, ihre Mutter... Sie setzte einen Unbekannten dahin, der, wie in Träumen, gesichtslos war. Als sie ihn mit Eigenschaften ausstatten wollte, wußte sie nicht, mit welchen. Er sollte nicht redselig, nicht stumm sein; weder dogmatisch noch liberal; nicht ehrgeizig, aber auch nicht anspruchslos; eigentlich nicht *ein Mann* und nicht *eine Frau*; wahrscheinlich sollte er da sein und auch nicht. Besser war: der Stuhl stand eingerückt am Tisch bis auf gelegentlichen Besuch.

»Du bleibst leer«, sagte sie mit ausgestrecktem Zeigefinger. Mit sämtlichen gebogenen Rückenlehnenlatten grinste er zurück: »Du bist feige«, sagte er.
»Nein. Es ist eine Gleichung mit zwei Unbekannten: Ich bin *x*,

mein Partner in einer Beziehung ist *y*: Bestimme *x*, das heißt *mich*, mit Hilfe von *y*. Dann heißt die Gleichung: $x + y = O$, $x = O - y$.
»Ausflüchte.«
»Ich bin falsch erzogen worden, weißt du? Mir hat man beigebracht, daß eine Beziehung das höchste Gut sei; folglich war kein Preis zu hoch und ich habe mich verausgabt. Wenn ich in der Zeit, die mir bleibt, eine Beziehung mit jemandem anderen als mir selber eingehe, muß ich Konkurs anmelden und bin selbst mein einziger Gläubiger.«
»Also: Onanie: bequem aber steril, letztendlich auch langweilig.«
»Ich liebe mich aber platonisch: das kann geistig fruchtbar sein, und ich finde mich gar nicht langweilig, im Gegenteil – ja, im Gegenteil.«
»Weil du die Erinnerung daran verdrängst, wieviel Breite und Tiefe die Beziehung zu einem anderen Menschen in dein Leben bringt.«
»Ich erinnere mich.«
»Und?«
»Ich will nur so viel, wie ich in mein Leben bringe. Ich weiß noch gar nicht, wieviel das ist.«
»Und ich? Ich gehe leer aus. Das nennst du funktionale Reduktion.«

Harriet stand auf und setzte sich gegenüber auf den leeren Stuhl. Der, den sie verließ, stand unordentlich schräg, das abgegessene Frühstücksgeschirr davor auf dem Tisch unter Brotkrumen, angetrockneten Kaffee- und Milchtropfen, Marmeladeklecksen, verschüttetem Zucker, als wären die Kinder Hals über Kopf in die Schule, Alex gerade aus dem Haus, und sie mit dem Zuknallen der Tür allein in der plötzlich ausgestorbenen Küche.
Sie räumte weg, wusch ihr Geschirr ab, wischte den Tisch. Sie hörte das Zuschlagen einer Tür als die einzige Zäsur zwischen einander widersprechenden Situationen: zwischen Frühstückstrubel und Hausfrauenverlassenheit; zwischen Autorenlesung und anonymem Hotelzimmer; sie besuchte eine Bildhauerin, die seit einem Jahr an dem Lächeln der einen Figur arbeitete: als sie danach auf die Straße ging, trug die Abendzeitung die Überschrift *Atomunfall in USA*.

Harriet setzte sich aufs Fensterbrett in der Nische, die das Küchenfenster bildete. Einige Maisonnenstrahlen fielen herein, verschwanden wieder. Sie wollte diese Räume so wenig wie möglich verlassen, bis sie einigermaßen sicher war, daß sie sich nicht zwischen zusammenhanglosen Leistungszonen hin- und herhetzen lassen würde.

Beschaulich leben meinte sie nicht; der Begriff hatte etwas Rückwärtsgewandtes an sich. Schon aktiv leben, gestalten, machen. Die Wohnung zum Beispiel. Paradoxerweise war das freie Gestalten für Männer kaum mehr möglich in ihrer vorwärtsdrängenden Welt voll Abgrenzungen, Bestimmungen, Zuständigkeiten. Als erzeugten sie nur immer Sperren und hätten nicht übel Lust, das ganze einmal in die Luft zu jagen, nur um wieder mit Null anzufangen und etwas machen zu können.

Es war fast zehn Uhr. Um acht war sie aufgestanden. Sie stellte fest, mit sich gefrühstückt zu haben.

Freunde

15. Oktober, abends

Sie ging durch den Zug: Harriet Wende. Harri.
Ich wollte nach Italien in die *sole*, *soul*, selig werden nach meiner Façon, wo sie sich zurufen, die Menschen, über den Platz hinweg, Carusostimmen, wie ich nicht rufen kann, ich nicht...
...Singvögel zu braten, wäre mir leicht gefallen –
Oder nach Frankreich. Irgendwohin, wo die Fremdheit einen plausiblen Grund hat.

16. Oktober

»Hallo.«
»Harri? Bist du wieder da? Du, hallo! Du bist ja wieder da!«
Am Lachen deutlich Tilli, die tolle Tilli treu.
»Du, du mußt sofort herkommen, Wolfgang und Therese sind hier, Gesine, Eva, Pit und hörst du?: Ich habe eine Minestrone, sag ich dir: traumhaft! Du hast bestimmt Hunger, wie geht es dir? Du mußt ja knatschbraun sein: drei Monate Mittelmeer! Soll ich dich abholen? Nein, nimm dir einen Wagen, ich hab' nämlich einen Wein entdeckt: *Beaujolais nouveau!* Fabelhaft! Sag bloß nicht, du bist müde: du kannst morgen ausschlafen; sag was, sag: ja; bist du noch dran?«
Trubeltilli. »Tilli, du spinnst. Wie geht es dir, hör mal? Ich hätt' schon Lust, dich zu sehen –«
»Du mußt immer das, wozu du Lust hast, gleich machen, sonst ist es zu spät. Soll Wolfgang dich abholen?«
Halb elf. Harriet kam gerade von Wolfs Versammlung zurück. Politische Platitüden vom Podium wirbelten noch in ihrem inneren Ohr. Das Dröhnen der Eisenbahnräder war seit der vorigen Nacht nicht gewichen. Wieder loszockeln?
»Braucht er nicht: ich nehme ein Taxi.«
Tilli tat türkisch. In Plusterhosen, haremlichtdurchlässig,

und flachen, weichscharrenden Schuhen kam sie an die Tür. Ärmel aus Musseline schlang sie Harriet um den Hals. Tausendundeinduft. Rauchstimmen im anderen Raum. Dünne Orientflöten. *Salem aleikum* in das Reich der Kissen.
Harriet setzte sich tief auf das seidenbezogene Lager zu Gesine und Eva. Mit steifem Jeansstoff war sie bebeint. Wenigstens die klobigen Halbschuhe zog sie aus und versteckte sie hinter dem Vorhang.
Pit war am Vortragen: »Meiner Meinung nach«, sagten seine Lippen zwischen dem schmalen Schnurr- und dem exakten Kinnbart; dann setzte er eine Mitscherlich'sche Theorie einem Dilemma Dieter Duhms entgegen. *Der Mensch ist anders* hieß das Buch von Duhm. Der Titel gefiel Harriet.
»... aber wenn man nur von einer umweltgeschädigten Großstadt in die andere auswandern will«, sagte auf Pits Diskurs hin Tilli, die den Diskurs nicht gehört hatte, denn sie kam mit einem Teller Minestrone aus der Küche: »dann ist das schlicht pervers.« Sie neigte sich mit Suppe tief zu Harriet hinunter und grinste: »Wenn du wenigstens in die Alternative ziehen wolltest wie ich: *la vie simple*.«
Harriet schnupperte ein herbsäuerliches Suppenaroma, den schärferen Geruch von Parmesan vermischt mit Haarsprayduft und Tillis Unterarmdeodorant. Vieltausend gelockte Haare kitzelten Harriets Nase.
»La vie säämple« maulte Therese: »Wo bindest du beim Pflügen die Federboa um?«
Tilli schlenkerte schmale Arme: »Schau mal, Thereschen, damit, den Nächsten immer auf seine Widersprüche hinzuweisen, eckst du seit Ende '68 an; du aber lebst ewig auf Diät und verleibst dir trotzdem meine Minestrone ein.«
»Wanderst du nun nach Rom aus, Harri?« fragte Gesine.
»Ich glaube nicht«, sagte Harriet. Fast verschluckte sie sich.
»Und warum nicht?« fragte Gesine.
Warum nicht? Gründe. Gründe für Gesine. Weil ich das Gefühl hatte, abgehängt zu sein... »Ich kann nicht genau sagen, warum«, fing Harriet an. »Ich fühlte mich nicht mehr wohl.«
Pit verzerrte seine beiden Bärtchen zu einem nicht lächelnden Lächeln: »Damals warst du, wenn ich mich recht erinnere, ziemlich unerschütterlich davon überzeugt, daß du in Italien,

aber nicht in Deutschland glücklich sein kannst; ja, du hast, so glaube ich, rundheraus behauptet, in Deutschland könne niemand glücklich werden, der nicht stumpf, korrumpiert oder verstümmelt sei.«

Er spuckte: pf, mp, stü.

»So etwas hat sie nie gesagt«, sagte Wolfgang. »Du hast es schon damals mißverstanden. Wenn du das Wort *deutsch* in Verbindung mit einer Kritik hörst, hakt was bei dir aus.«

»Du Palmolive-Gockel«, fügte Tilli hinzu.

Gesine tat den dünnen Arm um Harriet, sah sie aber nicht an, sondern schaute geradeaus vor sich hin. Nach reinem Wasser roch sie, so nahe jetzt, groß und hager, und dennoch vollsanft, eine Maria, der man ihre Männer nicht ansah. Sie sagte nichts. Sie wollte keine Gründe. Sie hörte sich Symptome an und schrieb Rezepte; manchmal hatte sie an einem einzigen Vormittag fünfzig Patienten.

»Geschwärmt hast du schon«, sagte Therese, ein gefrorenes Strichlächeln zwischen ihren dicken Backen: »Den Wolfgang, den hast du derart angestachelt, der wollte schon seine Architektur aufgeben und auf der Spanischen Treppe als Maler gehen.«

Wolfgang winkte schwach ab.

»Das müßtest du begrüßen«, sagte aus der Ecke Eva: »Er bräuchte nicht ins Büro: du könntest ihn den ganzen Tag um dich haben.«

»Ich seh mich schon! Mit zwei plärrenden Gören auf der Spanischen Treppe die deutschen Touristen anhauen: zum Beispiel die Tilli in ihrem wallenden Grisfuchscape.«

»Jedenfalls säßest du in der Sonne«, zirpte Eva. »Ihr könntet euch mal unterhalten. Wolfgang könnte zeichnen. Einfach zeichnen.«

Therese fixierte diese Porzellanvogel-Eva mit den Nadelpunktaugen in ihrem verschwommenen Gesicht. Eva sah klar zurück. Immer war sie vor Verehrern auf der Flucht in ihr Labor: *Es tut mir leid, aber ich muß unbedingt bis morgen eine Jacketkrone fertigmachen.* Neben Eva war sich Harriet ihrer Körpergröße bewußt, der Massigkeit ihrer Glieder und der gewissen Steifheit, die sie selbst für einen nicht behebbaren Mangel an Grazie hielt. An weiblicher Grazie. Sie wußte, daß es solche geschlechtsspezifischen Attribute nicht gibt. Neben Eva aber war sie eine hoffnungslos maskuline Frau

und deshalb nicht begehrenswert. Daß sie eine lange Ehe geführt, Kinder, Liebhaber gehabt hatte, Eva dagegen wenige unbeständige Beziehungen, änderte nichts an diesem Empfinden.
Pit redete: »Mich würde wirklich interessieren, warum du nun nicht in Italien, zum Beispiel...«
Diese gestriegelten Bärtchen. Vor allem aber, wie er das Wort ›wirklich‹ betonte. Warum will Pit wissen, warum.
...es war ein einfaches Keller-Restaurant in Subiaco. Ich war hingefahren, um wieder das Kloster zu sehen. Im Restaurant unterhielten sich Männer von Tisch zu Tisch. Politik. Der eine las *L'Unita*, so hatte es angefangen. Man fragte mich, wo ich herkomme, wie es denn *in Germania* sei. Ich konnte den Unterschied zwischen Faschismus und Nazismus nicht in Worte fassen. Dann fuhr ich durch die Nacht. Die Straßenmädchen an der Via Prenestina hatten alte Autoreifen in Brand gesetzt, um sich zu wärmen. Lange Beine. Prall. Ich versuchte mir vorzustellen, wie sie dann riechen: verbrannter Gummi mit Eau de Cologne... »Ich wußte nur plötzlich, daß es mir zu viel ist; daß ich es nicht schaffe«, sagte Harriet zu Pit. Er hörte nicht auf, reizend zu lächeln.
»Was genau?« fragte Wolfgang: »Was war es, was du nicht geschafft hast?«
...ja, was? Wenn ich nicht raus kam, wie sollst du je heraus? Fest in Thereses feisten Fäusten; an jedem Bein ein Ehesegen; untergebuttert selbst von den Genossenarchitekten deines konkursreifen Kollektivs. All das schaffst du: du schaffst und schaffst...
»Sieh mal«, machte Harriet einen Vorstoß: »Ich war nicht da, weil ich da sein wollte, sondern weil ich nicht hier sein wollte; das heißt: ich wollte schon da sein, aber ich wußte nicht genau, was *da* bedeutet; vor allem aber war ich da angekommen, ohne hier weggegangen zu sein: ich mußte erst mal zurück, um zu sehen, was ich verlasse – Sieh mal: auswandern – das ist –«
»Das kann ich gut verstehen«, sagte Pit.
»Es muß nicht Italien sein«, sagte Eva: »Da wäre es auch mir so gegangen. Allein die Männer dort.« Das feine Fältchen zwischen ihren Augenbrauen vertiefte sich bei diesem Satz.
»Frankreich ist aber auch nicht anders«, sagte Gesine. Sie fuhr fort zu erzählen, wie Frankreich nicht anders sei. Harriet

hörte die Unterhaltung lebhaft springen in altbekannten Bahnen, die mit Sicherheit nach Hause führen. Selbst Wolfgang war relaxed. Man muß nur undeutlich sein.
»Seid bitte nicht so intensiv über Frankreich«, sagte Tilli. »Frankreich ist passé. Man fährt nach Sri Lanka. Oder zu irgendeinem Guru in Kaschmirmastan und macht Sex-ist-Liebe-Übungen unter rauschenden Wasserfällen. Muß traumhaft sein.« Sie hockte kreuzbeinig auf dem Boden, brachte die Arme in einen Bogen über dem Kopf zusammen. Leicht schwang sie die Schultern.
»Mach mal deinen Schiva-Tanz, Tilli«, rief Pit.
Tilli tat es. Durch drei Schichten Durchsichtiges, das in Falten fiel, sah man ihren blassen Bauch und mal die Spitze einer Brust beim Rollen dünner Schultern. Sie klimperte Halsketten, rasselte Armreifen vor ihrem Regal voll pharmazeutischer Arztprobepackungen. Auf- und abputsch, Mittel der Firma, die Tilli vertrat.
Wolfgang rollte langsam, rituell, den Teppich auf. Dann begann er mit weit zu Schwingen ausgestreckten Armen das weiche Wiegen, das er tanzte bei Hardrock wie bei Blues. Erst als Eva aufstand, gab es einen Zusammenhang zwischen Musik und Tanz. Ein barfüßiges Milchglasmädchen, raffte sie ihre Wickelröcke, setzte federnde Füße, wand sich in Bögen, drehte Kreise um die eigene Achse; den Blick hielt sie verhüllt.
Gesine schaute lange Evas Elfenbeinzehen, Evas flinke Fußgelenke an, ehe sie vom Seidenlager aufstand und auf die Fläche trat, zu Eva ohne Geste, und ihrerseits die Augen schloß. Sie überragte Eva, Tilli, Wolfgang. Priesterin, Phallus-Verehrerin. Ihr langgestricktes Kleid glitt schwer über Schenkel, blieb an Hüften haften, großflächig.
Das Tonband lief durch. In der plötzlichen Musiklosigkeit standen die Tänzer ungelenk, schlappe Marionettenschnüre an Gliedern, fallen gelassene Gesichtszüge.
Therese suchte krampfhaft eine Langspielplatte. Tilli spulte das Band zurück, ihrer strengen Ordnung gemäß: *Meinetwegen, aber ich denke nicht daran, morgen x Bänder zurückzuspulen zum Abwasch noch dazu.* Während das Band laut quietschend rückwärts lief, prüfte sie unauffällig den Boden nach Asche ab, hob ein Weinglas auf, trug schon mal Teller 'raus. Allmählich crescendierten Töne kunstvoll aus der einen

Box und in der anderen fingen die Trommeln leise an, sehr leise. Ungeachtet dessen tanzte Therese furios, Kopf und Haare werfend; Wolfgang begann mit weit zu Schwingen ausgestreckten Armen das weiche Wiegen, das er tanzte.
Vor Tillis teurem Original, einer ausgebeulten Landschaft in uniweißem Polyester, tanzten sie. Und Harriet saß da und sah ihre jeanssteifen Beine vor sich hingestreckt. Unelegant hoben sie sich vom Seidenglanz ab, ihr plattes Blau vom subtilen Halbton des Stoffs. Sie saß im Abteil und fuhr an dem Tanzen vorbei. Sie saß im Hörsaal und hörte. Eisenbahnräder. Podiumsredner... unsicherer Individualismus ist sicheres Mitläufertum. Mittänzertum. Die Gruppe, die Clique, der Kreis, ob bei Tilli, bei Eva, Gesine, bei ihr, sie trafen sich, tanzten reihum du bist dran durch die Jahre, den Anhang gelegentlich wechselnd, Gregor paßte nicht rein, paßte sich nicht an wie die anderen, wie die Freunde Gesines, große Flachmänner steckte sie ein, trank sie aus, *Wenn du magst*, sagte sie erst; *Wenn du nicht mehr magst*, sagte sie dann, Gesines Großzügigkeit, die Eva mißbilligend duldete, Therese argwöhnisch umging, Pit bespottete, niemand direkt ansprach, denn der Kreis tanzt den Reigen seiner Mittänzer, Eintänzer, hier scheiden sich nicht die Geister, spricht keiner vom Podium der Sicherheit herab, nimmt keiner den anderen mit auf die eigene unsichere Reise.
Pit wankte in Harriets Abteil herein. Ist hier frei? Harriet nickte an ihm vorbei auf den Gruppentanz hin und schwieg, sich wieder einlassend, einhörend. Seine Stimme: »...die spezifisch deutsche Auffassung von Erfolg«, unterbrach wie die Lücke zwischen Schienen ihre Folge ineinanderführender Einfälle wieder und wieder, wie schon immer selbstverständlich unempfindsame Männer, ihr Ohr beanspruchend ihr Interesse für die Gruppe, für einen anderen, für sich selbst, überstimmt hatten, insistent, impertinent, dieser Pit, während Wolfgang mit paddelnden Armen sich grad über Wasser hielt, Prinz Ahnungslos, soft wie Schwanendaunen ruft er *ich rette dich, sag mir nur wie...* Pit redete sich noch gut zu, während Tilli, im Tanz erlahmend, Lärm und kalte Luft zur Balkontür hereinließ, sich fächernd vor angestautem Rauch, *nun will ich ins Bett*. Pit sah auf die Uhr, klatschte sich auf den Schenkel, stand auf, Startsignal für das Spielchen: Gastgeberin-Proteste, Gast-Gegenproteste, das über die Jahre varia-

tionslos bis in die Wortwahl ablief wie rollende Räder, wie Tilli-Clique-Feten – wie müde Harriet war.
Sie zog die dicken Halbschuhe wieder an. Neben den ihren schlüpften Eva-Füße in Aschenputtelschuhchen.
Wolfgang hielt ihr den Mantel, sagte, morgen, wenn es ihr recht sei, rufe er an: Er könne hier nicht reden.
Tilli gab jedem zum Abschied eine Tüte Abfall in die Hand, denn sie konnte nicht zu dieser Morgenstunde und aus dem zwölften Stock die Flaschen, Büchsen, Knochen in den Haus-Müllschlucker werfen, wo sie poltern, klappern, krachen, alle wecken und jeden wissen lassen würden: Tilli wieder; sieht ihr ähnlich: Afro-Look und ledig. Noch weniger könnte sie morgen früh um die Zeit, wo sie und jeder Hausbewohner ins Büro oder sonst irgendwo – und schon gar nicht sie allein die vielen Tüten voll mit leeren Flaschen per Lift in den Keller, denn wer weiß, wen man im Lift alles trifft.
Also gab sie jedem Abschiedskuß und Abfalltüte mit auf den Weg, und Tillis Gäste defilierten vom Lift in den dusteren Kellerraum. Wo der Lichtschalter sei, wußte keiner, nicht rechts neben der Tür, wo er sein sollte. Sie tapsten ernüchternde Betonwände ab, weinrosige Fingerkuppen aufrauhend. Sie husteten Partyzigarettenrauch in das feuchte Grau. Sie spürten mit den Nasen den großen Behälter auf, deponierten jeder seine Tüte, gingen mit viel zu kühlem Kopf die Treppe zum Erdgeschoß hoch, hatten beim Händeschütteln leichte Kopfschmerzen.

21. Oktober

»Das sind keine schlechten Typen: das siehst du falsch, Harri. Ich könnte alles machen bei denen, was ich wollte. Ich bräuchte nur die Initiative zu ergreifen. *Ich* kann bloß nicht. Es liegt an mir. Ich kann nicht immer wieder Anlauf nehmen wie die; immer wieder glauben: diesmal klappt's, diesmal gewinnen wir nicht nur den Wettbewerb, diesmal lassen sie uns auch bauen. Diesmal bleiben wir bei unserem Entwurf. Diesmal wollen sie wirklich was Gutes –« Wolfgang winkte ab: »Mich macht das mürbe. Ich weiß nicht, warum sie mich überhaupt im Kollektiv haben wollen –«

»Ach, komm –« sagte Harriet.
»Ehrlich. Ich verbreite eine defätistische Stimmung im Büro.«
»Ist bestimmt gut, wie ich die beiden kenne, sonst wären sie längst vor Selbstüberschätzung übergeschnappt.«
»Ach, nee: du siehst sie wirklich falsch. Die können sich nur noch mit purer Willenskraft dranhalten und nicht mal mit der eigenen, sondern mit der der Ehefrauen, genau wie ich. Der einzige Unterschied ist, daß sie noch einen Sinn darin sehen – Ich möchte ganz was anderes machen –«
»Das möchtest du schon lange.«
»Ich –«
»›hab zwei Kinder.‹«
Sein Blick wurde plötzlich stumpf.
»Deine Kinder haben einen freudlosen Vater«, sagte Harriet.
»Meine hatten eine freudlose Mutter. So was rächt sich. Bei Trude habe ich immer das Gefühl, sie schaut mich aus einem Versteck an.«
»›Freudloser Vater‹...«, sagte Wolfgang. Er nippte am Wein. Sein Gesicht war gelb. Oder war es das Licht? Harriet räumte ein, daß ›freudlos‹ vielleicht nicht ganz das treffe, was sie meine.
»Zerrissen«, schlug Wolfgang vor. Er bewegte das Wort mit dem Wein im Mund. »Bin ich aber nicht«, sagte er dann: »Nur dünngescheuert.«
»Das meine ich auch nicht. Ich meine die Lüge: die Ehe-Farce, die Berufsmaske –«
»Meinst du, die spüren das?«
»Wer?«
»Die Kinder.«
»Kinder spüren doch *nur*«, sagte Harriet. »Die sind grad aus dem Mutterleib, wo es nur spüren gibt. *Reden* bringen *wir* ihnen bei – nach und nach...«
»Du sagst das so traurig.«
»Ich finde es auch traurig. Am Ende gibt es dann ein *Urschrei*-Seminar.«
»Aber ich weiß auch gar nicht: Therese ist kein schlechter Mensch. Ich hab nichts gegen sie. Ich kann sie sogar verstehen, wenn sie meint, daß ich dabei bleiben soll, daß es schon werden wird.«
Harriet zündete sich eine Zigarette an.

»Wenn man alles kaputtmacht, was man aufgebaut hat, das nützt auch nichts«, sagte Wolfgang: »Am wenigsten den Kindern.«
»Da bin ich anderer Meinung.«
»Du meinst doch nicht, daß es Kindern aus – aus zerbrochenen Ehen –«
»*Zerbrochenen Ehen*«, lächelte Harriet: »Schon das Wort jagt einem Schaudern ein, nicht wahr?«
»Du lachst mich aus.«
»Entschuldige. Ich habe kein Recht dazu. Ich habe zwanzig Jahre gebraucht. Man kann auch nichts vermitteln. Jeder muß selber sehen. Im Wörterbuch müßte bei ›Familie‹ ›dichterischer Ausdruck‹ stehen.«
»Trotzdem. Besser ich bin zerrissen, als daß die Kinder es sind.«
»So ein Quatsch. Als gäbst du es nicht weiter. Klingst geradezu kirchentantenhaft. Du schiebst die Kinder nur vor.«
»Ich weiß bloß nicht, was es sonst noch überhaupt gibt, wofür es sich lohnt. Die beiden Gören sind das einzige, was noch stimmt.«
Harriet nahm einen Schluck Wein: »Makaber«, sagte sie: »Und die lügst du an.«
»Wieso lüge ich die an?!«
»Oder spielst ihnen was vor: ich weiß nicht, wie *du* es nennst. Ich hab's auch gemacht. ›Respekt vor dem Vater‹ gelehrt«, sie lachte trocken, »den ich für einen Wurm hielt. Aber vielleicht rede ich nur von meiner eigenen Scheiße. Vielleicht läßt sich das auf deine Situation nicht übertragen.«
»Wenn ich Therese und die Kinder verlasse, bin *ich* der Wurm. Geht sie, kommt es darauf an, was sie wem erzählt, ob ich's dann nicht auch bin. Wen, meinst du, würde Tilli dann einladen: Therese oder mich?«
»Solche Gedanken! Verstehst du!« Harriet lachte. »Man ist am ersticken und fragt: Wie sitzt meine Frisur?«
Wolfgang lächelte. »Du sagst das alles so – radikal: Ersticken – Ich habe nicht das Gefühl, am Ersticken zu sein. Eher so eine vage Ahnung, daß ich woanders womöglich freier atmen könnte. Ich habe auch, was Therese betrifft, kein so stark negatives Gefühl. Wenn ich meinen könnte, sie sei ein Wurm, wäre das vielleicht ein Antrieb.«
»Glaubst du? Ich glaube, wir sind alle großartige Bauchred-

ner. Wir glauben schon selbst, das kommt alles vom Verstand, was wir uns vor-rationalisieren. Angst haben wir! Jede Demütigung habe ich mitgemacht! Aus Angst davor, alleingelassen zu werden. ›Keine Ehre im Leib‹, das ist ein richtiges Wort. *Ehre* ist im Kopf. Im Leib ist Angst.«
»In dem Wörterbuch, von dem du vorhin sprachst, steht neben ›Ehre‹: ›archaisch‹.«
»Akzeptiert«, sagte Harriet: »Es ist nur das Getue, das mich stört: das ›wegen der Kinder‹ und ›nicht alles kaputtmachen‹ und dabei selber draufgehen und es nicht einmal zugeben können vor sich selbst. Man *schadet* den Kindern. Das sehe *ich*. Zu spät.«
Er zog an der Zigarette. Nach einem Moment schickte er den Rauch in die Luft. Sie sah, wie er ihre grauen Worte mit dem grün kolorierten Bild verglich, das er von seinem Leben hatte: am Ende des vollen Arbeitstags kehrt er heim, die Kinder rennen auf ihn zu, er wirbelt sie nacheinander in der Luft herum, sie kreischen, er lacht. Therese kommt strahlend, ihn zu begrüßen. In Wirklichkeit, diese verglich er nicht, trank er nach dem Bürotrott geschlaucht bei ihr Wein, war nicht zu Hause gewesen, hatte dort auch nicht angerufen; seine Kinder hatte er seit Sonntag nur schlafend gesehen, und er würde erst dann nach Hause gehen, wenn er erschöpft genug war, um gleich einzuschlafen und Therese und das, was sie sagt, nicht bewußt wahrzunehmen. Harriet empfand keine Spur von Mitleid mit Therese. Therese war eine rationale Frau, die ihre Gegenwart und ihre Zukunft in der eigenen Hand hielt.
»Das Schlimme ist«, sagte Wolfgang, »daß ich nicht weiß, was ich sonst machen, wie ich leben könnte.«
»Ach, das habe ich schon so oft von dir gehört, immer in diesem matten, selbstgefälligen Ton. Dir genügt die Feststellung. Ich weiß auch gar nicht, warum ich mir dein ewiges Gejammere anhöre. Du bist doch zufrieden.«
Er sah sie ohne eine Spur von Verunsicherung an. Er lächelte sogar. »Du denkst immer, jeder ist so konsequent wie du. Ich weiß noch vor Jahren, wie du zu mir gesagt hast: ›Wenn du nicht tust, was du willst, dann versuch' doch wenigstens zu wollen, was du tust.‹
Weißt du das noch?«
Harriet konnte sich nicht entsinnen. Sie verstand den Satz auch nicht mehr.

»An mir hängt eine Menge dran«, sagte Wolfgang. »Ich kann nicht einfach abkoppeln und abdampfen, als stünde dann nichts hinter mir auf dem Abstellgleis.«
Innerlich zuckte Harriet die Schultern. »Du redest immer wie eine *Stütze der Gesellschaft*«, sagte sie, »dabei bist du so ausgehöhlt, daß du gleich einknickst – aber dann kriegst du ja eine Rente.«
»Ich mag gern mit dir reden«, sagte er, für Harriet völlig unvermittelt. Er sah sie nicht an. »Ich weiß auch nicht –«, fing er an, dann schloß er den Mund. »Wir schlafen nicht mehr zusammen«, sagte er dann.
»Von wem geht das aus?«
Er antwortete nicht gleich. »... ich weiß es nicht. Ich glaube, ursprünglich von ihr.«
»Schon lange?«
»Ja. Komischerweise wollte sie wieder nach der Party neulich bei Tilli. Ich war aber gar nicht imstande.«
Harriet trank einen Schluck, behielt das Weinglas in der Hand, war still. Sie war nicht sicher, ob er sein Intimleben *wie ein Bruder* vor ihr ausbreitete oder ob er hoffe, sie würde aus Mitleid mit ihm schlafen, aus Hygiene, aus der Annahme heraus, er bringe wegen Liebe zu ihr kein sexuelles Interesse für Therese mehr auf, wie er ihr zu suggerieren schien. Er stützte die Stirn in beide Hände.
Er lehnte sich zurück, schloß die Augen. Das schrägfallende Licht machte Schatten aus seinen Augenhöhlen und Wangen. Er sagte, ohne die Augen zu öffnen, er müsse gehen, es sei sicherlich spät. Seine Müdigkeit, meinte Harriet, sei ein Vorwand, hier einzuschlafen. Im nächsten Augenblick gab er sich aber einen Ruck, stand auf, entschuldigte sich, wenn es ihr abrupt vorkomme, sonst aber könne er sich womöglich nicht mehr zusammenraffen. Sie meinte, er erwarte, daß sie ihn bitten würde, über Nacht zu bleiben. Er war aber bereits aus der Tür und in der Diele und zog sich den Mantel an. Er gab ihr einen kurzen Kuß wie immer und ging die Treppe hinab. Er sagte nicht, daß er wiederkommen oder anrufen würde.
Sie hatte wieder das Gefühl, das sie gut aus schlaflosen Nächten kannte. Sie fragte sich, ob es weniger stark sei als früher, als sie jünger war. Es war nicht weniger stark.

23. Oktober

Harriet ging über den ersten Hof der stillgelegten Fabrik. Backsteinmauern um sie herum. Staubblinde Fenster. Grau gestrichene, blecherne Türen. Eine lastwagenbreite Durchfahrt in den zweiten Hof.
Etwa in der Mitte der Durchfahrt fingen die Eigengeräusche des öden Geländes an, hörbar zu werden. Sie ging über den zweiten Hof. Gebäudeflügel und einzelne Bauten umgaben ihn: eine nicht geschlossene Anordnung, die Gänge und Durchgänge offenließ zu den Treppenhäusern A bis E und zu Dritt- und Vierthöfen, in die Harriet nie gelangt war.
Sie bog ein und ging durch den Durchlaß hindurch zum Lift, eine Draht- und Eisen-Konstruktion, die an heulenden Drahtseilen den Backsteinschacht hochfuhr in den fünften Stock.
Zwei Feuertüren und eine leere Montagehalle trennten sie noch von dem Raum, den Daniza, nie ohne ironisch schiefes Lächeln, ihr Atelier nannte. Mit jugoslawischen Kissen und Teppichen war es belegt und behangen. Daniza war immer da.
Harriet kannte das Kleid, die Schafsfell-Stiefel, das Schultertuch, den Geruch hier, das Gefühl, in der einzigen unversehrt gebliebenen Höhle nach einem Atomkrieg zu sein, wo Schweigen allein dem gemäß werden kann, was zu sagen ist.
Danizas kleine Tochter hockte auf dem Boden vor einer Pappe, auf der ein daumengroßer Klecks roter Ölfarbe war. Einzelne blonde Haarenden hingen in die Farbe. Der Intensität, mit der sie ihr noch nicht begonnenes Bild betrachtete, entnahm Harriet, daß es Daniza noch immer gelang, sie der Schule fernzuhalten.
Auf Danizas Staffelei stand das kurz vor Harriets Abfahrt begonnene Bild. Es stellte einen Kinderspielplatz dar. Die Spielgeräte waren bunt gestrichen. Die Bäume und das Gras waren von einem leuchtenden Grün. Das Bunte glänzte aber kalt; das Grün wirkte künstlich; die spielenden Kinder lauschten fernen Anweisungen. Auch ihr Lachen geschah auf Anweisung hin und hatte mit ihrem Blick nichts gemein, als gehörten Augen und Mund verschiedenen Menschen.

Daniza sagte: »Jetzt bleibst du in Berlin«, als wäre ein Urteil gesprochen. »Das ist gut. Was wirst du jetzt machen?«
»Ich glaube, als erstes werde ich umziehen.«
»Sehr wichtig«, sagte Daniza. Dann fragte sie: »Hast du einen Freund?«
Harriet schüttelte den Kopf.
»Ohne einen Mann ist es nicht schön.«
Daniza sagte das. Harriet sah sie ungläubig an. Daniza tat ein öltropfendes Viereck Schafskäse in den Mund, dann zwei Zwiebelringe: »Iß«, sagte sie. »Es ist ein ›Widerspruch‹. Hier liebt man das Wort ›Widerspruch‹, aber man liebt nicht die Sache ›Widerspruch‹. Wenn man in Urlaub fährt, dann war es schön, sonst ist es ein Widerspruch. Wenn ich ohne einen Mann leben will, muß ich sagen, es ist schöner ohne Mann. Es ist nicht schön. Ich will leben ohne Mann, und es ist nicht schön.«
Während Daniza sprach, nahm die Kleine etwas Farbe auf die Spitze des Zeigefingers. Sie zog einen Strich, der immer blasser wurde und zum Schluß nicht mehr sichtbar war, quer über die Pappe von Rand zu Rand. Dann sah sie sich ihre Finger an.
Daniza sagte: »Kannst du mir sagen, das richtige Verhältnis von *brauchen* und *lieben*? Kann man jemanden lieben, den man nicht braucht? Kann man sagen, daß man jemanden liebt, den man braucht?«
Der Käse war, für das Auge, in Kuben geschnitten. Jeder Zwiebelring war ein Kreis. Als zupfe sie die Blütenblätter einer Margerite, um zu erfahren, ob einer sie liebt, zählte Harriet die Kuben ab, die Ringe: ich brauche ihn, ich brauche ihn nicht, ich brauche ihn, ich brauche ihn nicht...
Sie tranken schieferhaltigen Wein. Es gab lange Pausen im Gespräch. Harriet hatte Zeit, zwischen den Worten zuzuschauen, wie die Kleine arbeitete, Danizas ernstes, ruhendes Gesicht zu betrachten, der eigenartigen Akustik dieses Raumes zu lauschen. Der von außen eindringende Straßenlärm klang, als wäre er ein Widerhall, der genauso gut vom Meeresrauschen stammen könnte oder von einem durch einen Wald fegenden Wind. Harriet meinte, die ineinandergeschachtelten Höfe erzeugten diesen Effekt oder vielleicht die Versorgungs- und Lüftungsschächte, die Lichthöfe und Schornsteine des verästelten Fabrikbaus. Die Fabrik kam ihr

wie eine Stadt vor, und umgekehrt kam ihr die Stadt oft vor wie eine Fabrik. Sie stellte sich vor, man legte die Stadt per Dekret still; in den Straßen bliebe nur ein Nachhall.
Daniza würde nichts davon merken.

8. November

Der Tisch war mit dem Rokokorosengeschirr und drei Sorten Kuchen gedeckt; Gesines Automaten-Nelken. Die vier Frauen stocherten Joule-bewußt in ihren Tortenstücken, plauderten mit abgewendetem Blick Privates. Harriet goß ein, reichte 'rum, setzte neu auf. Sie war noch etwas mitgenommen, von der Grippe. Unerledigte Annoncen-Telefonate lenkten ihre Aufmerksamkeit zeitweilig ab. Ansonsten hatte sie aufgeräumt und selbst gebacken. Sie hatte auch ein Problem, daß sie mit den dreien beraten wollte.
Tilli war noch bei Arzneifirma-Beschwerden: »Hanebüchen: die schicken ihre Spitzel bis in meine Garage, ob ich auch echt unterwegs bin, und das zu jeder Tageszeit bis 18 Uhr!« Wozu sie denn den aufgedonnerten Praxisklinkenputzer mache, wollte sie wissen, wenn nicht, um ihr eigener Herr zu sein. Sie redete atemlos.
Nach Evas Meinung sollte Tilli diese Politik offen ansprechen, da die Firma nach wie vor mit Selbstgestaltung der Arbeitszeit werbe.
Tilli würde sich aber hüten: »Nee, nee: hübsch Schnäuzchen«, winkte sie ab. Sie nippte ein Schlückchen Kaffee, dabei fiel ihr etwas ein und, als Harriet sie fragte, was denn die Beschwererei soll, wenn sie doch nichts unternehmen will, hopste sie auf und rannte hinaus. Sie kam mit einer goldenen Plastiktüte wieder, ging um den Tisch wie der Nikolaus im Kinderheim: jedem stellte sie aus ihrer Tüte ein Glasdöschen hin: »Da: für dich.« »Eins für dich.« »Du kriegst auch eins. Das ist nämlich was Altbewährtes. Auf einer Entwicklungsinsel im sagenumwobenen asiatischen Raum seit über eintausend Jahren nach dem gleichen Rezept hergestellt. Ein Mittelchen, sage ich euch! Von Migräne bis zu eingeklemmten Nerven. Nur einreiben. Am besten mit kreisrunden Massagebewegungen. Ich hab es sogar inhaliert –«

Harriet setzte zu einem Lachen an, aber ihr Kopf tat von der Grippe noch weh. Die geöffnete Dose gab einen Wick-Vaporub-Eukalyptus-Nasivin-Geruch ab, der angesichts der Cremetorte mit Sahne Übelkeit erregte. Tilli aber warb gewandt und unwiderlegbar wie ein Fernsehspot.
Eva massierte das Nagelbettfleisch ihrer Finger, ihr Stück Torte noch unberührt. Als Harriet hinsah, versteckte sie die Hände.
Harriet ging aufs Klo. Sie setzte gleich nochmal Kaffeewasser auf. Tillis blecherner Wortschwall drang in die Küche. In der Spüle ineinandergestellte Rührschüsseln, aus denen die Holzlöffel ragten. Mit Biskuitteig beschichtete Backbleche auf dem Tisch. Besonders betonte Worte waren deutlich bis hierher: »...und so was nennt sich Arzt«; »...sträfliche Inkompetenz«; »...moderne Giftmischer«. Zwischendurch war der tiefere Tonfall Gesines vernehmbar. Harriet hörte zu aus der Hausfrauenposition: ab vom geselligen Geschehen. Sie war an sich Verfechterin der offenen Küche im Wohnbereich, aber im Moment fand sie die hier erholsam.
Das Wasser kochte noch nicht. Sie ging die leere Kanne holen. »...schrittweise Demontage«, sagte Gesine gerade: »Ab- und Ausschaben, das Entfernen angeblicher Geschwulste, Abschnüren von Eileitern, Herausschneiden der Eierstöcke bis hin zur kompletten Hysterektomie. Die Frauen simulieren nicht: sie haben walnußgroße Myome. Bloß: aus welchen Gründen!?! Da haben die Gynäkologen ihren Spaß: einfache Eingriffe, befriedigte Frauen, eine zahlende Kasse und sie kehren ihre Kastrationskomplexe um...«
Harriet spülte die Kanne und die zwei großen Rührschüsseln. Als sie das Wasser abdrehte, kam Evas spitz angreifendes Stimmchen kurz und klar. Dann Tilli wieder. Aber ungewöhnlich langsam, fast gedrückt. Harriet ging ein paar Schritte in die Diele hinein und horchte. Sie frage sich selbst manchmal, sagte Tilli, hin und wieder nehme sie sich vor, nichts mehr mit Männern zu haben. Die ersten Abende allein genieße sie, das Ausgehen mit Frauen finde sie vergleichsweise wohltuend lässig, die Einschränkung der Gedanken an Kleidung und Schminke direkt erholsam. Sie gratuliere sich zu ihrem Entschluß, beginne, über sich selbst nachzudenken, fallengelassene Fäden wieder aufzugreifen. Ihre Kunstgeschichte-Bücher sehe sie sich wieder an und staune, wieviel

sie noch weiß. Sie erneuere den Traum von einem nachgeholten Abschluß und einer soliden Antiquitätenhandlung: »Kein aufgebauschtes Trödelgeschäft, kein Schmu: Qualität und die entsprechende Kundschaft.« Dazu würde sie aber nie kommen, dazu brauche man Geld und Beziehungen. »Was soll ich dasitzen?! Nach zwei Wochen sehe ich nur noch Glotze, und die Freundinnen gehen mit ihren Mackern aus. Dann ruft hier irgendein Arzt an – Klar ist das Scheiße.«
Mit frisch duftendem Kaffee stand Harriet dann an der Tür und sah in den in gelbes Lampenlicht getauchten Raum wie auf ein braun-gelb gewordenes Foto in einem alten Album. *Kaffeeklatsch, 8. Nov., 1950* könnte in weißer Tinte darunter stehen. Der mit Rokokorosentassen und drei halb gegessenen Torten gedeckte Tisch. Drei Freundinnen mit abgewandtem Blick. Drei Nelken in der Flötenvase.

9. Dezember

Sie meinte, in einer bestimmten Phase zu sein, die wieder vorübergeht. Sie würde wieder dazukommen, jemanden spontan anzurufen, und mit ihm zu quatschen. Sie würde wieder Lust haben, mit einer Freundin essen zu gehen, jemanden einzuladen. Eine Vertrauenskrise war es vielleicht, die komplexe Ursachen hatte. Eine konnte sie isolieren.
Keiner, den sie angerufen hatte in jenem Zustand der Verunsicherung, in den der Brief von Alex sie versetzte, hatte den Kern des Problems, das sich für Harriet stellte, gesehen.
Tilli hatte nach ein paar Tagen wieder angerufen, um ihre Meinung zu Alex mit noch treffenderen und ausgefalleneren Beiworten zu bestücken. Harriet hatte zugehört, einmal eingegriffen: »Die Frage ist doch jetzt, was *ich* für ein Leben führen will; nicht, wozu ich Alex gerichtlich oder sonstwie zwingen kann.« Tilli überging den Einwurf. Dem, was sie weiterhin sagte, entnahm Harriet, daß Tilli sich niemals gefragt hatte, was für ein Leben sie führen will.
Selbst für Harriet hörte sich diese Frage wie eine moralische Platitüde an, eine Frage, wie sie sonntags von der Kanzel rhetorisch gestellt wird, während die Gemeinde damit beschäftigt ist, eine Nachbarn- und Bekanntenzählung abzuhalten.

Harriet ließ Tilli reden. Sie griff nicht mehr ein. Sie hatte ein Gefühl des *déjà vu*. Und einen schlechten Geschmack im Mund. Wolf hatte sie auch reden lassen: sogar Wolf. Und Eva, als Harriet sie anrief, war derart pikiert, daß sie außerstande war, auf den Brief von Alex einzugehen: »Ach, du hast schon eine Wohnung gefunden? Das geht aber schnell bei dir. Ich hätte vielleicht auch eine gewußt. Warum hast du nichts gesagt? Das finde ich aber komisch.«
Es war Harriet klar, daß sie in der Frage des Umzugs alle übergangen hatte: ein Verhalten, das sie nur auf Angst zurückführen konnte; auf Angst, sich abbringen zu lassen, wie in ihrem Leben immer wieder, von einem Weg, den sie instinktiv für richtig hielt, gegen den aber alles sprach, was allgemein gesehen vernünftig war. Vielleicht waren alle vor den Kopf gestoßen. Harriet hätte ihr eigenes Vorgehen im umgekehrten Fall wahrscheinlich für einen Vertrauensbruch gehalten. Die Frage des Umziehens oder nicht hatte sie bei dem Kaffeeklatsch ansprechen wollen. Bei dem Kaffeeklatsch. Vertrauensbruch. Zu wem sie wohl Vertrauen haben könnte, sie zu verstecken, falls sie zum Beispiel des Terrorismus verdächtigt würde? Die Frage lag, da sie Wolfs Mutter war, nicht fern. Wolfgang vielleicht. Aber Therese dürfte es nicht erfahren. Und Daniza. Nur: bei Daniza wäre man nicht in Sicherheit.
Sie saß kreuzbeinig auf der Couch, das Kinn in den Händen, die Ellenbogen in die Schenkel eingegraben, abgespannt vom ungewohnten Aufenthalt in kalten Räumen und von der ihren Anspruch an sich selbst nicht befriedigenden Arbeit dort bisher, dem Hinter-Rainer-Herräumen und sich sonst nichts zutrauen. Sie hatte noch nichts gegessen. Was im Hause war, regte ihren Appetit nicht an.
Jemanden anzurufen, hatte sie eine Unlust, deren Stärke sie überraschte.
Sie fragte sich, ob es zur Gewohnheit werden könnte, wenn man aus Enttäuschung den Umgang mit Menschen meide, ob allein der mangelnde Umgang zu Hemmungen führe, die wiederum vom Umgang abhielten, so daß man in eine Spiralenbewegung hinein und abwärts gezogen werde, in das Zentrum eines Strudels, wo man, festgehalten von der Kraft der Bewegung, die man selber in Gang gesetzt hatte, gezwungen wäre, um sich selbst zu kreisen.
Aus Enttäuschung: wieder einmal die Schuld beim anderen.

Sie bedeckte das Gesicht mit beiden Händen. Sie saß so da. Immer diese Selbstverschonung. *Sie* rief niemanden an. Sie allein. Enttäuschung. Enttäuschte Erwartungen. *Ihre* Erwartungen. Allein ihre. Ja, welche? Freunde, Vertraute sollten sich vorbehaltlos mitteilen, sich vorbehaltlos in Frage stellen lassen, kein Thema ausschließen, weder aus Höflichkeit noch aus Rücksicht lügen, halblügen, viertellügen...
Wären das Gebote, wie würde ihre Beichte lauten?
Ich habe mich nicht mitgeteilt.
Ich habe mich nicht in Frage stellen lassen.
Ich habe meine Stimmung verschwiegen,
aus Höflichkeit gelogen,
aus Rücksicht halb und viertel,
mea culpa;
mea maxima culpa,
und werde es aller Wahrscheinlichkeit nach wieder tun.
Die Frage war, ob sie überhaupt einem zweiten Menschen gegenüber sie selbst sein konnte, oder ob *sie selbst sein* für sie identisch mit allein sein sei, ob *sie selbst* zu sein, wenn jemand anders da war, ihrer Erziehung nach unhöflich sei wie pupsen.
Aber vielleicht konnte man lernen, in sich selbst so ganz zu sein, daß das eigene Verhalten in keinem Fall die Integrität berührt: man könnte jemanden anrufen oder allein gehen oder hier bleiben, ganz gleich, und würde in keinem Fall *sich selbst* verlassen; niemand könnte einen enttäuschen, man erwartete ja nichts, brauchte nichts *zu seinem Glück.*
Das klang alles wie eine Südseeinsel in einem Reiseprospekt.

18. Dezember

Harriet saß ziemlich weit hinten in dem überfüllten Omnibus. Die Fenster waren beschlagen. Der Boden lief vor Tropfwasser von Schirmen und Schuhen. Der Gang stand voll dichtgedrängter dampfender Menschen. Man hatte das Gegenlichtbild eines Viehtransports. An jeder Haltestelle wurde aufgeladen. Eine hochbusige Frau mit einem Nerzhut, der von einer Plastikfolie überzogen war, ließ sich anschnauzen, weiterzurücken. Sie machte dazu nicht mehr Miene als eine gepeitschte Kuh. Aus den Tragtüten schauten vom Warenhauspersonal in Weihnachtsgeschenkpapier eingeschlagene Päckchen heraus.

Weiter vorn gab es Unruhe. Da saß ein Mann, der immer wieder etwas aus- oder anzog. Harriet sah seine Arme sich in Jackenärmel hineinkämpfen und nach einem Moment wieder heraus. Er zog umständlich ein Nylonhemd aus, die Jacke dann wieder an. Immer wieder stieß er die Dame auf dem Sitz daneben. Er zog die Jacke aus, das Nylonhemd über einem Hemd, das er anbehielt, wieder an, aber verkehrt: mit dem gesteiften Kragen nach innen gedreht. Darüber zog er die Jacke. Er griff nach dem Hemdkragen, versuchte, ihn nach außen umzufalten. Widerspenstige Kragenspitzen ragten in die Luft, flappten zurück, verkehrt, wie der Kragen geprägt war.

Es stand fest, daß sie zusammen Sylvester feiern würden wie jedes Jahr, diesmal bei Wolfgang und Therese. In einem Kaufhausschaufenster, an dem sie vorüberging, sah Harriet ihr Spiegelbild: verhuscht; der steife Ledermantel, eine Hülse; wenig Gesicht zwischen Mütze und Schal. Es war einer der letzten *Einkaufstage*. Auf der ersten Seite der Tageszeitung war täglich einem Cartoon zu entnehmen, der wievielte Tag vor dem letzten *Einkaufstag* heute sei. Die Menschen mißgönnten einander zweifußbreit Bürgersteig.

Harriet hatte sich eine Liste gemacht: manche Einkäufe waren unvermeidlich. Es war schon lange her, seit sie sich ungebrochen mitreißen lassen konnte von der sich steigernden Irrationalität der Adventszeit, aber nicht einmal die stoische Haltung, die sie in den letzten Jahren angenommen hatte, wollte ihr im Moment gelingen. Überall sah sie Fratzen.

Sie meinte, es käme vielleicht daher, daß ihre gegenwärtige Realität in so krassem Gegensatz zu dem stand, was nach Ansicht der kaufenden Menschen auf diese Einkaufstage folgen würde: ein Aus-der-Fülle-freudig-Geben an Freunde und Familie. Harriet stand nüchtern vor dem Einkaufstreiben, als käme sie verspätet zu einem Fest: direkt von der Schufterei der Renovierung; voll des Bewußtseins, bedenklich verschuldet zu sein; ohne eine sichere Basis für die Zukunft; ohne das Gefühl, von ihren Kindern und Freunden verstanden zu werden oder sie zu verstehen. Aber all diese Menschen waren in

einer ähnlichen Situation. Man sah es an unkontrollierten Grimassen. Man hörte es an gezischten Wörtern. Sie schufteten täglich unter entwürdigenden Bedingungen, lebten seit Jahren über ihre Verhältnisse, ihre Zukunft war nicht gesichert, Freundschaft gab es nicht, Familie nur formal – Warum war für diese Menschen der Gedanke an Feierlichkeit nicht so unerträglich wie für sie? In Harriet war eine Trägheit wie bei Unterernährten. Sie wurde geschubst. Sie konnte keinen sinnvollen Plan fassen, was zuerst zu erledigen sei und wo, damit sie Schweres nicht lange tragen, aber auch Wege nicht doppelt machen mußte. Die Leute rannten zielbewußt und orientierungslos: eine in Panik geratene Herde. Ein würdiger Herr in einem Mantel mit Pelzrevers kam ihr schon das dritte Mal entgegen. Vor allem das verkappt aggressive Hupen nervte sie, als fände es in ihrem Schädel statt. Sie ging in Richtung eines Cafés, das sie aus der Studentenzeit kannte. Es war nicht weit. Sie duckte sich hinein und fand einen Tisch. Das Publikum hatte sich geändert. Auffallend viele Afrikaner saßen zu viert und fünft um die runden Tische für zwei Personen oder hatten zwei Tische zusammengerückt und saßen dahinter in einer glotzenden Reihe, die Stühle schräg gegen die Wand gekippt. Sie grinsten offen angrinsbare weiße Mädchen an, die sich abwandten, miteinander tuschelten, cool eine rauchten oder die Beine übereinanderschlugen und den einen Fuß nervös in der Luft wippten. Zwei ältere Frauen hatten sich hierher verirrt – wie sie. Sie bestellte. Sie versuchte, sich die Leute ganz gelassen anzuschauen. Offenbar fand kein konkreter Kontakt zwischen den Geschlechtern statt: nur stieren und sich zeigen. Die Mädchen waren passiv: sie guckten nicht zurück. Der aggressive männliche Akt erschöpfte sich im Grinsen.
Harriet rauchte. Sie trank Tee mit Pottrum. Sie fühlte sich fremd und versuchte nonchalant zu wirken. Ihre momentane Isoliertheit wucherte in Gedanken weiter: es gäbe keine Erotik mehr; womöglich keine Sexualität; selbst Mitgliedern ursprünglicher Völker würde in Europa ihr Triebleben gekappt; sie verstünde junge Leute nicht, wäre hoffnungslos 'raus; daß sie ihre eigenen Kinder nicht verstehe, sei die logische Folge. Wem sollte dann ihre Lyrik etwas sagen? Den hierher verirrten beiden Damen drüben? Den aufgehetzten Konsumenten draußen? Den *Fremden*, mit denen sie in jedes neue Jahr rutschte?

Erniedrigung wäre ein lyrisches Thema: die Herabwürdigungen, die bei den täglichen Erledigungen real stattfinden. Genießen wollte sie wieder können.
Sie ertrug es nicht lange in dem Café. Sie war gejagt. Sie hatte noch nichts von ihrer Liste abgehakt. Geistig machte sie jetzt Striche. Auf keinen Fall wollte sie in den nächsten Tagen noch einmal in die Stadt.
Sie suchte kleinere Geschäfte in Seitenstraßen auf. In einem koste die Verkäuferin einen Boxer: »Nicht, Schätzchen?« sagte sie: »Du und ich.«

31. Dezember – 1. Januar

Die Kinder durften aufbleiben. Jan saß rittlings auf Wolfgangs Schoß und sah mit halb bewunderndem, halb neidischem Blick seinem jüngeren Bruder zu, der die Erwachsenen am Tisch mit selbst fabuliertem Science-Fiction faszinierte. Kai war sechs Jahre alt; Jan acht. Jan streckte beide Arme nach hinten und umfaßte seines Vaters Nacken. Harriet kannte die Stories von Kai: sie wurden von Jahr zu Jahr in dem Maße grausamer, wie ihre technologische Präzision wuchs, letztlich kamen alle Erdmenschen um. Als Kai kleiner war, fragten die Erwachsenen: Alle? Auch deine Mutter und dein Vater? Kai antwortete wie Jenny, die Seeräuberbraut. Sein Publikum war entsprechend beeindruckt. Solche Effekte konnte Jan nie erzielen.
Man sah Wolfgang an, daß er Jan gern von seinem Schoß herunter und Kai am liebsten endlich still haben würde. Die Lautstärke der Hintergrund-Platte war um etliches zu hoch. Kais Stimme kämpfte andauernd spitz dagegen an. Die hohen Töne taten weh.
Harriet hatte nichts zu tun. Es war erst halb zehn. Gegessen hatten sie auch schon.
Pit, der übertrieben laut über Kais Darbietungen lachte, litt sichtlich darunter, seines Amtes als Entertainer über so lange Zeit beraubt zu sein. Er verschränkte die Arme und überlegte sich offensichtlich eine Strategie. Neben ihm saß, mit schweren Augenlidern wie im Halbschlaf, Ute, seine Frau. Er brachte sie Sylvester immer mit. Auch Tilli und Gesine waren

in Begleitung: Tilli in der eines sehr jungen Kunsthändlers; Gesine in der eines persischen Arztes. Nur Eva und Harriet waren alleine gekommen. Die feine Falte zwischen Evas Brauen vertiefte sich zusehends, während Kais schneidendes Stimmchen die sukzessive Auslöschung der Städte der Erde protokollierte. Tilli sagte: »Na hör mal!« oder »Das gibt's gar nicht!«, wobei Harriet nicht klar war, ob sie sich auf den Inhalt oder den Erzähler bezog.

Es war nicht möglich, wegzuhören, eigene Gedanken zu fassen, einen anderen Menschen anzusprechen. Thereses Lächeln war Buddha-ähnlich; Wolfgangs gequält.

Pit hielt es nicht mehr aus. »So! Komm her!« sagte er. Kai schaute ihn kriegerisch an. »Nein: hierher!« sagte Pit. Er klatschte die Hand gegen den Schenkel. Kai zog das Kinn ein und blieb sitzen.

Auf Wolfgangs Schoß streckte sich Jan noch mehr und griff fester um den Nacken. Selbst Wolfgang sah aus, als befürchte er einen Angriff. Alle waren still. Pit wußte nichts besseres, als sich wieder auf den Schenkel zu schlagen. »Bääa, du bist eine Erddrohne!« schrie Kai. »Erddrohne! Erddrohne!« Therese sah den Jungen streng, aber lächelnd an.

Kai stellte sich auf den Stuhl und schrie: »Drohnen werden gammabehandelt.« Er kniff ein Auge zu und gab einen lautlosen Schuß Strahlen ab. Pits Kopf knickte leblos auf die Brust. Das war das Signal: Kai sprang vom Stuhl, Jan vom Schoß; sie gellten, die Zeitalter verwechselnd, wie die ›wilden Indianer‹, warfen die Köpfe, stampften mit den Beinen. Die Gläser zitterten auf dem Tisch.

»Hee! Hee!« rief der Kunsthändler.

Das wurde zum Indianer-Kriegsgeschrei: *Hee, Hee, Hee, Hee, Hee.*

Tilli versuchte, Kai zu ergreifen. »Gamma-Gun! Gamma-Gun!« kreischte er überspannt. Seine Strahlen-Gun machte nunmehr Maschinengewehr-*ratata*, ein Geräusch, das Jan noch besser beherrschte. Sie rannten um den Tisch: *Hee! Hee! Ratata!* Jan, nicht so wendig wie Kai, ließ sich vom Kunsthändler fangen. Der Kunsthändler und Jan stießen dabei ähnliche Schreie aus.

Kai schrie: »Bemannt die Rettungsschiffe«, nahm Toro-Stellung ein und stieß voller Wucht mit dem Kopf gegen den Stuhl des Kunsthändlers. Wolfgang setzte sich in Bewegung. Therese war schon da. Keiner von beiden kriegte Kai zu fassen. Er stieß außer sich mit dem Kopf gegen Eva, gegen Gesine. Jan gellte und wand sich im Griff des Kunsthändlers, kratzte und biß. Der Kunsthändler hielt ihn gerade noch fest. Tilli auf den Beinen, um vom Tisch wegzukommen, kriegte von Kai einen vollen Kopfschubs in den Po. Jetzt fing Therese ihn auf. Er riß an ihren Haaren, an ihrer Bluse. Er schlug zu. Sie trug ihn hinaus.

Jan kam frei. Nun machte er den Toro. Nach nur einem Zusammenprall hatte er aber genug. Dann klammerte er sich heulend an Wolfgang.

»Hilfe«, sagte Tilli schwach, als Eltern und Kinder draußen waren. Pit und der Kunsthändler lachten verlegen, erlöst auf. Dann holte Pit Atem und trug wissenschaftlich weit ausholend zu den Vorteilen strenger Erziehung vor. Harriet war überrascht, daß der junge Kunsthändler mit Pit übereinstimmte, ja, noch weiter ging. Bei ihm kamen Wörter wie *Zucht* und *Gehorsam* vor, während Pit höchstens von *Grenzen* sprach, »die ein Kind haben will.«

»Sag mal, spinnst du?« sagte Tilli zu ihrem Begleiter.

»Ein Kind braucht Liebe, nicht Zucht.«

Er sah sie an, als hätte sie ein Fremdwort verwendet. Dann kriegte er plötzlich die Richtung: »Natürlich: Liebe«, sagte er: »Zucht geschieht aus Liebe.«

Die weitere Unterhaltung drang zu Harriet nur unvollständig durch allmählich intensiver werdende Kopfschmerzen hindurch. Als Wolfgang wiederkam und sie fragte, worüber gesprochen werde, stellte sie fest, daß sie nicht viel gehört hatte. Sie war Erinnerungen an die Kindheit von Trude und Wolf nachgegangen.

»Ach, die üblichen Stammtischweisheiten der Kinderlosen dazu, wie man es mit Kindern richtig macht«, sagte Harriet.

»Wir hätten sie ins Bett stecken müssen«, sagte Wolfgang: »Das habe ich Therese auch beizubringen versucht.«

Der persische Arzt lehnte sich zu Wolfgang vor: »Die Gäste sind schuld an dem Verhalten der Kinder«, sagte er. Er sprach langsam, fast getragen, was zur Folge hatte, daß man horchte: »Wir haben den kleinen Jungen angefeuert. Wir haben ihn glauben lassen, daß er uns interessiert und amüsiert, aber er hat uns gelangweilt und geärgert. Dann – als wir bestimmen

wollten, daß er schweigt, wußte er natürlich, er ist die ganze Zeit betrogen worden. Mit Recht hat er uns angegriffen. Wir sollten niemals ein Kind belügen.«
Harriet lächelte.
»...vor allem, daß man sie da nicht bändigen kann, wenn sie einmal –« sagte Pit in Ausführung eines angefangenen Gedankens, als hätte der Arzt nicht gesprochen.
»Geh doch darauf ein, was hier gesagt wurde!« rief Harriet über den Tisch hinweg. »Du hältst ja nur noch Monologe! Nicht auszuhalten!« Gegen ihre Schläfen schlug von innen ein Hammer.
»Den Pit schicken wir auch ins Bett«, sagte Tilli. »Dann kommt Schwung in die Party. Mein kleiner Preuße spielt einen Marsch auf – Kannst du auch richtig trommeln, Fritz? Nee: ›Wilhelm‹. ›Wilhelm‹ paßt besser zu dir.«
Tilli stand schon mit ihrem ›Wilhelm‹ an der Anlage, boxte ihn in die Rippen, schwang den befransten Oberkörper – Harriet rief: »Wenn du wieder die Bee Gees auflegst, platze ich!«
Tilli hörte jäh auf, ihre Fransen zu schütteln.
»Ich kann die nicht mehr hören!« rief Harriet.
»Was hat die denn?« sagte Tilli vor sich hin. »Such *du* doch aus. Ich mache das nur, weil es sonst keiner macht.«
»Dann laß es!« sagte Harriet.
»Muß besoffen sein«, sagte Tilli.
»Ach, tu schon eine Platte drauf«, sagte Harriet. »Du hast recht. Sind alle nur froh, daß du was machst: wie soll man sonst die Zeit 'rumbringen? Hast du nicht einen anderen Wein, Wolfgang? Von dem krieg ich schon jetzt einen Kater.«
Prompt stand Wolfgang auf. Eva zirpte: für sie auch, bitte, einen anderen Wein. Gesine dröhnte, für sie auch. Wolfgang stand mit hängenden Armen im Türrahmen wie ein Orang Utan. Harriet lachte laut. »So viel guten Wein hat er nicht«, lachte sie.
Die Tür war offen. Alle schielten dahin. Da stand Therese mit einem neugewaschenen kleinen Jungen auf dem Arm und einem zweiten an der Hand. Sie strahlten Artigkeit. Sie winkten »Gute Nacht«. Alle winkten mit ihren großen Händchen zurück. »Gute Na-acht.« Selbst Gesines Stimme war zwei Oktaven höher.

Zu Wolfgangs Erleichterung ließ sich Harriet statt des Weines Apollinaris bringen. Von Gesine bekam sie Kopfschmerztabletten. Bee Gee-Epigonen, von Tilli aufgelegt, im Hintergrund. Harriet lehnte sich zurück. Grüppchen hatten sich gebildet: Pit und der Kunsthändler mit Tilli als Kibitzerin; Eva und Gesine über Ute hinweg. Therese und der persische Arzt, denen Wolfgang halb zuhörte. Er sah ständig zu Harriet hin. Sie erwiderte seinen Blick nicht.
Thereses Stimme floß wie Honig. Sie gab dem Arzt Recht: Wenn Erwachsene das Gefühl hätten, daß Kinder stören, sollten sie nicht so tun, als störten sie nicht.
»Folglich hätten wir sie ins Bett stecken müssen«, sagte Wolfgang: »Wir wußten doch, sie stören.«
»Man kann Kinder nicht ›ins Bett stecken‹!« sagte Therese mit gebleckten Zähnen. »Die haben *auch* Bedürfnisse.«
»Und wenn ihre und unsere nicht vereinbar sind?« fragte Wolfgang zurück.
»Dann tut man«, sagte Harriet, »als gehe man auf ihre ein und wartet die erste Gelegenheit ab, die eigenen wahrzunehmen. Das meinen Sie doch auch, nicht wahr?« fragte Harriet den Arzt: »Therese hat sie jedenfalls so verstanden, denn sie stimmte auffallend mit Ihnen überein.«
Harriet lehnte lässig in ihrem Stuhl. Der Kopfschmerz ließ allmählich nach. Dieser Abend würde bald wie die Bläschen im Glas: Plopp! und aus sein. »Im übrigen«, sagte sie noch immer zu dem Arzt sprechend, »muß man solche Wörter wie *belügen* vor jeder Diskussion klären: Jeder versteht etwas anderes darunter.«
»Worte klären –« sagte der Arzt, als sei das ein weites Feld. »Aber ich denke«, sagte er: »die Worte sind so klar wie die Gedanken dahinter.«
Das Wort *ein neues Jahr anfangen* stand im Widerspruch zu dieser Umgebung. Hier konnte höchstens das alte Jahr ausklingen. Die Vorstellung, alleine für sich einem neuen Jahr zuzuprosten, hatte etwas Spannendes an sich.
Aus der Küche und der Kammer kam Kälte und das verhaltene Sich-Ankeifen von Wolfgang und Therese beim Sektholen: »Dann hau doch ab!« hörte man Thereses heiseres Flüstern: »Ich zieh sie alleine groß.« Daraufhin kam sie aufgeräumt lächelnd mit zwei Flaschen Neujahrssekt herein, verkündete die Uhrzeit, bat Pit, das Radio einzuschalten. Der

Countdown vor dem Countdown begann. Therese holte hektisch Sektgläser. Wolfgang brachte mehr Sekt. Alle Männer entkorkten. Es ploppte hier, schnalzte da oder machte lasch: pfft... Es wurde gegossen, geprostet, getrunken, geküßt – *termingerechte Umarmungen*, sagte Gregor – Nun war das Frieren auf dem Balkon an der Reihe. Harriet ging nicht hinaus.
Pit feuerte seine Raketchen ab.
Kai raste herum. Jan hing halb benommen um Wolfgangs Hals. »Es schneit«, sagte Wolfgang zu Harriet.
Sie ging im Neuschnee nach Hause. Das sei symbolisch, sagte sie jedem, der sich anbot, sie zu fahren. Aus irgendeinem Grunde fror sie nicht. Sie stellte sich vor, der Schnee verschlucke keine Laute und verdecke nichts, sondern die Welt sähe in Wirklichkeit wieder so aus.

23. Januar

Rainer öffnete. Harriet hatte weder Klingeln noch Klopfen gehört. Sie schlug Putz ab, um die lichte Weite für die Badewanne zu schaffen. Als sie zufällig hochsah, nahm sie Wolfgang wahr. Er lehnte an einer Wand, schaute ihr verloren zu, seine Lippen aufgeworfen und feucht wie die eines tagträumenden Kindes. »Ach!« sagte sie, »wie lange stehst du schon da?«
Er gab kein Anzeichen, sie zu begrüßen. »Ich weiß nicht«, sagte er.
Sie tauchte die staubigen Hände in den Wassereimer. Oberhalb der Wasserlinie blieben die Arme weiß. Sie mochte das friedliche Geräusch des Wassers, wenn sie die Hände eintauchte und wusch. Nachher würde es unter Druck aus dem Hahn spritzen und man hörte nichts mehr.
Es überraschte sie, daß Rainer sich rasch umgezogen hatte und bereit war zu gehen. Sie brühte für Wolfgang und sich einen Tee. Er meinte, es wäre in der Wohnung nicht zu kalt zum Sitzen, bemerkte nicht, daß der Stuhl, auf den er sich mit seiner dunklen Cordhose setzte, von angetrockneten Farbe-, Kalk- und Kleisterspritzern übersät war. Den Tisch wischte sie, so gut es ging, ab: er sah nur so lange sauber aus, wie er

naß war: langsam zeichneten sich ihre Wischspuren verwaschen weiß wieder ab. Wolfgang schien den Prozeß mit dem Blick zu verfolgen, während er sprach.
Harriet entnahm seinen Worten, er würde sich von Therese trennen oder hätte es schon oder wollte es nur. Konkrete Zusammenhänge fehlten. Sie hatte Fragen, unterbrach ihn aber nicht. Er verlor dennoch den Faden; sie wiederholte ihm seinen letzten Satz. Auch von da konnte er aber den Gedankengang nicht wiederherstellen. »Du sagst nichts«, sagte er: »Du sagst nichts dazu.«
Harriet fragte, ob er sich entschieden habe. Er verstand die Frage nicht. Ob er fest entschlossen sei, sich von Therese zu trennen.
»Es hat keinen Sinn mehr, verstehst du?« fing er an, reihte Beispiele aneinander, zitierte Wortwechsel, zeichnete den Weg zu jeweils zwingenden Erkenntnissen nach, die Therese nur nicht zugab, auch zu haben; nannte ihre Einwände, bewies deren Unrichtigkeit, kam immer wieder auf die Kinder, die er auch mitnehmen würde, wenn sie es nur zuließ, gern... In all dem war ein Unterton der Selbstbezichtigung.
»Wohnst du noch in der Wohnung?« fragte Harriet.
Er sagte: »Ja.«
»Du willst aber ausziehen –« sagte Harriet.
»Es ist doch völlig unmöglich, zusammen in der Wohnung«, fing er an. Er reihte Beispiele aneinander, zitierte Wortwechsel, zeichnete den Weg zu jeweils zwingenden Erkenntnissen nach... Der Schein ihrer Arbeitsleuchte blendete ihn; er nahm es hin. Er blinzelte sie plötzlich an und rief: »Wie soll ich das wissen?! Weißt du, daß es in der ganzen Stadt keinen Flecken gibt, an dem man lange genug allein sein kann, um einen Gedanken zu fassen? Nirgends. Die Kirchen, zum Beispiel: alle zu! Verriegelt! Gottes Haus. Der einzige Ort, wo man nachdenken kann, ist im Auto. Ich bin fast erfroren heute Nacht. Ich möchte allein sein, verstehst du? Für mich. Wenigstens eine Weile. Ich dreh' sonst durch. Jan heult nur noch. Hängt da und heult. Ich habe seit Wochen keinen Strich mehr getan. Wegen mir wird ein Termin womöglich platzen. Ich habe Alpträume. Lach' mich nicht aus! Todesängste. Ich wach nach Luft japsend auf. Kann nicht mal schreien. Aber, wie denn? Ich bin letzte Woche verreist. Weißt du das? Zum erstenmal allein verreist! Ich bin ja dreiundvierzig Jahre alt.

Ich kam mir vor wie eine Frau, konnte mich überhaupt nicht frei bewegen, fühlte mich ausgesetzt. Mir geht es eh nach und nach auf, daß ich unmännlich bin. Der Gregor – was war das für ein Typ?«
Auf dem Wege in eine Pizzeria durch den unansehnlich gewordenen Schnee, der zu Hindernissen gehäuft worden war, wie es gerade ein Hauswart oder Straßenreiniger für richtig hielt, prüfte Harriet das Gefühl, *an der Seite* eines Mannes zu gehen, und fand, daß es nicht vorhanden sei. »Gregor? Ich hatte nicht die Voraussetzung, ihn zu begreifen: einen Menschen, der nichts will.«
»Was heißt das: ›nichts will‹?«
»Was Menschen gewöhnlich wollen: in den Augen der anderen gut sein, weiterkommen, etwas erreichen... Er war ein Gegenwartsmensch.«
»Aber, du liebtest ihn doch –«
»Ja, wie ich zu lieben gelernt habe. Meine Art, die hat immer Zukunft. Hatte. Ich habe mich geändert: ich habe mich mehr im letzten Vierteljahr geändert als im letzten Vierteljahrhundert.«
Wolfgang sah nicht aus, als hätte er zugehört.
»Ja, wovon hat er gelebt?« fragte er.
»Wenn ich dir das erzähle, wirst du es falsch verstehen. Du hast ebensowenig die Voraussetzung wie ich damals. Wir denken gleich *Gammler* oder höchstens *Gelegenheitsarbeiter*. Für Tilli war er ein Schnorrer. Für Alex ein Lump. Und eigentlich hatte er nur mit vierzehn Jahren, als sein Vater ihn in die Lehre steckte, etwas erkannt, wohinter du, zum Beispiel, jetzt erst langsam kommst: daß man innerlich verkümmert – Er hat noch mehr erkannt: daß man auch äußerlich verkümmert, häßlich wird, so häßlich wie die Umwelt, in die man sich stecken läßt und für die man notgedrungen blind wird, geruchsunempfindlich und taub.
Vor allem eins wollte er nicht einbüßen: seine Sexualität.«
»Seid ihr deshalb auseinandergegangen? Ich meine, hatte er andere?«
»Laufend«, sagte Harriet. »Ich habe es nicht ertragen können. Aber das war nicht das eigentliche Belastungsmoment für ihn. Ich habe versucht, so zu tun, als könne ich es ertragen. Das war es. Das verstand er nicht. Das war, ihn zu belügen. *Tob doch! Greif mich an! Warum hältst du an dich?*

An sich halten, das verstand Gregor ganz philosophisch als eine Hauptquelle des Übels in der Welt: Es führe zum Amoklauf, zu Krebs, Haß, Krieg... Man halte an sich – aus Gier, um auf nichts zu verzichten. Man nehme das Schlechte in Kauf und halte an sich. Verzicht sei dagegen eine klare Entscheidung, eine ganze Sache. Nur halbe Sachen ertrug er nicht. Ich wollte ihn aber nicht verlieren und hielt an mich«, sie lachte: »als *hätte* ich etwas – zu verlieren; statt einfach mit ihm zu leben: mit ihm!«
»Du würdest wahrscheinlich wieder mit ihm zusammengehen, wenn er auftauchen würde.«
»Ich würde auf jeden Fall mit ihm schlafen. Daran denke ich oft.«
Wolfgang schob die Zwiebelringe, die er aus dem Salat gepickt hatte, jeden einzeln an den Rand des Tellers. Den Kopf geneigt. Runde Schultern. Verausgabt. Wahrscheinlich wußte er jetzt schon nicht mehr, was Gregor über *Verzicht* und über *An-sich-halten* sagte. Harriet bestellte mehr Wein. Sie war froh über die annähernde Gelassenheit, mit der sie von Gregor hatte sprechen können. Außerdem saß im Restaurant, allein an einem Tisch, eine *gute Frau*.
Ehe Wolfgang einzelne, konkrete Schritte für sich aussortieren konnte, wurde es spät. Er wollte am liebsten heute Nacht nicht nach Hause gehen, sondern in einem Hotel schlafen, aber um ein Hotelzimmer zu bekommen, meinte er, sei es wohl zu spät. Harriet meinte, er solle von zu Hause ganz ausziehen oder ganz zu Hause bleiben.
Sie lag lange wach. Gedankengänge gingen in Halbträume über. Ob sie Wolfgang irreführe? Sich? Die Silhouette von Gregors Schultern. Seine Halskette in ihrem Mund. Sein Geruch.
Das Läuten des Telefons machte sie wach und brachte sie hoch. Therese fragte, ob Wolfgang bei ihr sei. Therese sagte, sie glaube ihr nicht.

27. März

»Ich dachte mir«, sagte Wolfgang, »wenn ich nicht einfach herkomme, sehen wir uns überhaupt nicht mehr.«
Er wirkte heute, als dürfe er lässig ankommen und dasein. Deshalb verbeugte sie sich mehrmals in altchinesischer Haltung und machte ihm mit winzigen Rückwärtsschrittchen den Weg frei zu ihrem entstehenden Domizil.
»Ich sehe auch sonst niemanden«, sagte er auf dem Inspiziergang. »Sie halten alle zu Therese. Selbst Eva. Wessen Wagen borgst du jetzt?« fragte er beim Anblick der herumgestreuten Kartons. Seine Stimme war bei der Frage nicht ganz so lässig.
»Für das meiste bin ich Taxi gefahren. Einmal habe ich einen Wagen gemietet. Manches habe ich per U-Bahn transportiert«, zählte sie artig und ironisch auf.
Den obligatorischen Kommentar zu der neuen Wohnung vergaß Wolfgang am Ende des Durchgangs abzugeben. Er sprach statt dessen von seiner eigenen Situation in der Gemeinschaftswohnung mit ›guten Leuten‹, wo er bestätigt gefunden habe, daß er im Grunde umgangsfeindlich sei und unfähig, selbst dringende Bedürfnisse durchzusetzen gegen geringen, manchmal auch nur suggestiven Druck. »Es ist eine wichtige Erfahrung«, sagte er. »Du hast dich dem nicht ausgesetzt. Alleine – das ist leicht. Das könnte ich auch.«
Harriet bot ihm einen Cognac an. Er nickte nur. Er stand im großen Zimmer, redete von sich, setzte sich dann auf das Bett, streifte die Schuhe ab, rückte in die Ecke und nahm sich beide Kissen als Rückenpolster. Harriet schenkte ein. Sie beobachtete, wie, während er redete, Wolfgangs Blick das Zimmer durchstreifte. Er ließ sich den Schwenker und einen Aschenbecher ohne Dank reichen, redete weiterhin von sich. Harriet setzte sich mit ihrem Schwenker dazu und zog ihrerseits die Beine hoch, auf ihrem Gesicht, von Wolfgang unbemerkt, ein belustigtes Grinsen über die Selbstverständlichkeit, mit der selbst ein Wolfgang, wähnte er sich nur *frei*, in Pascha-Haltung schlüpft.
»Ich trage mich mit verrückten Gedanken«, sagte er.
Das verstand Harriet auf ihre Art.
»Ich will vielleicht aufhören im Kollektiv.«
»Was heißt ›vielleicht‹!«

Wolfgang zuckte zusammen. »Ich bin dir, was ich auch mache, einen Zahn zu lasch, was? Ich dachte, du fällst mir um den Hals. ›Vielleicht‹ heißt: Was sagst *du* dazu?«
»Wenn du es *machst*, finde ich's prima«, sagte sie hart.
Das reizte ihn sichtlich. »Du fragst nicht, wovon ich leben will? Die Kinder unterstützen? Was ich machen will? ›Prima‹ und basta.«
»Ich bin eben ein unverantwortlicher Mensch«, sagte sie weich. »Das krieg ich zuweilen auch schriftlich.«
Fast wieder in der normalen Stimmlage sagte er: »Die Frauen werden halt anders erzogen. Ihr habt die Verantwortung auch nicht zu tragen.«
»Na! Na! Therese wird, vulgär in DM gemessen, so viel zu tragen haben wie du. Darauf baust du doch, oder? *Plus* die Gören am Hals.«
»Ich hab' doch angeboten, daß ich sie – nun fängst auch du an –«
»Dann gib nicht so an mit deiner Scheiß-Verantwortung: zum Kotzen. Meinst du, die Therese verschmachtet ohne deine Piepen?«
»Hach, wo! Nicht die Therese. Die hat schon eine Frau mit Kind in der Wohnung und die wollen Kissen nähen oder Puppen oder was weiß ich: große Pläne. Die Wohnung ist nicht wiederzuerkennen. Sie riecht sogar anders.«
Harriet lächelte.
»Hast du deine Haare anders?« fragte Wolfgang.
»Ja«, sagte Harriet. Sie stieß ihre ungepflegten Wellen zurecht: »Wie findest du?«
»Mmmm hmmm«, sagte Wolfgang. Er trank. Er sagte, der Cognac sei ausgezeichnet. Er war still. Er schaute sich den Fußboden an, die Fensterfront, dann wieder Harriet. Er schaute auf seine Sockenfüße. Nach einer ganzen Weile fragte er: »Meinst du, ich schaffe es?«
»Ja«, sagte sie.
Er schüttelte den Kopf und lachte. »Du bist phänomenal. Sonst höre ich nur, daß ich wohl von allen guten Geistern verlassen bin. Ich habe Farben gekauft...«
Sein Selbstvertrauen kam und ging in Wellen. Harriet meinte, wenn er von dem sprach, was er malen wolle, den ruhigen, wissenden, angstlosen Tonfall zu hören, den sie mit Männlichkeit assoziierte und den sie am liebsten bei Frauen hörte.

Wenn er auf Geld kam, auf die Zeitspanne, bis er mit seinen Bildern wohl etwas verdienen könnte, wurde er hektisch. Sie horchte nach beschaulichen Momenten, nach Anzeichen dafür, daß er rezeptiv sein konnte, auf sich wirken lassen, daraus schöpfen. Etwas so Weibliches hörte sie gern von einem Mann. Man müßte durch Kreuzungen so eine neue Spezies erzeugen.

Als seine Zigaretten alle waren, sah er auf die Uhr und meinte, sie könnten essen gehen. Harriet lehnte ab. Es überraschte ihn. Er fragte sie, ob sie verabredet sei und glaubte ihr nicht, als sie verneinte. »Ich möchte allein essen«, sagte Harriet. Er lächelte schief. Sie verabscheute ihn in dem Moment.

Harriet kämmte sich, als er gegangen war. Sie sah sich das reizlose Gesicht einer Frau Mitte vierzig an: Tränensäcke, schlaffes Kinn. Sie ließ die Jalousien herunter, zog sich aus, sah nüchtern in den Spiegel, dachte an die Partisanin in *Wem die Stunde schlägt*, die von der verwandelnden Kraft des Geliebt-Werdens erzählt – nicht *verjüngenden*, sondern *verwandelnden* Kraft. Harriet strich mit der Hand über den Bauch, der noch nie den Anforderungen von weiblicher Schönheit entsprochen hatte. Dann zog sie sich an.

Sie war sich bewußt, als sie in das Restaurant ging, noch nie hier in ihrer Heimatstadt allein essen gegangen zu sein. Eine Pizza oder so schon. Aber nicht: essen. Sie hatte es auch nicht vorgehabt: Wolfgangs Reaktion hatte sie darauf gebracht.

Einen Moment lang, als sie vorne stand, wurde der Raum um sie weit.

Es war ein kleines Restaurant, kultiviert genug, daß man nicht wegen Jeans die Augenbrauen hochzog, aber so teuer, daß es auch von Sugar-Daddies frequentiert wurde. Als sie sich die ansah, hatte Harriet eine durchaus mackerhafte Lust zu einer Liebesaffäre für die erklärte Dauer von einer Nacht.

Sie aß *terrine du chef* und schaute diskret die Männer im Lokal an, zum Beispiel einen Mann, der *moules provencal* mit einer Halbschale vollendet aus der anderen Halbschale trennte. Wahrscheinlich war er nicht älter als sie. Auf seinem ballonförmig zum Tisch hin ausladenden Bauch ruhte die Damastserviette; nach Harriets nunmehr geübtem Augenmaß, hatte er siebzig Millimeter Brust. Sie nahm noch einen Bissen *terrine du chef* auf die Zunge und schloß den Mund über

einem subtil abgestimmten Bouquet von Gewürzaromen. An einem Ecktisch löffelte ein Opa *potage*. Dann gab es einen entkernten Luftwaffengeneral in Zivil und eine Runde Geschäftsmänner, die schon zahlte und aufstand. Die Krawatten befleckt, trielend vor Zoten, zogen sie die Hosen in den Schritt hoch und gingen breitbeinig stramm zur Garderobe. Viel mehr Männermaterial gab es nicht. Harriet kostete die leichte herbe Arroganz ihres weißen Bordeaux. Am besten gefiel ihr einer um die fünfunddreißig an einem Tisch mit drei Paaren, die dynamisch um ihre eiswürfelgekühlten Austernetageren lachten. Er sah zu ihr herüber, wann immer er – dem Kellner vorgreifend – die Weißweinflasche aus dem Kübel hob. Harriet wußte nicht, welche der schlanken Superfrauen ihm gehörte, die sich an den Speisen hungrig sahen und dafür an Baguettestücken herumpickten, während die Männer lustig aßen.
Er schien sich zu fragen, was für ein Vogel diese grauhaarige, jeanstragende Genießerin da sei. Harriet wandte sich dem *filet de sole* zu. Sie trennte leichtes, saftvolles Fischfleisch mit den Spitzen der Gabel ab. Ein Hauch gebräunter Butter. Die Schärfe soeben gehackter, gartengrüner Kräuter. Feingeriebene Zitronenschale blieb einen Moment nach im Mund. Der Mann um die fünfunddreißig lachte gellend laut auf, seine fettige Mundöffnung klaffte. Eine der Superfrauen steckte einen Suppenlöffel hinein.

1. Mai

Liebe Daniza,
nun bin ich umgezogen. Ich habe Lust, Dich zu sehen. Hier. Bei mir.
Komm, bitte. Wann immer Du willst.
Harri

14. Mai

Wolfgang sagte, er verstehe es trotzdem nicht. Er wisse, daß er kein Recht habe, etwas von ihr zu verlangen. Er verlange auch nichts. Er möchte sie nur noch mal sehen, wie immer: es sei doch nichts vorgefallen.
Harriet hielt den nichtssagend grauen Hörer in der Hand. Sie sah in den nüchternen Raum.
»Heute abend nicht, Wolfgang, und eine Weile nicht, selbst wenn du es nicht verstehst. Wenn ich ehrlich bin, will ich mit dir nur ins Bett gehen. Aber darauf muß ich halt verzichten, denn du knüpfst Erwartungen daran, und dann wird die Sache kompliziert.«

Rosamond Lehmann

Band 3771

Rosamond Lehmanns erster Roman handelt vom Ende der Kindheit, dem Verlust der Unschuld. Er spiegelt sowohl die Empfindungen einer jungen Frau auf der Schwelle zum Erwachsensein als auch den Zeitgeist der zwanziger Jahre. »Dunkle Antwort« wurde bei seinem Erscheinen 1927 von Kritikern und Lesern begeistert aufgenommen. Über Nacht wurde der Roman zum Erfolg, ein Kultbuch in Europa.

Band 3767

Dinah und Madeleine, zwei ungleiche Schwestern, impulsiv und leidenschaftlich die eine, besonnen und eher defensiv die andere, voller Rivalität und doch einander verbunden: durch die gemeinsame Kindheit und durch die Liebe zu Rickie, der Madeleines Mann ist und Dinahs Geliebter wird. Lange nach Rickies Tod treffen sich die beiden, noch unversöhnt, wieder. »Der begrabene Tag« – ein Tag der Erinnerungen und auch der Annäherung.

Fischer Taschenbuch Verlag

fi 528/1